U0938533

春風渡少年

時瀟含 ㊕著

山頂文化

前言

這本散文集的內容來自於兩本散文集的選編，分別是《雲在青天水在瓶》和《我有所念食，隔在遠遠鄉》。《雲在青天水在瓶》的選集在這本書中叫做「少年行」。這是一本出版於2017年的小書，裏面收集了我從小學到高中的散文隨筆。那年我正高考，正對未來充滿幻想。中學的六年對我這樣一個笨拙又努力的學生來説，接近希望也接近無望，不過那時的我以為世間的一切和蘋果樹一樣，春天開花，秋天就結果。坐在書桌前的我，常常祈禱自己正處在除此之外的任何一個地方。在學習與生活中難以找到容身之處的我，在書籍中找到樂趣。我當然不會在這裏嘗試説甚麼大道理，對於那時的我來説，書中的世界沒有想不通的英語語法，沒有解不開的數學題，因此我堅信讀書是一件快樂的事情。現在我發現手機遠遠比書有趣，不過好在那個時候還不太流行智能手機。那時的我讀書的另外一個原因，是因為我對班主任口中描繪的潔白無瑕的世界心存疑慮，但由於生活經驗的匱乏，我難以描述自己的想法，喉中長滿荊棘。可書中的那個世界是複雜的，從虛弱處寫出力量，從匱乏中寫出豐富，我面前的那張書桌帶我

目錄

少年行

的孩子，開始發現滿地雞毛的可貴。一碗再平庸不過的米湯，於我卻是珍珠翡翠白玉湯。在食物中，我找到了再高深的思想也不具有的溫暖和掛念，於是我到處行走，在食物與味道中尋找庸俗的快樂。

成長的時光如一陣風，一節數學課很長，青春卻轉瞬即逝。在這陣風中我時而如浮雲漂泊，時而吹得煙霞漫捲，時而使晨露消散。春風渡我，細雨潤物。這是一本記錄一個仍在成長的作者的成長道路的書。正如我不斷提到的那樣，許多文字是青澀的，思想是幼稚的，對此我已停止苛責自己，因為那個寫下這些文字的我懷有一個少年對這個世界最熾熱的渴望與想像，雖然這種熱切來自於與真實生活相隔太遠的無知，但請相信這些文字是真誠的，並且充滿着一顆心與另外一顆心碰撞的渴望。

子對於故鄉的想像。我從來不把深圳當作家鄉，因為它太現代，太擁擠了，市場裏甚至不賣活物，實在難以承載故鄉的種種深情。然而正是在我離家讀書之後，才懂得了故鄉為甚麼是文學永久的母題。正是在那一方的水土與食物中，漂泊在外的人找到一根可以被攥在手中的線。不論那根線的盡頭是一隻翱翔的風箏，還是一頭在田間勞動一生的牛。離家之後的世界無比廣闊，但遲到的春天總會帶來四面漏風的時刻。寫《我有所念食，隔在遠遠鄉》時的我，終於意識到那個寫《雲在青天水在瓶》的我的不知天高地厚，我發現那些曾被我所支配的大詞可以被任何一張嘴吐出，還比不上雪夜的一碗蛋炒飯來得安穩，我發現我所渴望的遠方除了遠一無所有，而家鄉的姑姑依舊埋首於一日又一日幾乎愚笨的勞動中。她用柴火燒鍋巴飯，從種芝麻開始做芝麻糖，在紅燒肉裏藏便宜的紅薯粉塊。她對於食物有一種常人難以理解的執着，那大概是因為她只上過小學三年級，二十多歲才學會寫自己的名字，從來沒有去過很遠的地方，因此為遠在異鄉的家人包出一個結實的粽子，對於她來說就是天大的一件事情。一個終於跳出紙堆去到遠古和遠方。現在回頭來看當年寫下的文字，自負又幼稚，充滿了不切實際的抱負和理想，天真得幾乎讓人感到生氣，讀起來讓人感到難為情。我想「為先生開一盞燈」又想「不負如來不負卿」，狂論「歸隱之於中國文人」，又大談命運與活着。我毫無顧忌地動用那些大詞，這樣的權力讓我感覺自己幾乎成為了一個大人。如今看來，自以為偉大的思想，不過是空洞的廢話。不過轉念一想，這樣躊躇滿志的文字確實只存在於少年的世界裏，如今再想寫下類似的文字會是「欲買桂花同載酒，終不似少年遊」。

《我有所念食，隔在遠遠鄉》的選集在本書中的合集叫做「饕餮記」。這本書中我記錄了上大學之後在大一大二的兩年時間裏寫下的關於食物的文章。去讀大學的我第一次長久地離開深圳，可我並沒有因此而失去家鄉，反而是重新獲得了它。從小我隨父母在深圳長大，把户口本上的祖籍當作老家，雖然那個地方對我而言不過是逢年過節才會去到的陌生村莊，我對那裏的記憶是18個小時的綠皮火車、水紅色的塑料袋、被悶蔫了的蔬菜、綁住腳裝在編織袋裏的活雞。它是如此遙遠又衰敗，難以滿足一個孩

貳　饕餮記

壹

少年行

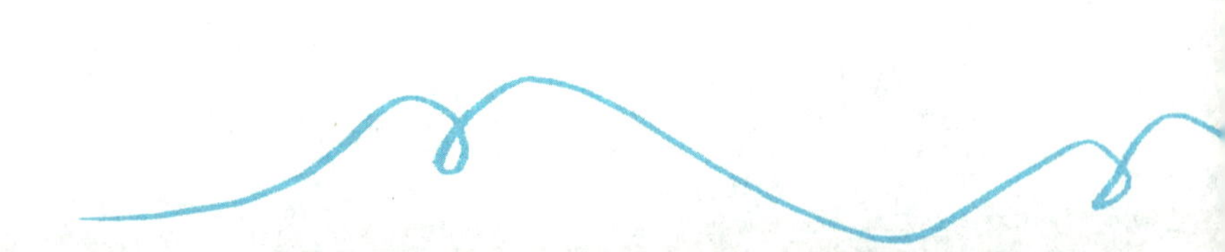

閉上眼，看見自己

月亮在層層薄雲、重重疊巒後若隱若現，它的清輝灑在大地上。我知道，在這個晚上，我擁有一個月亮。當我背向月亮，我看不見它的模樣，但我看見月光輕叩柴門，驚起山鳥，把它溫涼的指紋銘刻成山水文章。即使我看不見，但我知道，在這個晚上，我擁有一個月亮。

我開始學會自問自答，在面對或是背對寂寞的時候。

當我面對一條小溪，我看見水順着石礫汩汩地流過，片片魚鱗在陽光的映射下閃着微微的光，輕小的石子由水流裹挾着迢迢遠游。落葉腐朽的枯骨被無形的手撕裂，在命運中沉浮。還有那些映在水面上的樹影，時而平靜如止，時而被撞擊得粉碎，宛若它們的形體已經逝去，而抬眼一看，樹，仍在那裏。

當我背對着同一條溪水，我聽見水與岩石相互撞擊時

發出的哀鳴，如千軍競渡，百舸爭流。它們痛苦地咆哮、衝撞，又各自退回，一個繼續征程，一個固守金甌。我聽見水流的攪動、迴旋，有細小的生命在其間歡騰，它們錯雜的心跳形成鼓點，群山迴響。我聽見一片落葉在離家時的哭泣，無可奈何的哀吟，當它落下時，風在它的眼角堆滿褶皺，它的身體被塵埃染得枯黃，它驚恐地注視着自己的衰老，眼見着自己死亡，它歇斯底里的叫喊只在風中化作無規律的沙沙聲響。當它落在水面時，它無力哭泣，只是歎息了一聲，隨即沉入水底。

我看見我面前的群山，在陽光中招搖，悠悠傳出無人知曉的歌謠，亙古沉寂地迴響。清風帶着它的秘密呼嘯着拂過天際，飛鳥啣着牠的心聲在天地中盤旋，鳴蟲用優雅的歌嗓在最陰暗的角落講述着牠的前世。我聽見匆匆的摩挲、姍姍的腳步，我聽見一條河在我的心頭流過。

我看見了一條小溪，但我看見的不僅是一條小溪，也是一個廣闊到無窮盡的天地。在我不能用視覺去找尋它的蹤跡時，我用心去描摹一切的形狀。

誠如倉央嘉措之言：「當你在我面前時，我的眼睛看見了你；當你離開我時，我的心看見了你。」

當我睜着眼時，我看見了一個世界；當我閉上眼時，我看見了自己。而我所找尋的，正是自己。

（原載於《紅樹林》雜誌 2016 年第 3 期）

不負如來不負卿

有一種修行叫紅塵；有一種情叫默然、相愛，寂靜、歡喜；有一個天堂叫紅宮；有一位塵世間的佛者叫倉央嘉措。

他，在紅塵的最深處修行。紅塵悲苦，蓬萊寂寞。他擁有雙倍寂寥，雙倍的情才。那轉山轉水轉佛塔的尊者，終在中途遇到了前世的前世的初見。

初是唯一的，僅有的第一次。而倉央嘉措這修行極深的尊者，卻與世間有無數次初見。一次又一次生命的輪迴，用那觀世音手中的聖水普度眾生，唯獨此世祝福了眾生卻成全不了自己。喝下了孟婆湯，了斷了紅塵記掛，又走向下一次輪迴。卻偏偏被那月老牽了紅線，二十餘載紅線兩頭都已空空，唯留那牽着塵世的線，歲月長久反更耀目、深邃，以致三百年後我與他的初見。

前世的前世我或是他衣袍拂過的草木，而今生今世的我親吻着同一片他親吻過的土地，嗅着瀰漫胸腔的藏香，望着那長明燈，湧着前世的無邪。在禪房花木深的地方，我與他相逢，燈影閃爍間，見那一頭黑髮的阿旺與達瓦卓瑪、塔堅乃一同飛奔。那時他只是個俯首向宗本家道「扎西得勒」的賤民，只是被那高傲的強巴佛般的眸子俯視的孩子。回到眼前，我看見那一排排在氈上打坐的小僧人，滿臉的稚氣，不時低頭講個話，整整身形，小的不過五六歲，字也認不全，學了誦經，卻雙手合十，口中念念有詞。光影重合，他們都在度過一生中最無憂無慮最天真的日子。

我手扶着牆，一路來到紅宮的外沿，看見一群身穿藏袍的老人，盤腿坐在烈日下，手中恭敬地端着一個個盛着糧食的器具。有一個錐形的拱頂，老人們伸出滿是皺紋的手抓起一把糧食放到那尖頂上，一遍一遍摩擦着，一粒粒糧食順着坡面、映着灼目的光暈滑下，又落入一個鐵製的盒中。那不斷的「大珠小珠落玉盤」的聲響充斥了整個殿堂，那鐵製的拱頂經過日久不斷的摩擦已油光滑亮，宛如鏡面一般。我已忘了他們在向神佛祈求甚麼，但他們和磕長頭的人們一樣只為覲見活佛。那六世達賴在那葉落離別多的季節離開了家鄉，來到了他生生世世所在的殿堂，救贖了世人，即使日夜誦經卻再也找不回當年。靜坐殿中，望着滿屋的繁華，似是拾回前世的記憶，卻越來越無助、寂寞，還好，他還能祝福宮外的人們。

他不似蘇曼殊那般幸運。蘇曼殊雖也是一代情僧，但他打坐於蒲團之上，只為遠離紛亂、修身養性，隨時可以離去。而他呢？連退路都沒有。

我用手拭去架上的塵漬，一本本破舊泛黃的留言本，這裏是當年倉央嘉措和仁增旺姆約會的酒館——瑪吉阿米。翻動一頁頁脫落的紙片，上面滿是對他的懷念，筆墨不曾因歲月而暈染。坐在樓下，就着昏黃的燈光吃着酸奶蛋糕，當年這裏或不是這般光景，風流倜儻的宕桑旺波在那昏黃的燈光下對酒當歌，遇見了仁增旺姆，許下了「若非死別，決不生離」的諾言。可他終要離開，回到那萬世永存的紅宮。我漸漸走遠了，回望那金黃的房子，一如滿頭黑髮的宕桑旺波又漸漸變回那穿着僧袍的佛堂中的倉央嘉措一般，離那小酒館瑪吉阿米越來越遠。

站在青海湖旁望着青藍的水面，明鏡般映着點點油菜花的金黃和綠樹，這兒並比不上羊卓雍措的窒息般的高潔與純淨，也比不上拉姆拉措的靈性與神秘。我卻瞥見湖的一角映着那萬念俱灰的倉央嘉措，提着袍襟蹚水走向湖中央，帶着與仁增旺姆的離殤，帶着與兒時玩伴宗本家的塔堅乃的死別，帶着與達瓦卓瑪的陰差陽錯的失之交臂，還有一個活佛永生的無奈，一臉淡然任水沒過頭頂。然後他遇見了垂首侍立的塔堅乃，他們一起走，路過曼珠沙華綻放的彼岸，走過奈何橋，了斷前世之緣，走向那忘川河畔的三生石，看見他那萬世不變的輪迴。再豔的花兒開不過葉芽生時，若他並非活佛，那注定要許下只願來世不要成人的心願，可惜在三生石上早已注定了他的孤獨，世世走來，花開花謝，看盡浮華，兩相成空。

普度了人生救了世人，可惜卻走不出輪迴劫。

有一種修行叫人生，有一種情懷叫不負如來不負卿，有一個天堂叫青海湖，有一位山下浪子叫宕桑旺波。

（原載於《紅樹林》雜誌 2013 年第 10 期）

切米拉康一隅

陽光，用它的無形之口吻着高大的屋檐、斑駁的樹影，在小喇嘛的紅袈裟上留下一個個跳躍的斑點。小喇嘛坐在檐角下，擺弄着衣角，眯起眼遙望天邊那匆匆溜走的一片薄雲。

不丹的切米拉康，沒有紫禁城那樣的氣度恢宏，沒有米蘭大教堂那樣的巧奪天工。可在打開那吱呀作響的紅木門時，我卻被如此景致驚得目瞪口呆。不高不矮的白牆，不肥不瘦的小徑，不濃不淡的春色，不明不暗的陽光，不深不淺的紋飾……久久地立在那裏，倚着木色斑駁的門框，良久無言。白牆裏傳來低低的梵唱，窗中瀉出零碎雄渾的迴響。滿地的狗兒貓兒橫躺着，在帶着印度香的陽光中安心地睡着。沒有人理睬牠們，沒有人呵斥趕走牠們。在這裏，沒有流浪一說，因為神靈收養了牠們的靈魂。這叫人怎麼都不敢邁步，不敢發出一點點聲響，怕攪碎了這兒的夢。

一位倚着大殿門框的小喇嘛回過頭來，眯起眼，抿嘴一笑，向我們招了招手。陽光在他的手上留下一個金黃的印記。

緩緩地走進去，腳踩在土地上，可以看見在陽光中有細小的塵埃飛散。同行的不丹人彎腰抱起一隻在大殿前酣睡的黑狗，口中唸着我們聽不懂的宗喀語，把狗舉在面前，盯着狗圓圓的眼睛，嘴旁帶着一絲充滿敬意的笑。接着，他用鼻尖輕輕觸碰狗的鼻尖。那狗不掙扎、不害怕，只是眨着圓圓的黑眼睛，望着這個和牠平等的世界。那人輕輕地把狗放在地上，狗抖了抖尾巴，慢悠悠地趴下，把身子投入溫暖陽光的懷抱。

一旁的錦布後傳來喇嘛做晚課的聲音。挑起簾子，在那昏暗的小室中，掩不住的是巨幅的壁畫和那用一代又一代的信仰鑄成的飾物。一道道棕黃的木板，微微向下凹陷。只有那結疤的地方，在歲月的踩踏中堅強地凸出。還有那十幾個火紅的身影，他們端坐着，手中握着法器，莊嚴地盯着膝頭的經卷。那些經卷破舊不堪，邊角殘缺，被翻讀的次數太多，泛着淡淡的油光。

寂靜，持續得很久，可以聽見窗外鴿子用小紅嘴叩擊地面的聲響，還有當食物滑進腹中時從胸腔裏發出的滿足的低聲咕嚕。

一旁的一個喇嘛舉起手中泛黃的雕花海螺，鼓起腮幫，海螺中傳出了洪亮的濤聲。於是，低沉雄厚的誦經聲、法器的敲擊聲，屋角那個一人多長的喇叭的迴響，把矮小屋檐下的每一個角落都裝滿莊嚴的虔誠，把黑暗擠出了房間。而在這樣的洪亮聲響中，我卻聽見了最久遠的寂靜，靈魂的安寧。整顆心都被這樣的梵音充滿，沒有餘地去思考外面的一切。這一刻，心只在這裏。喇嘛們的眼中閃着純淨的光，映亮了他們深紅的袈裟，點亮了窗邊的銅燈，那光，爭先恐後地奔向屋外，射向天地。

我站在角落，被震懾得不知所措。這兒與中國廟宇不同，中國那氣若游絲的梵唱如一縷青煙在空曠的殿中徘徊，而這裏卻是在反覆吟誦自己的靈魂。

當那隻黑狗的鼻尖再次碰到當地人那高挺黝黑的鼻樑，狗伸出紅色的舌頭舔舔自己的鼻尖，那人臉縮成一個核桃，笑了。他恭敬地回首，望着在晚風中輕輕飄動的錦布，裏面的那個世界仍在不知疲倦地吟唱。

路過一間點滿酥油燈，用來超度亡靈的小屋，我走出了切米拉康。晚風吹散了陽光，溫柔的夜像一張被子，蓋在身上。而白天被佛光普照的貓兒狗兒，瞪着綠瑩瑩的眼睛，在最偏僻的小巷、泥濘乾涸的魚塘、塌頹的亂瓦中四處竄動。我停下匆匆的腳步，坐在牆角。月牙兒一點一點出現，我可以看見月光在牠們身上的反射。牠們從四面八方湧來。

四面八方。

送別——尼泊爾燒屍廟見聞

白色的塵煙中，夾雜着如雪的灰燼，是苦，是痛，是淚，是一世的漂泊無奈。一世的榮華都在晨風中飄散，從此了無牽掛，轉瞬天涯。

信印度教的人是不懼死的。往生，是一件再好不過的事。所以在親人身披菊花、靜靜地躺在青石板上等待脫離塵世煩惱時，他們也僅僅是站在邊上小聲地啼泣。沒有聲嘶力竭，歇斯底里。他們自然懂得與其在人間被吹打，不如歸於永恆的平靜，所以當親人的靈魂在火焰中手舞足蹈時，他們只靜靜地站着，目送他走上天涯無歸路。

巴格瑪蒂河的河水靜靜地流，清復濁，濁復清。河畔的人去了來，來了去。有的來了再也不去，而去了的終會回來。

父親躺在青石板上，兒子坐在石階上。初春的陽光溫暖地照耀大地，天空中飛過一群群的烏鴉（象徵祥瑞）。猿猴在樹上上躥下跳，岸邊的孩子追逐嬉鬧，村婦在河邊槌衣洗褲。生與死，只隔一江水。

兒子接過火把，繞着父親轉了三圈。烈焰從父親口中湧出。兒子垂着手，盯着火焰，癡癡地站着。陽光照在寺廟的金頂上，留下一道道灼眼的金光。寺中熙熙攘攘的人群，在禱求神靈的垂青。

熊熊烈火吞噬了父親的整個身體。兒子蹲在石階上，剃着髮，一縷縷煩惱絲落入水中，不見了蹤影。他的肩聳動着。剃頭的人扶住他的肩膀，沉默無語，他是見慣了的，誰都有這一天。水鴨信步走在河流的淺灘上，饒有興致地啄食着。一隻雄鴿子，聳着肩上的羽毛，咕咕地嗚咽着，一抖一抖地求着愛。雌鴿子專心地啄着草，無動於衷，許久，拍翅飛走了。雄鴿子還是聳動着肩，無奈地望着天空。

兒子現在已換了一身重孝，抱着手，倚着門廊的柱子，淡淡地望着父親。一群女眷，在一旁嘰嘰喳喳地流着淚。此刻沒有人比他父親更快樂，也沒有人比他更孤獨。長長的紅色門廊，白色的石柱，熏得焦黑的棚廊。上面是憑欄遠望、歡聲嬉鬧、身着鮮豔莎麗的尼泊爾胖姑娘。而下面，只有他。他漠然地望着，沒有表情，沒有啼泣。一動也不動，連眼也不眨，緊盯着那團火，彷彿生怕少看了一眼，看一眼就少一眼了。從此他單槍匹馬，一個人披盔掛甲征戰人世。他剛上路，而父親已經收兵束甲，馬放南山。對岸的山坡上，供奉着林迦。年輕男女禱求生子，雙雙在眉心鄭重地點下一個紅點，用額頭輕觸神像。

青石板只剩未燒盡的原木和一堆黑灰。兒子靜靜站着，看着父親進入聖河，升天，快樂得痛徹心扉。再也不見了。他木訥地接過別人遞來的桶去河中打水。水倒在灼熱的青石板上，冒出縷縷青煙。他呆呆地看着，恍了神。良久，才緩慢蹣跚地走開，在上最後一級石階時一個趔趄，踏入水中，水花四濺，驚得一旁的鴿子慌忙飛走。他緩緩低頭俯視水面。水中有他的父親，也有別人的父親。他失魂落魄地踏上石階，連桶也被孤零零地留在原地。家人忙上前替他打水。水灑在石板上嗞嗞地響着。他彷彿驚着似的急退幾步，望着青煙出神。直到早等在一旁的人推了推他，才木然地接過一袋米，繞着石板一把把地灑着。只灑了幾把，就索性把袋子一倒，成堆的米堆在青煙裊裊的青石板上。袋子隨手扔在地上，被風吹起，窸窣地在一片白煙中隱沒了。鴿子飛下來啄食，落在石板上，燙着了腳，疾邁幾步，撲棱幾下翅膀。沒飛起來，落進了河裏，驚得翻滾幾圈，張着小紅嘴慘叫着飛走了。

兒子渾然不覺，定定地盯着米堆，目不轉睛，默然不語。他不曾流一滴淚，但我明白，恆河水就是他的淚。

此岸彼岸，兩重世界。黃昏已至，苦行僧們紛紛隱入黑暗。幾張空空的青石板散着白天的餘熱。黑暗中人聲依舊，雖然這分明叫人寂寞無語。生與死，在印度教中都是平凡的事，但人的心中總是要痛的。孤獨的人獨自飲泣，別人照舊鼓樂昇平。

鴿子歸了巢，咕咕叫着。一彎冷月輕吻着那緩緩湧入恆河的焦灼的靈魂。

慎讀歲月——讀《桃花扇》有感

竊鈎者誅，竊國者王。朝朝王侯，他們像是撼不動、推不倒的大山，他們完美無缺，並將永存。但怕甚麼，山終究要沒入雲海。

「世代王侯，有的身敗，有的名裂，有的身敗名裂。」

桃花扇，桃花扇，一膛熱血，滿心悲涼。說甚麼「玉環飛燕皆塵土」，說甚麼「亂山平野煙光薄」，說甚麼「朝來寒雨晚來風」，都不過是「眼看他起朱樓，眼看他宴賓客，眼看他樓塌了」。這不是一個人的絕望，而是整個國家的掙扎。

明代小朝廷重蹈了千百年來歷史的覆轍。崇禎把忠將袁崇煥一刀一刀地殺死，殊不知，他的大明江山，也正隨之一點一點地消逝，一點一點地支離破碎。荒誕的皇帝，親手殺死了唯一能夠讓後金有所忌憚的人，卻對早就賣了主、得了榮的洪承疇讚不絕口。夏完淳臨死前口口聲聲對着披了清朝官服的洪承疇說，他最敬仰的英雄就是為國而死的洪承疇，莫大的諷刺！

哪裏還有國啊，早在朱瞻基玩他的蛐蛐，朱由孝做他的木匠，朱翊鈞抄他老師張居正家的時候，就該知道，國要亡了。皇帝們費盡心思煉丹以求長壽，卻讓歲月從手上滑過，春光熬成了秋涼，不能讓他那風雨飄搖的小朝廷，多苟延殘喘一朝一夕。

桃花扇，桃花扇，絕世美豔，千古惆悵。桃花扇上的血淚不僅是明王朝的，更是秦淮名妓李香君的。

一如所有紅顏一樣，「身世浮沉雨打萍」，薄命是她的代名詞。從來女子無才便是德，愈壓迫，愈順從，便是好的；反之便是像安樂公主一樣，臨死了，愛美的她才來得及畫一道眉。當李香君的鮮血灑在扇子上，形成桃花的形狀，她一定早是心字已成灰。在這樣的一個時代，把人們風花雪月的生活變成了步履維艱的生存。「秋來葉上無窮雨，白了人頭是此聲。」又是一年的春風秋雨，又一年柳綠楓紅，眼看着時光一日日地催人老，想要留下，卻甚麼也留不下，唯有在絕美的桃花扇被撕毀和與舊日的情人修道山中時，她的靈魂才終於在歲月的鞭打下抬起了頭。

不由得回想起了倉央嘉措的詩：「曾慮多情損梵行，入山又恐別傾城。世間安得雙全法，不負如來不負卿。」但我想他在最後的痛苦時光中——被拉藏汗逼迫，被乾隆帝懷疑——所有願望一定就是入山歸隱，哪還牽甚麼紅顏，掛甚麼富貴？讓自己游刃有餘、安然地活在歲月中才是最好的回報。還以為一生戎馬，一世征殺，能醉享榮華，執手紅花。而終是杯酒淡茶，一襲輕紗，漁樵閒活，拂去一世塵沙。

慎讀歲月吧，不要不小心就把歲月過得面目全非，「都將古今無窮事，放在愁邊，放在愁邊，卻自移家向酒泉。」若將苦澀的酒咽下後卻有着餘韻悠長的回甘，這樣便不辜負歲月。

桃花扇，壯烈地來，乾淨地去。家國皆無，歲月把該帶來的慷慨地帶來，該帶走的帶走得一絲不留。於天地，是無窮的；於眾人，蒼茫的天地間甚麼都留不下。

真乾淨。

（原載於《智慧少年》2017 年第 1 期）

出發

總是怕那離別，一夜間搖落了一地的花；怕月亮沉在海中便再也不起來；怕這一秒還在身旁，下一秒已是天涯。三毛的書彷彿多得讀不盡，可我讀了一半就一字也不敢往下讀，讀完了她的書該多寂寞啊，再也不能跑出來一個三毛寫書給我讀了，我的生活該多無趣。家中那麼多百十年前作家的書卻不落目，世界上就一個莫泊桑，一個倉央嘉措，他們講完了故事，我們就要離別，一本倉央嘉措的詩集在書架上積滿了灰也不曾翻動。

好像懼怕相遇似的，無法理解作者的淡看離殤，也無法笑看今世離別。相見未曾恨晚，只恨太早，為甚麼不能晚些遇見，晚些離別。

花開花落，潮退潮起，離別不過又是出發，又是遇見。

時日久了，卻有一種惶惶不可終日的空寂感，那些不

敢再讀的書，彷彿喚着我修來一場酣暢淋漓的相逢，不必多想地看一次花開，不必擔心可否有枯枝落下，是否明年就是花葬。

緣就是注定了的一言一行，一顰一笑，都是命運佈好的局，我們無法改變甚麼。讀完了最後一首倉央嘉措的詩，放下了詩集，發起了呆。一次三百年間的遇見，惋惜再無法多讀任何一首他的詩。本以為會悵然若失，臨了卻是無悔的欣慰，原來讀透了他們的心靈與思想，他們便從遇見變成了舊友一般熟識，一旦相知就不談離別，因為已住在了心中，舊友離開也不必悲傷。江山都易消，緣起緣滅也不足為奇，遇見了，獲得了情誼還有甚麼缺憾，即使這一秒仍歡笑下一秒就是天涯。不遇見就連片刻的緣都未盡，比離別更悲苦更寂寥。

又是一場千百年間的相逢，又是一場不落幕的演出。相逢不必懼離別。心在一起，用超脫塵世的方法相遇，即使一劇劇終，靈魂永遠不能平靜。

看盡了紙間就又見心頭，走向了緣盡，就去尋緣起。每一次的告別就是又一次出發，去遠方，去遠方。看盡世事無悔地辭了今生，又垂首靜待來世，待再次修來的情愫。

（原載於《東方少年》雜誌 2014 年第 11 期）

雲在青天水在瓶
——讀《六祖壇經》有感

萬物最自然、最本質的樣子便為佛性。每一朵花都是恰到好處地綻放，草木或榮或枯都是最美的模樣。當不再掛記佛時，便成了佛。

六祖慧能之言彷彿不是崇高的佛法，只是平常的生活，但又是不可觸及的遙遠。佛中的空便如慧能所言：「菩提本無樹，明鏡亦非台。本來無一物，何處惹塵埃。」但若一味求空，便如頑石一般了。若是心中真的空空蕩蕩、別無一物，又怎會有空的念頭呢？

正如扎西拉姆·多多曾與某個禪師的對話，他們看見得道的人可以預知自己的死亡，躺在蓆上不吃不喝等待。她問：「如果死亡不來呢？」禪師答：「死亡怎麼會不來呢？」死亡是一定會來的，就像吃飯睡覺一般尋常，像雲就在青天暢遊、水就在瓶中的樣子。

禪就是順其自然。

工作學習度過一日是充足，吃飯睡覺度過一日也不空虛，這就是生活本來的樣子。不論因果如何，當下才是最值得在意的。雪花或許落下後就化作泥污間的水珠，在從天上飄下的時候，雪花的美麗是不容忽視的，那雪化的泥水同樣也是美的。

生活中不分美醜，換一個角度，換一種思維，也是另一種美好。大雪一片片，每一片在屋檐、在牆根、在湖中、在草上都是恰到好處。心寬無處不桃源，哪裏都是天賜的勝景。

雲在青天水在瓶，天地萬物本來如此，都是各得其所、悠遊自在，過多的掛記反成了桎梏。世間皆佛，見性成佛，何必一味追尋那些不可及的呢？

請為先生開一盞燈

當我們在一片萬籟俱靜中聽見自己心心念念的聲音，我們是否會驚覺我們對於生命的本身已漸行漸遠？即便是鐵骨錚錚的魯迅先生，他也需要有人為他打開一盞讓他重回自我、返璞歸真的燈。而試問世間，曾有誰人將這盞燈開啟？

穿窗瘦月底、落葉寒風中，向來是少有的心存鴻鵠之志、一路慷慨高歌的志士的身影。他們的心中唯有「致君堯舜上，再使風俗淳」這樣的高瞻遠矚。

心懷壯志沒有錯，可是我又怎能忘卻，當力拔山兮氣蓋世的項羽走向窮途末路之時，不是為了江山社稷而悲，卻是涕淚長流地問道：「虞兮虞兮奈若何？」這不是婦人之仁，而是楚霸王心中真正人性的牽掛，摯情至此，不減雄豪。更不可忘卻的是《薄伽梵歌》中的印度章西女王，當崢嶸一生滿心壯志的她從馬上中箭跌落、生命油盡燈枯之時，她卻注視着莽莽青山，笑語：「你們看，那晚霞真美！」沒有了百萬雄師陣前的嘶吼來將她羈絆，她回歸的竟是一個女子的柔情。而最讓人心生悲涼和慨歎的是，當毛澤東度過他生命中最後的一個除夕時，身邊的工作人員小心翼翼、生怕打擾了病榻上的他，他卻說：「過年啦！你們去放掛鞭炮熱鬧熱鬧吧。」即便是心中充滿宏韜偉略的偉人也終在寒冬中渴望最最微小的溫暖。

一語至此，我卻已是如鯁在喉，不知所言了。人們甘之如飴、感慨繫之的宏圖大志終是化作心底一個纖細，甚至不曾體會，甚至恥於言語的微小感懷。曾經的剛毅與一路的壯歌終敵不過柔腸百轉的星點微光。我認為魯迅先生的可敬可畏大約也是在此了。他不僅是一位橫眉冷目的鬥士，他也需要一盞明燈來照見自己的內心。為先生開一盞燈吧，為千千萬萬如先生一般苦心勞形的人們開一盞燈吧。在我們所謂的一往直前時，我們內觀而自知的溫暖在最細微處，而正是在這小處藏着的星光引着我們在一生微茫中蹣跚行走。

人活一世，為國為家，卻常常忘懷了自己生命的本性，以為這是生命的「枝葉」。中國的傳統中是不講「我」的，人性總是被萬丈光芒的「大局」所籠罩。試問大明的脊樑張居正，他為了萬曆的新政精疲力竭，卻不為世人理解，以為他沽名釣譽，難道他不憤懣、不孤苦嗎？當他在父親的靈堂前，面對質疑他的子弟下屬，歇斯底里地呼喊要讓他們殺掉自己時，難道他不明白他那漂泊太久的靈魂早已成傷？他真正的終點並不是扭轉大明的傾頽之勢，而是反觀自我，與自己和解，在細小之處重還自己以人性啊。當今的人們不也是如此嗎？為了生活，辛苦奔波，芟夷所謂的「枝葉」，卻終兩手空空，人們所謂的「精華」終也不過如水長東。正如那個告訴迷惘的金岳霖「你是金博士」的車夫一般，應該有人告訴我們，我們到底是誰。我們需要聽一聽群山肆意而低沉的迴響，看一看飛鳥啣着心聲翱翔，反觀自心，才有前行的力量。

那曾被人熱議、如今一閃而過的余秀華曾道出世人的缺憾：「我不想被稱為腦癱詩人或是農民詩人，我只想被介紹為詩人余秀華。」的確，人們是不是太關注所謂「標籤」而忽視了人性的呼號？是不是物質、財富與前途讓人們忘記了真正寶貴的「不值一提」的情誼？是不是唯有可歌可泣才是有價值的一生？不是的，絕不是的。這不過使我們迷惘，而不知道前路何方。

這一盞在中國關閉了千年的燈，憑一己之力是打不開的，那些好高騖遠的鬥士們也是打不開的。心中的悲涼，往往在口中化為沉默。那些對於王安石變法的失敗哀其不幸、痛心疾首的人們不要將罪責統統歸諸封建體制，在青苗法的光鮮外表下難道沒有百姓被逼強貸的悲聲嗎？民生不也是被踐踏在腳下嗎？我們奉為程朱理學開山鼻祖的程頤所言「餓死事小，失節事大」，不正是對人性的輕視嗎？封建社會的所謂道德，所謂的歌舞昇平，在一座座貞節牌坊豎立之時即已倒下。

若是如柏楊之言，三千年的封建禮教已將我們沉在醬缸的深處，那也未免過於悲觀了。

為了世人，我們應開一盞燈，哪怕青燈如豆。那些空村中的留守兒童與空巢老人，他們可以依靠城市中的親人匯來的冰冷的錢生存，而誰又能教會他們生活？有誰知那最貧窮卻也最幸福的國家不丹，國王驕傲地宣佈，他所追求的不是經濟，而是青山綠水，民樂安康？其言甚好，效之則難。當我們的社會是急功近利的，我們也注定將在這股洪流中漸漸忘卻自己的本心。當我們的生活走向各種指標評價的「富」與「強」，我們的靈魂，那些生命中最質樸的聲音、微不可察的吶喊，又將何處安放？

先生終是離去了，而我以為他只是缺席我們的時光，他並沒有死去，他仍需要一盞燈，他仍要「看來看去的看一下」。是他對生活深厚的愛，讓他呼喊，讓他彷徨。如今我們仍有為如先生之人點一盞燈的機會。來吧，燒盡可燃之物，哪怕油盡燈枯，哪怕不比星光。

不要忘卻，當我們於生活愈行愈快時，於自己、於本真卻是愈行愈遠了。試問，無源之水，如何流淌？無根之木，如何生長？無本之人，如何遠行、志在四方？

（原載於《紅樹林》雜誌 2016年第 4期）

☆本文獲第七屆魯迅青少年文學獎高中組特等獎

解語花

海棠向來是有豔無香的，開在四五月，遠離霜寒，也遠離酷暑，就在那一如它性情一樣淡薄的時節開放。

家中早有一盆海棠，當初只是因為清代張潮的一段話「美人之勝於花者，解語也；花之勝於美人者，生香也。二者不可得兼，捨生香而取解語者也」，而海棠又名解語花，所以就栽了一株在家中。無奈它的花期短，回家放了不多時就凋零了，枝杈上禿了近一年。

今天去陽台上不經意間瞅見一片棕黑色的枝杈之間有一朵紅紅的、小小的花苞，我以為看錯了，就眨了眨眼，那紅色的花骨朵兒竟仍在，但現已是十月，天已經稍涼，而如此柔弱的海棠怎能生長呢？只見它在風中微微地顫動着似乎要落下，枝上的樹葉也僅有零零落落的幾片，且大多是半黃不黃的，這真叫我既驚歎也震動於這不合時宜的

綻放。

歷來文人一般都愛花，但文人墨客愛的從不是花的美，而是花的精魂，花的高潔。比如牡丹，雖美得傾國傾城，但文人大多以它為俗，而蓮花，無香無豔又長於泥濘的池塘，卻備受喜愛，甚至受到「六郎像蓮花、蓮花像六郎」的讚譽。蓮花六郎如今是極悲慘地死去了，而蓮花倒是一直以淡然之姿長存世間。

被張愛玲列入「三恨」的海棠雖然無香，但總像一個謙謙君子，百花爭豔時它靜靜地開放，不招來蝴蝶為它作嫁衣，只是像一個沉默的旁觀者看着春意枝頭鬧，獨自寂寞，獨自蕭瑟。在春末百花都枯萎、發着歲月的焦黃時，它又以生命中最堅定的決心跳過枯蔫，直接以一如既往的豔麗從枝頭落下，直接奔向死亡。這哪裏是花，這分明是人，不願與世俗爭豔，也不願與時光拚搏，只希望永葆自己淡然、樸實的秉性——怪不得它叫解語花。

海棠既美也愁。美於它的無聲，也悲於它的無聲，短暫的花期總是那樣默無聲息地度過。宋代的朱淑真曾寫下：「午窗睡起鶯聲巧，何處喚春愁？綠楊影裏，海棠亭畔，紅杏梢頭。」愁竟是深深藏在這一片樂景中了。朱淑真的一生可謂是像極了海棠的，她本是個多情的女子，卻被嫁與一個市井男子，一個是淡然的海棠，一個是道旁的小草，她怎可能快樂？她死後，與詩冊《斷腸集》一齊焚化，被灑入錢塘江中，一生赤條條來去無牽掛。海棠也是這樣，一生只求靜，一生歸於淨，但它那彷彿看破紅塵的背面該有多少的無奈與悲涼。

花，不語。但它分明說出了比語言更多的東西。海棠，不隨流俗，便必定要遭受常人沒有的苦痛。望着陽台上形單影隻的海棠，既然它連香豔都不願有，那在秋日開放又算甚麼呢？讓它開去吧。

夢裏不知身是客

桃未芳菲杏未紅，衝寒先喜笑東風。
魂飛庾嶺春難辨，霞隔羅浮夢未通。
綠萼添妝融寶炬，縞仙扶醉跨殘虹。
看來豈是尋常色，濃淡由他冰雪中。

——曹雪芹：《詠紅梅花得「紅」字》

這是一場在風刀霜劍中的綻放，一抹在冰天雪地中的暖紅，一剪寒冬臘月的倩影，一曲帶笑的無淚悲歌。

人們都知梅的堅強與傲骨，「疏影橫斜水清淺，暗香浮動月黃昏」。可誰人能知在這傲然的脊樑背後有着多少的淒涼？難道傲立的寒梅不願在姹紫嫣紅的春日中綻放？難道它們被文人大加讚賞的嶙峋怪狀是嬌豔的花應有的模樣？難道它不想有朝一日，花團錦簇地熱烈綻放？可笑的文人賦予了它太多的深意，反將它無奈的本意生生抹盡。它不過是錯生在寒冬，手忙腳亂地迎接生命的慘淡之際，慌忙生成這副模樣，談何傲骨仙風？歸隱山林的居士們，追求病態的怪美，將梅的主枝剪去，留下崎崎嶇嶇的側枝。他們迷上的不過是自己心裏一個沒有來由的想像，卻偏要摧殘這不解語的梅。

其實對人，也是如此。一如邢岫煙，這個淡然的女子。別人在大觀園中做着紅樓大夢，她卻只能在悲傷的角落做着她殘缺的小夢。以血緣決定的尊卑，使她無力超脫。富貴榮華是別人的，她甚麼也沒有，卻偏是金陵十二釵逃不出的「烏髮如銀，紅顏似槁」的命運。她如梅一般的孤獨，一般的淡然，也如梅一般在嚴冬綻開，卻經不起一陣溫暖緩和的春風，輕輕吹拂。

「觀裏栽桃，仙家種杏，千林無伴」，這是以梅自比的朱敦儒對梅的淒苦慘狀作的描寫。高潔、傲然的梅早在士大夫的沉淪中換了人間。「虛心竹有低頭葉，傲骨梅無仰面花」，這是梅的內斂，山野樵夫一般的與世無爭。在百花做着繽紛的好夢時，只有它在一邊默默地隱忍。而在它做夢時，卻連一個一同夢想的伴兒都沒有了，群花已逝，大夢已醒，只有梅仍在冰天雪地中做着自己寒冷的小夢。春天一來，她便匆匆地收拾了紅裝，一分埋骨塵土，二分葬身流水。它甚至連「寧可抱香枝上老，不隨黃葉舞秋風」都不曾有，清風一親吻它的臉頰，它便歎息一聲，飛舞着落下。如一場雨，一場淚，一場無人哭泣的葬禮。在春日萬物復蘇的舞場，哪有人看見在華燈裏、紅絨地毯上、衣着光鮮的身姿中灑滿了寂寞了一個冬日的離人淚。那不是花瓣，是碎夢的點點紅淚。

亦如此的，還有李清照。她好像和趙明誠琴瑟和鳴，可對她而言，這個儒弱、不敵她才華、視金石研究重於一切的男子，真有賭書潑茶的當時尋常之樂嗎？安樂公主亦如此，她的女皇夢背後難道真的沒有後悔，沒想只做一個「春日凝妝上翠樓」的女子嗎？納蘭容若亦如此，烏衣門第、翩翩相門公子，可他宏圖未盡，壯志未酬，卻已是多愁多病身。青梅入宮，妻子病去，他鬢角的雪尚未落下，心中的寒卻已成災。

「夢裏不知身是客，一晌貪歡。」夢醒方知是夢，夢中哪得淒涼。滿心歡喜，滿眼春花，滿園春景，自己卻已飄零。曾朝夕相處的雪也躲藏到地底，等着來年再漫上來，而梅卻要離別。它確乎要離開了，可連一個在乎的歸人都沒有，這又算甚麼離別。只當流浪異鄉一遭，卻是一去無歸。世人以為它孤芳自賞，恃才傲物，卻只有它獨品自己的悲涼。它假裝堅強，以致於別人真的看不見它的慌張。

在我眼中，花就是要大朵地開，酣暢淋漓地綻放。一株忙於禦寒求生的花是不會惦記着美的。人就要肆意地活，把時光大把大把地拋灑。時間盡了，便轉身離去。未盡，就繼續揮霍。

「不如歸去，閬苑有個人憶。」歸去罷，在夢醒之前好好看一看自己，夢中的自己。

不要問我從哪裏來

撒哈拉，吞蝕多少生命？對它來說世間萬物都不值一提，它不曾因為任何人的到來而光輝四溢，也不會為任何離殤而黯然，不過用一具具被風沙蛀空了的骨架，訴說着滄桑。

濃濃的鄉愁，前世的召喚，讓那流浪了半生的人第一次開始思念那輪迴的歸宿。正是鄉愁，正是胸襟廣博的撒哈拉，叫那豪放漂泊的女子 —— 三毛的人生熠熠生輝。

三毛，那黑髮披肩、長裙拖地的怪人，是安定不下來的。一粒漂泊的種子，也總有一天會落地生根。而她如孤舟，以為已經到了彼岸的渡口，原來不過又是偶然停泊的驛站。她一生最宏偉的海市蜃樓是荷西，用六年時光錯過，用七年時間珍惜，可誰也不是誰的歸人。她是注定漂泊的，到頭來，甚麼都留不住。

撒哈拉，是給人以孤獨、寂寥、沉積的地方。風凜冽、夜未央，歲月風沙又替她撫了撫眉間。原來自己還是太渺小，在這廣博的天地間獨守空房。夜那麼靜，那麼冷，那麼長，星光都暗了，仍不見天明。她終於可以完成願望，做個拾荒者，與墓為伴，度過那熬不住的艱苦歲月。

「不要問我從哪裏來，我的故鄉在遠方，為甚麼流浪，流浪遠方，流浪？」萬水千山只有流浪，或許正如張樂平的《苦兒流浪記》中的三毛，只是從一處溫暖的燭光中流浪到另一處大漠孤煙。家在哪裏？從未有家。她的夢魘是流浪，她的歸宿是流浪。以為可以駐足，用半生讀懂一個人、一座城，以為世界上最牽掛的三個人還在，就永遠不死，靜靜等到流乾了歲月，過盡了時光，一起永生。可有的人總那麼心急，在最愛的海中，永生。

荷西說來世絕不同三毛在一起，三毛也說不愛他。可他離去，她仍痛斷了流年。以為流浪慣了，可以那麼瀟灑地轉身離開，原來根已經落地，草芥一般默然相愛，海卻依然嫉妒得驚濤拍岸。

滾滾紅塵，吞蝕天地。

墓地是最沉寂、最慈悲的地方。溫柔的風拂過髮梢，一如多年前初見時的模樣，如今最溫柔的人是他，也是她。

晨曦照在一捧溫熱的土上，如此的祥和。

她不曾為了甚麼而熠熠生輝。她一直守着自己，在長髮下窺探着世間，讓一壺又一壺流年的毒酒，使她一醉不

醒。走遍塵間萬景才知毒已入骨，只得笑吟：「醉笑陪君三萬場，不用訴離殤。」

☆本文於 2016 年 1 月獲深圳青少年讀書隨筆有獎徵文一等獎

一兩秋風

一剪秋水，沉寂了清池上的明月；幾縷秋涼，瘦減了流年的沈腰；幾匹秋愁，痛斷了離人的肝腸；一兩秋風，吹落了林木的棄子。

落葉，樹的棄子。那是熱烈的夏轉向薄涼的秋的一場落雨，一場繽紛的凋零，一場酣暢的淚流。落葉是新生的秋的信使，是垂暮的夏的背影。因此，秋日的落葉是悲的，不似春日的落葉，秋的棄子們是要沉默一整個冬日的，而春的老者是給身後那嘰嘰喳喳的冒頭的新芽讓道的，為了死而死與為了生而死當然是不同的。而於我，則是更愛秋日的落葉的。

曾在秋日去岳陽樓，在碑廊中行走，落葉飛入碑廊，踩在腳下一個勁兒地作響，似是痛苦地尖聲叫嚷。碑上是大家的詩作，他們都是他鄉的遊子，客旅於此，他們在一

片爛漫的日光中讚頌着、哀歎着、沉思着。太白詩曰：「帝子瀟湘去不還，空餘秋草洞庭間。」他今日感歎着他人的傷悲，日後又是誰人拾取他的秋涼？是落葉吧，它們也是敗落了的遊子。曾有一句話：「到不了的地方叫遠方，回不去的地方叫家鄉。」遠方誰都不曾擁有，照此理，家鄉卻是人人都有。樹是落葉的家鄉，它們無法回去的家鄉。一直很喜歡「碑」這個稱呼。碑，就是一片煙柳繁華後的悲。碑，就是竭力留住留不住的、竭力停止停不下的，最終留下了詩卻留不下人，留不下昔日陽光照拂在肩的暖意。所謂碑，不就是悲嗎？

一兩秋風輕而易舉地吹散了落葉，吹進了又一個輪迴，新的落葉又在樹中孕育了。哪片樹葉最終不落，卻又有哪縷秋風最後散去？該讓那秋風為落葉立個碑。

該叫落葉碑吧。

落葉悲。

「中」的精神

崇山峻嶺間，層層疊疊覆蓋着雪，肅殺的寒風摧毀着雪上的萬物，然而雪下的草木卻在嚴冬中免於凍死，甚至不時要吶喊幾聲，好讓心中那奔馳向春季的猛士不憚於策馬揚鞭。

上，曰天；下，曰地；中，曰人。然而，此處的人絕不指頭腦中生長着沙漠，荒蕪、淺陋、空虛的人。此種人或是愚人，或是對自己有着狂熱自負的蠢物。然而有「中」之精魂的智士呢？卻全然摒棄了蠻橫的自信，而是以謙而不卑、懦而不弱、慈而不怯的態度面對世界。在面對命運的不公、歲月的鞭撻和小人橫飛的唾沫星子時，懷有「中」之精神的仁者確乎是低了頭的，他們蹣跚地行走在一幅水墨畫中。這幅畫山石棱角分明，界限粗糙，猶如斧劈，使人望而卻步，心生寒涼。他們便隨了那伸着脖子、突着雙

眼、雙腳上上下下蹦跳、自詡耿直之士的人一同走向畫的深處。他們沉默無言，猶如廣闊的土地。高堂之上的俯視者或許要大罵了：「沒有骨頭的懦夫！」而我卻心疑，恐是他們自己淪落到口不能言，甚至連沉默的權利也失卻的田地，還不知是怎樣一番奴顏媚骨。而且人生常若不繫之舟，此刻暫時的沉默不失是一種勇於面對自心的氣魄。尼采曾說：「誰終將聲震人間，必長久深自緘默；誰終將點燃閃電，必長久如雲漂泊。」「中」，大約就是在沉默中蓄積，在漂泊中明志。

竊以為，有朝一日，天地換作另一番光景時，中之智者便可放聲高歌，縱聲四野了。山石瀧水、煙霞晦明、淡墨清嵐之時，「中」的精神便展現出它積蓄已久的力量了。如沈從文先生，終能在長久的黑夜中迎來陽光，如音樂家肖斯塔．科維奇，終是在等待槍決的忐忑中走向了新生。而那些吹鬍子瞪眼的狂生呢？大約都消失在了歷史的煙塵中。

看客的嘴總是多的，切切察察地不饒人，大約總有人要哀其不幸，怒其不爭，大談要快意泯恩仇瀟灑走一回。而「中」的精神真是得過且過嗎？依我看是不盡然的。「中」的精神之所以傳於世，便在於生命的崎嶇與短促。看客們抖着二郎腿，嗑着瓜子，歲月便如丟棄在地上的瓜子殼，一縱即逝，一滴不剩。人即在無窮的苦難中匆匆走上一遭，一路上風黑、霧沉、雨急，若自己不能懷着一顆不動搖的，不以物喜、不以己悲的心，如何能夠在生命之河中暢游，直至彼岸？生命本就是苦的，生也苦來，死也苦，總不能讓夢也苦罷。退讓，豈是委屈自己，便宜了別人？恰恰相反，退讓的最大受益者便是退讓之人。退讓意味着面對艱難的平常心，一如廣闊而波瀾不驚的海面，而不是斤斤計較者心中時常叮咚作響的狹窄溪流。尚且不言已被人咀嚼至無味的退者方有日後更廣闊的天地，單單講「中」的淡泊與平靜，這難道不是一個流浪日久的靈魂最為渴求的嗎？試問，沒有「中」的平和，果戈理如何以幽默之筆面對苦，貝克特怎樣以看似荒謬之筆面對巨大的彷徨？「中」就是智，豈有他哉？

「中」之精神，唯有仰不愧於天，俯不怍於人，捫心自問也不會不安於心的人才有。畢竟，在天地的風雲變幻中，肉身左右搖擺，而靈魂輕盈不動其實需要巨大的勇氣。非能忍受千里寒霜、萬里無人的孤獨之人不能苟得。現實的引力太沉重，稍有不慎若真失了本心，名節不保實乃小事，此心再無歸處便是追悔莫及的。

「中」，是軟中有硬，硬中見柔。若是講到作畫便像極了留白，密中顯疏，疏中帶密，其中意蘊無窮。「中」，便是有自立於天地之間的決絕，看似軟弱，實則剛毅，如水一般無形無狀，卻能適應任何形狀的最奇絕、料峭的意境。馬洛伊·山多爾被世人讚為「流亡的骨頭」，這一個被遺忘的大家，他的出走故國，恰是軟，而他的利筆卻無往不指

向動亂的故土。他揚言祖國一天不獨立，他便一日不歸去，最終他在無盡的痛苦中飲彈，這是他的硬。馬洛伊留給故國的空白，其中不可言說的愛豈是空談？

看客們大約又有話可說了，這次腿不抖了，瓜子不吃了，噔地站起來：「魯迅先生的骨頭是最硬的，難不成這中國的精魂也有錯？」一聞此言我的心顫抖了。魯迅先生大約已不是一位作家，而成為一個全然正確的代名詞了。「中」不意味着全然的藏鋒斂鍔，愈是有着尖銳的憂便愈是有着深切的、柔軟的愛，何況剛毅如魯迅也有「俯首甘為孺子牛」的時刻。

看客們滿不在乎地揮揮手，都湧向了別處，散開了去，竟仍有窸窸窣窣的動靜。拾上墨子的大棒背在身後，想教教他們甚麼是「中」。走近一瞧，竟是一條禿尾巴的大黃狗。牠衝我大叫，作勢要咬，是為狂；我亮出大棒，牠立刻低頭，耷拉尾向後退去，是為「中」；隨手拾一塊吃剩的骨頭給牠，牠搖着禿了的尾巴根走遠了，是為媚。

「中」的精神，大約就是對本心的守護。以退為進，以守為攻。看似隨波逐流，實則天地獨我，遺世獨立。

上為天，下為地，中為我。天有陰晴，地有旱澇，唯我且行且住，且笑且歌。只等待有朝一日，於天空中望見深淵，於絕望中望見希望，於無聲處聽驚雷。

☆本文獲得第十二屆「希望杯」全國作文大賽決賽特等獎

在路上

幸福之為物，就是食五穀，得百病，有七情六慾罷。幸福就像青鳥，在你抓到祂的那一刻，祂就死亡了，唯有永遠追尋，永遠在路上。

幸福是甚麼？此刻我的頭腦中竟荒蕪得如一片沙漠，我確乎不曾問自己這個問題。「之子于歸，百兩御之」，這樣宏大的場面幸福嗎？非也。自古以來如此嫁入豪門的女子只能獲得外人眼中的美滿，終不是自己的幸福。那麼功成名就的帝王幸福嗎？非也。皇宮大約就如一幅意境端莊、駢羅整肅、不存生意自然之態的畫卷，意境蕭索。提筆至此，我已是長久地沉默了。這些結果，是多少人夢寐以求的啊，而在他們行走至夢想彼岸時才發覺，那不是幸福。

幸福是動態而非靜態。滿足與獲得只是細小的快樂，

而不能與幸福相提並論。人生本是參差多態的，有的人一生所求的東西正是另一些人與生俱來的，而這是使人悲哀的嗎？有的人注定得不到幸福嗎？非也。幸福是將熱情與理想背負在身上，一路崎嶇走來，一路飽經風霜，而這時，不問結果，獨獨這個過程便已是幸福了。路在腳下，夢在心中，知道我要前行，更知道我要去往何方，是為幸福。那麼在充滿掙扎與苦難的人生中，幸福便只是小小的插曲了。人生果真是如此苦澀的嗎？

有人說：「幸福何必那麼麻煩。我得到的很多，而想要的很少，這不正是平凡的幸福嗎？」諸君啊，在你為這句話迷惑時，我不免要提醒你警惕了。猶如梭羅的《瓦爾登湖》和盧梭的《一個孤獨的散步者的夢》這般不悲不喜，如泥塑金身一般帶着神性的幸福，眾人怎敢輕易取得？起碼於我而言，我早已不敢高估自己的人性。老莊面對慾望的態度也是順其自然，怎麼有人甘願在貧瘠的泥潭中沉淪而連幻想星空的渴望都不存？這還可以稱之為一個有血有肉的人嗎？我不敢妄下結論，定然有許多清高者是要口誅筆伐的。可我以為，哪怕身處最深的黑暗，只要是向着光，哪怕是爬着去，哪怕是半途生死不明，卻也定是含笑而終啊。

高曉松說：「生活不止眼前的苟且，還有詩和遠方的田野。」於是從不知何處冒出奉此為圭臬的文青們，憤憤地說幸福在遠方。諸君，我再次勸你們斷斷不要相信，幸福是心靈的追逐，靈魂的遠方，而非路程遙遠。遠方，除了遠，真的空無一物。這一點，想必海子深有體會，在他渴望大海、渴望花開時，他心中的憧憬遠遠美於現實中幾千里外的海洋。而當他真真面朝大海時，他的心中卻沒有花開了，因為他喪失了長久以來的嚮往。換句話說，幸福就是靈魂富足罷。

人們看歷史常為歷史人物的命運扼腕，而我以為，歷史中為名利、為理想而盡精竭慮的人都是幸福的。沒有慾望便沒有幸福。有酒飲幾杯，有肉吃幾塊，只管耕耘，不問結果，便是幸福了。只要在路上，就會有方向，只要有方向，就不會絕望。孔明為他報國的願望而空空辛勞一生，於看客是不值的，而於自身，便是幸福。

長久以來，總有人以為降低了慾望便能獲得幸福，對這種論調我是不敢苟同的。換言之，幸福並不是可以被得到的。幸福只是陪伴人生的一種狀態。

諸君，上路罷，我的行裝已經收好。

若有一天，我將生活給我的苦難一併棄去，而依舊以無比的熱情上路，我想，這就是幸福。

☆本文為第十四屆「葉聖陶杯」全國中學生新作文大賽決賽現場作文

神妖論

在中國口耳相傳、由老人們搖着扇子坐在黃桷樹下繪聲繪色講述的古代傳說中的妖和神，同是法力無邊，同是長生不老，到底是一脈相承，還是大相徑庭呢？

《西遊記》寫盡了妖的百態人生，或殘暴或狡猾，可謂一幅妖的眾生相。正如深處疾苦中的百姓一樣，它們看似怪誕、殘酷的行為不過是將世間人心中的惡放大。妖，就是人性弱點的集合體。當人的手中握有同樣的無邊神力，那時他所做的恐怕與他曾厭惡、鄙視的妖分毫無差。曾有一個緬甸的傳說：一個村莊每年都要向一條山中的惡龍獻無數的吃穿金銀與兩對小孩，而同時，他們每年都會派一名勇士去殺死惡龍，但年復一年，不曾有勇士回來。終於有一次，一個孩子的母親希望救出她的孩子，於是尾隨勇士進了山，只見在山洞中勇士與惡龍廝殺許久後，終於將惡龍殺死。那個母親急忙想去救回孩子，卻看見那個勇士環視身邊成堆的金銀，慢慢走上惡龍的寶座，他頭上長出犄角，身上長出鱗片，勇士最後變成了惡龍。原來惡龍每次都被勇士殺死了，但他們都未選擇回村，而是取而代之。人要在無數次輪迴中經過最痛苦的煎熬才能成為人，所以人的慾望也格外大，每個人心中其實都有一隻吐着信子、面目猙獰的妖。

妖的醜態不過是眾生的醜態，《西遊記》的創作方式讓它活靈活現地展現了群妖。吳承恩不過是個聽書人，真正的作者們是生活在底層、看盡眾妖和群魔亂舞的說書人。

神，代表着至高無上。妖和神相比，不過淪為神的坐騎、門童之流，被呼來喚去。神正襟危坐在雲霄寶殿上，頤指氣使，對眾人呼之即來揮之即去。玉皇大帝統領一切，而神若在人間犯了諸如放走惡妖之類的錯，只要蜻蜓點水般致歉，再將妖領回去就風平浪靜了。這彷彿又使人看到了古時的官場，講人情而不講法則，官老爺明殿高堂上一坐，便可一手遮天。由此來看，百姓心中那不可犯的「神」就是官人了。而神終究是有操守的，其中不乏拔葵去織、德高望重的，而生有所束的神若想做到高潔傲岸恐怕是不為環境所容的。

世上本沒有妖神之類，人們所津津樂道的不過是他們的恐懼與敬畏。《西遊記》中的神與妖是在生活中閱盡滄桑的人們的期待，期待有一個打破塵規、懲惡揚善的孫猴站出來。他不是神也不是妖，他是救世主，是人們心中的希望。

而現實卻往往是倒敘的《西遊記》：成佛的悟空一路東行，地位、朋友、師父一一失去，心灰意冷回了花果山，天庭仍不依不饒，他在絕望中無處可去，終於，化作一塊頑石。

天地間，一塊頂天立地的石頭。石頭的心中藏着它的正義和當年雄姿英發的故事，可它卻無處言說。

論歸隱之於中國文人

中國文人一直有一種十分可笑的執着，依傍着自己的小能或偏才便風花雪月、附庸風雅。

舊日裏的歸隱之所指的是一個去處，但如今的歸隱指的應是一種態度。歸隱是末路之時的無奈之舉，不是多高尚、多榮耀的舉動。做個歲月靜好的夢，夢醒了好收穫加倍的現實。人生是痛苦的，總是如此，沒有盡頭，若隱於山林仍不能養心明性那麼也是無用，若處於鬧市之中即便車水馬龍然而心中安定，自然是修煉，這種修煉不是躲避，而是一種內心的追求，讓心變得堅硬，才能更柔軟地適應痛苦。

中國文人不僅代表一類職業，更表示一脈相承的態度。這些人在人世間自成一類，和小市民們水火不容。文人，首先除去文化中的敗類——文藝青年。此處的文藝青年僅指拿腔拿調、故作高深、見花垂淚、望月悲懷的迷惘之人。除此之外的中國文人哪怕再寒酸，彷彿也高人一等。如此的心高氣傲，說是骨氣，不如說是傲氣，而這世上的人偏是骨氣缺少，傲氣十足，極易怨天尤人、自憐自哀。誠然，我所討論的終究是管中窺豹，有道德修養的文人不在少數。但總有不知天高地厚之輩以放誕的姿態塑造了一個世人熟知的形象：一個仙風道骨的書生在深山野林中，破屋陋室、孤燈野狐，咂一口濁酒，夾一箸野菜，評經品文、談笑風生，並謂之高尚。若讓我來評價，用樸素一詞便已是過分溢美了。

文人們自冠以才子的名號，便有了在滾滾洪流中偏安一隅的藉口，「消除了志向，又以消除為一種志向」。但問世間曾有幾人真正像是教徒一般能經年累月不眠不休地磨礪心智？又有幾人粗茶淡飯，沒有紅袖添香、雕欄紅窗，真正放下執念，達到天人合一？此輩甚少，唯見滿倉滿谷的沽名釣譽之人。像是一個造假的古董，一個明青花偏要將自己埋入墓土，不是尋求平靜，而是期待着以一個永宣瓷的姿態被人發掘，若是寫上太祖遺製就更好了。但這樣的贋品是不足深品的，程序化的紋飾，死板的筆韻，不說在當朝不值一物，哪怕在幾百年後的今天也只有搭送的份。

歸隱在晉若說尚存些本真，其實也不過是一個療傷的避難所。試問，一個春風得意、躊躇滿志的人因何甘心閒雲野鶴地過盡一生？若有才華之人盡歸山野，那置國置家於何處？可世上少了他們依然繁華如舊，他們不過是可有可無的失意人。歸隱的人們越是表面上雲淡風輕，內心越是絕望如許，他們有激憤卻無法言說。誰束縛了高傲的他們？誰讓他們閉上了樂於吟詩作對的紅口白牙？是他們自己孤傲的心，自己的袍袖上仍帶有市民氣的遺臭，就對在生活的泥潭裏苦苦求生的人們破口大罵，自詡超然世外，見官場污濁、昏君在朝、小人當道，萬物皆不入目，唯遊蕩於秦樓楚館間才能麻痺自己「為國為民」飽受痛苦的心。

論歸隱之於中國文人，這大約是一種對他們高潔情操的渲染，錦上添花罷了。起初的歸隱者不過是出於無奈，而可笑的效仿者們一擁而上、奉之為真理，若真要對此做出評判，那麼不做評判是最好的評判，無話可說是最易懂的語言。

（原載於《高中生之友》2016年第4期）

感動

感動，像是汪洋大海上的一葉扁舟，孤獨而迷惘；感動，像是西去的太陽在大地上留下的最後一瞥，留戀而淒涼；感動，又像是沉睡的古蓮子，悠然而寧靜。

正如寶玉所說的，我並不為有些文死諫、武死戰的愚死而感動。有時，只是因為一件物什、一句話、一個人而感動，感動於他們的清韻、芬芳、惆悵。

竹子在華夏文明中從來都是有着很深的意蘊的。曾見過一個老舊的湘妃竹臂擱，第一眼見着就彷彿被那一股如柔弱女子的濃濃哀愁所籠罩了，發黃的竹子上有着點點的斑紋，竟像是一滴滴的淚，由一個千古傷心人無意中滴在了上面。那一定是個深閨中的婦人，苦苦思念遠去的丈夫，像是賀鑄詩云：「試問閒愁都幾許？一川煙草，滿城風絮，梅子黃時雨。」愁緒竟是鋪天蓋地地席捲來了，颳亂了她雲般的鬢髮，颳病了她的容顏，卻不能將她的思念帶向遠方。若愁是磚瓦，那定可以築一座橋，一直架到愛人的身旁；若愁是絲絹，那定可以織成一方橫看是「絲」豎瞧也是「絲」的手帕。只可惜不能。那一刻她明白思念原來是最無用的東西。深夜裏，只有蠟燭陪她一直落淚到天明，而她的淚早已留在了那蒼蒼的竹子上。光是想着心中便被觸碰了些甚麼，好像得小心翼翼地藏好不能讓如此美好的情誼碰碎了。即便不為這美好的遐想感動，也要為那些有如此閒情雅致的文人墨客感動，不論在甚麼年代，他們總將一切做上美的標記，讓如今的我們沉醉其中。

物的感動是間接的，而一句話的感動卻像是深夜透過窗子、重重地叩擊心門的月光。

「鎮相隨，莫拋躲，針線閒拈伴伊坐。和我，免使年少，光陰虛過。」這是柳永《定風波》中的詞句。原以為是以與情郎兩情相悅的少女口吻寫出的，但細看才知，這是以秦樓楚館中、章台路上的女子的口吻寫的，這才明白看似普通的幾句話之間，有着怎樣的風塵中的辛酸和哀歎！柳永是個出入煙花柳巷的人，他深知那些女子的不幸，我為他因她們寫下如此多的名篇而感動，他不是一個和世俗一樣看不起她們的人。誰說她們是貪名圖利、情薄意寡之人？歌妓陳圓圓最後就厭了塵世的紛爭當了道姑，張建封的愛妓關盼盼在他死後十幾年都在燕子樓中獨守空房。她們難道不比那使「紅顏未老恩先斷，斜倚薰籠坐到明」「何事秋風悲畫扇」的七尺男兒更情深意重？《詩經》中「宜言飲酒，與子偕老，琴瑟在御，莫不靜好」的情境恐怕風塵中人是無福消受的。最愛管閒事的秋風，吹紅了楓葉，也過早地吹白了她們的頭髮，她們只能寂寞地度過餘生。我感動於她們的美豔、美豔的易碎，感動於她們的淒涼，更感動於柳永對她們的懂得。

一句話、一首詩可以述說一個故事，但一個人卻是一座城、一個時代。

也總是為晏幾道而感動。他出身於烏衣門第，是相門公子，但他的一生卻瀟灑豪放，不為世俗所累，放蕩不羈、風流倜儻。或許世人應羡慕他，知世故而不世故，像納蘭一樣，胸中懷着兒女情長，即使不像他們的父親晏殊和明珠一樣快意瀟灑，但他們同樣能在灑着清冷月光的湖面、沒入雲海的山頂、滿地落紅的小徑中尋覓到生命最本真、最自由的欣喜。將涓涓的心事託付給游魚，將情愁彈奏在琵琶弦間，做個像林和靖一樣以梅為妻、鶴為子的雲淡風輕的人有甚麼不好呢？泰戈爾說：「讓死者有那不朽的名，讓生者有那不朽的愛。」笑看別人搶奪吧，自己就在那白雲滿地無人掃的蓬萊島中靜靜觀瞧，淡品「落花人獨立，微雨燕雙飛」的苦。晏幾道曾有四個歌女，其中小蘋最會彈唱《琵琶語》，晏幾道便為她寫下廣負盛名的《臨江仙》，而雙飛的燕兒卻只有形單影隻的人來觀了，自古是「花落人亡兩不知」。相思的痛苦像是一杯苦茗，經年往事湧上心頭，茶的苦澀隨着歲月行走，反而越來越濃。他永不能和她們相伴，晏府落沒後，四個歌女流落街頭，和他再也不相見，只希望再一次彈起琵琶弦上的相思時一同沐浴在一樣的月光中。我感動和慨歎的是他的灑脫，他的情愁。

千古時光，彷彿和我們相隔一江水。我們為之感動，為之唏噓，卻不能改變甚麼，只想月下獨酌，也為文人墨客的孤魂野鬼敬上一杯，敬他們給我的感動。

（原載於《深圳青少年報》2014年10月8日刊）

讓時間流逝

讓時間流逝，有着詩句的山茶花瓣，穿過陰冷黑暗的迴廊，擠過沒有上鎖的衣櫃，停留在了汽笛的一聲長鳴中。

時光，用細密的沙礫在命運之風的鞭打下使容顏變得消瘦而脆弱，一切有形的都必將在歲月的狂流中漸漸變得面目全非，唯有無形才得以永存。馬爾克斯的《霍亂時期的愛情》中的弗洛倫蒂諾·阿里薩用如他所言的一生一世驗證了這一句話。為了一個看似不可能的結果等待了五十一年九個月零四天，終於穿過了命運的狂風怒沙，以無止境的愛，步履蹣跚地看見了半個世紀以來第一縷幾乎刺穿心臟的陽光。

就像那個叫弗洛倫蒂諾生命停滯五十一年的女人所言：「讓時間流逝吧，我們會看到它究竟帶來了甚麼。」

的確，時間可以使我們知道自己擁有甚麼，只是當我們意識到時，那已經變成了我們曾經的擁有。就像《百年孤獨》中的烏爾蘇拉在她的瘋丈夫死了之後，才明白她是多麼需要他；《茶花女》中的阿爾芒也是在他所不屑的瑪格麗特病逝後發現自己的愚昧；《心靈的焦灼》中的霍夫米勒在他一直逃避的女孩艾迪特自殺後才了解她的重要性。只是時光叫他們都再也回不來了。絕望的霍夫米勒說：「一秒鐘之內一個人就可以死去，一個命運就可以決定，一個世界就可以沉淪！」但緩慢的流逝與一秒鐘的瘋狂不同，時光用優柔寡斷的指尖一層層揭開含苞的花瓣，露出那已經乾枯得叫人措手不及的花蕊。

我們曾以為甚麼都很重要，那常掛在嘴邊的所謂我們會記住一輩子的事，最後又可以記住幾件？有多少事是真的銘記於心？也只有時間才能叫我們知曉究竟甚麼是一輩子的記掛，永無止境的到底是生命還是死亡？又有多少愛能在毫無回音的五十年後變為平淡的尋常？

弗洛倫蒂諾終於在汽笛的一聲長鳴中找到了那個在茶花樹下的莊嚴姑娘，但時光叫他知道，這已經不是愛了，這就是他本來的生活。

當歲月與時光叫容顏不復，才濾出了彌足的珍貴。讓時間就如此平靜而緩慢地流逝吧，直到有一天把所有帶來的東西都帶走了，我們就明白了，也永恆地平靜了。

（原載於《紅樹林》雜誌 2014 年第 5 期，
並於《文學校園》雜誌 2014 年第 3 期上發表）

雲端有高歌

「古來聖賢皆寂寞」，李白如是說。此語直指千百年以來顛撲不破的定律，也必將再向後傳過千百年。我若為聖賢，聽得詩仙此語，必會心下了然。

自古以來，哲人、智者，往往心中長懷痛苦，永存寂寞。在滿世切切察察的俗人中，他們確然是滄海一粟；而在眾口鑠金的洪流中，又有多少人在不得已之中噤若寒蟬，選擇隨波逐流？而他們，從俗人非議的黑幕中趔趄衝出，從污濁的世間騰飛而上，選擇精神的高蹈，飽嘗獨在高處的苦楚，超乎世外，直至雲端，心中的隱痛卻化作了口中的慷慨高歌。

這般身姿高拔、胸襟開闊之人，論是非而不論成敗，論順逆而不論功過，論萬古而不論一時。做異端，以古今鮮見的獨醒人，憑一顆縱橫天地的自由心，吶喊出人們諳啞無言的心聲。所處與常人無異的方寸之地，遭受常人未曾體會的寂寞煎熬苦，心卻在萬丈長空，吟起高潔廣遠歌。

因為痛苦而清醒，因為清醒而痛苦，卻不被這樣的苦痛束縛，這也是這些有識之士難以解脫的宿命。

這般雲端歌者，雖為異數，卻不乏其人，他們是中華文化的星空中不滅的星座，每個靜寂沉默的夜晚，都可見他們的光輝在閃爍。

王安石，為新政奔走呼號，殫精竭慮，他的思維，超越了時代的桎梏，損害了當朝權貴的利益。當他的思想為世人批駁、他的滿腔壯志無門可入時，他哪能知道，是他的高度讓時人望塵莫及？他的肉身在艱辛苦悶中遨遊，而他的思想卻在雲端高處縱情高歌，只歎無人能讀。

張居正，這末世的掙扎者，他意欲高飛卻深陷泥淖。他早已看透了封建統治下越是歌舞昇平就越暗藏危機，那個他盡心盡力培養的萬曆皇帝也未破解封建時代愚昧昏君的魔咒。時代的沒落嘲笑着他那雲間的憂思，他願救國救民救天下，卻自身難保。只是，他注定要做一個孤寂的雲端歌者，雖似以蜉蝣撼動泰山般異想天開，卻只願，那雲中傳來的渺小、細不可察的呼喊能喚醒一些志士，也是此生無悔；即便毀滅自己，也要喚醒沉睡的世人。

以王、張之智慧，難道不懂明哲保身嗎？以他們的見解，難道不明白「哺其糟而歠其釃」般與世推移更能樂於其間？他們就是逆時代而動的叛逆者，也並不是自甘在空

茫的雲中高歌的，他們更願意讓自己的歌聲走入正處於夢中的人們，將他們喚醒。儘管此時沒有一個高高在上的君王，甚或一個受其潤澤的百姓走出來，讓他們聽見山谷的迴響，以作告慰。

當然，他們可以捨棄齊天下之志而選擇獨善其身，中國文化中並不缺少這種對世事無能為力時的權宜之策。但是，棲隱山林的隱者優雅獨酌淺唱，骨子裏仍無法脫去苦澀而走向麻木。他們越是避世，越是放蕩不羈，他們的苦痛、憂慮其實越多，越是絕望如許。而在繁華的宦途官場上，有多少人是將自己的心放歸四野的？這不唯自私與消極，僅僅是不忍再見世間疾苦，也不忍在短短的一生中使自己飽受精神折磨罷了，也唯有如是才得片刻的無悲、無喜、無憂、無懼。他們的歌中帶着看透一切的冷峻與蒼涼的無奈。

追問自身，如今我們能讓滿腹壯志之士乘勝而歸嗎？難道王、張託生現世就可不抱憾終身？未必。這些站在時代前列俯視着卑小的我們的人們注定是孤單的，我們是難以理解他們的。但是哪怕這些聲音不會落在地面融於萬眾，我們也應心存敬畏。哪怕我們不是踐行者，我們也可以在聽到這樣的吶喊時讚美一句：「這樣的歌聲，原來也很美。」不要讓他們傾盡一生的智慧，化作哀轉久絕的空谷餘響。俗人如我們縱然連追隨者都算不上，但我們可以看見刺破迷蒙的一束光，不論我們是否是那撲火的飛蛾，我們能知道，如果意欲前行，引路人已等候多時，我們不能將其辜負。

究其本源，雲端高歌，在這一社會歷史前行的萌芽下，人們越是歌頌這種高尚，這個時代就越是被釘牢在無能的恥辱架上。高歌者終是要在滿身泥腥與血汗中走向輝煌，而不是在歌頌聲中化作一曲微茫。否則，憑何度過此生？此生逝後，這個時代又將由怎樣的「正統」來引領？

心馳騁乾坤、超於世外，是一種超脫，無疑也是一種異於凡人的背負。即使他們內心的苦悶無法言說，他們在雲端的聲音依舊可以響徹雲霄，哪怕無人能懂，也無怨無悔。

☆本文獲第十一屆中國中學生作文大賽江西賽區一等獎、全國二等獎

為了活着 —— 讀余華《活着》

有人問亞里士多德：「你和平庸的人有甚麼不同？」亞里士多德答：「他們活着是為了吃飯，我吃飯是為了活着。」

活着，就是在生命沉澱的盡頭，紅日西斜的餘暉中，那最後一縷最乏力卻又最蕩氣迴腸的呼號！

余華的《活着》，初讀像是「死着」。人們一個個死去，最後只剩下福貴獨品經年往事的苦酒。怎會不悲呢？絕望與苦難像是一絲絲的華髮，起初還以為是少年愛上層樓般的強愁滋味，在不經意間卻已白髮蒼蒼。而末尾，當那沙啞、嘹亮的嗓音叩打心靈時，我明白了，這就是活着。

所謂悲劇，就是「結局是悲，悲痛之餘產生一種崇高感」。悲劇的美，大大美於尋常之美。雨打殘荷，風搖枯樹，花散小徑，那種痛楚的但直擊人心的美是一種解脫。《活着》中的悲，可謂是一行由掌燈落到東方既白的淚，苦澀，悠長。但並沒有讓人深陷其中難以自拔，而是讓人仰視。仰視家珍的善、福貴的忍、鳳霞的苦。這些有命無運的人，忍耐着崎嶇的生、泥濘的命、滿佈荊棘的活。但直到生命的盡頭，他們的信念仍是活着。以忍耐的姿態，低着頭，彎着疲憊的脊樑，邁着小步，用滾落的淚珠澆灌着貧瘠的土地，如一頭老牛一樣默無聲息到連死神都將他忘記。

正是書中的苦難、書中的死才讓人看到了生。苦難多到讓人忘卻這是苦難，以至於死亡是為了更好的生。悲劇美學讓人看見黑暗，心中卻源源不斷地噴湧出光明。理想的破滅卻在人心中擊倒了現實，越是死得痛斷肝腸，就越是生得淋漓盡致。

泰戈爾曾說：「我們的生命是天賦的，我們唯有獻出生命，才能得到生命。」落下了枯葉是為了讓新葉生長，明媚夏日的離去是為了豐收的來臨，正是有輪迴才有了前進。死是為了活着。

同樣，活着的目的也是為了活着，而不是為了活着之外的任何事兒。

福貴的活着是一種忍耐的、卑微的、沒出息的活着，卻比那些爭來爭去的人活得更長久。不是他怕死，而是死怕了他。忍耐，忍過了三冬暖、六月寒，熬過冬去春來桃花又開，等天地還人間一個朗朗清平峰巒疊翠，日暖風和佯狂佯醉，緩踏芳菲。在漫天的黑暗中，福貴沒有掙扎，

他只是默默地受着，幾近懦弱，癡呆般地受着。他不像那「機關算盡太聰明」的王熙鳳，倒像是蘇軾希望孩兒「愚且魯」的樣子。在他眼中苦難已變為滴入染缸的一滴墨，不是沒有痛苦，而是把苦痛與生活，以一種高尚的、端莊的姿態結合在一起。痛苦與喜悅都是這樣平淡，平淡到麻木。他受的磨難太多，以致於除了他自己，沒有甚麼可以打垮他。正如《聖經》所言「愛是永恆的忍耐」，是愛，讓他忍耐；是愛，讓他愚魯；是愛，讓他活着，而不是死去。

他只想活着，他只要活着，他只能活着。他以歲月洪流中倖存者的身份莊嚴地佇立在天地。不是寶娥那般迷茫、無知地活，也不是哈姆雷特般優柔寡斷地活，而是像造物者一般默默地旁觀，怨而不怒，哀而不傷。直到有一天，他的土地想起了他，張開他那廣闊的胸懷將他同妻兒一起擁入懷中，他才願那顆疲憊的、受盡苦難的心停止跳動。若有一滴苦水兒他沒有吞乾喝盡，他都要履行這生命的唯一要求——活着。

泰戈爾說：「生之流泉，使死之止水跳躍。」

正是死亡的詩意的痛苦、怒放的破敗使得生格外灼目。以樂景寫哀而尤顯其哀，以死寫生而尤顯生之寶貴。

《活着》只能是《活着》。哪怕雙鬢斑白，風霜將面容吹打得面目全非，妻離子散，鄉音已改，客老他鄉。怨不能，恨不成，坐不安，睡不寧。若仍活着，那就要好好地過。不為別的，就為活着。

背對，或是面對命運的時候
——余秀華詩讀後感

一場酣暢淋漓的泥沙俱下，一次稗子伏在殘冬肩頭的號啕大哭，我聞到了泥味，汗味，腥味，苦味。當它們交織，混合，聚變，重組，爆炸，冒出縷縷青煙，我看到了詩。

我終於，在讀詩的時候，找到了情。久違了。

靜默的吶喊，平淡的瘋狂，埋怨的留戀，苦痛的徘徊。

余秀華，她以繭，以一包麥子，以花椒樹，以漏底之船，以蛤蟆入詩。可那些帶着泥腥味兒的詩，那麼美，又那麼疼。這首《繭》，寫葬她的父親，她不寫悲，不寫笑，「不着一字，盡得風流」。可她分明聲嘶力竭，肝腸寸斷。一代又一代手上厚厚的繭子，裏面藏滿了苦難，壓得他們無法喘息。世界傾於他們的無奈，他們默默地受着，他們被一整個柳綠桃紅的春天包圍，而他們卻只有小草，或是

一棵提心吊膽的稗子。第一縷春風敲響了它葬禮的喪鐘，暖陽用溫柔的指尖刺穿它的心臟。稗子趾高氣揚地在它們的舊國中生長，踩着它們散落的身體，它們或是一頭牛口中反芻的碎片，或是深埋泥土的枯枝。苦不堪言，卻泰然處之。

有多留戀，要以繭相認；有多厭世，要把今生遠遠留在後面；有多愛，要明知永別卻道再見；有多恨，要背負一生的罪責。如癡，如嗔，如癲。愛和苦難，世界的兩極，卻在她的詩中相安無事。活在苦中，生在愛裏。破舊的木桶裏，有一棵柳樹的前世今生。苦澀的藥引和藥渣是恆定的相守。不平整的光陰，湊足了萬物的春天。

如一顆青橄欖，咬時是苦澀，嚥時有回甘。她的詩是回甘。我們痛快地讀她的詩，煮一壺田間流光，邀一攬夏末清風，吻一株扭捏的小草。她卻在用她漏風漏雨的苦澀靈魂，用斷掌殘臂把她的心寫出來。如皮影戲一般，驢皮影一直在那裏，但若沒有光，再曲折的情節也是漆黑一片，而人們稱讚着驢皮影，卻忘了把自己源源不斷地投入黑暗的光。那詩裏閃着光的，是她缺了氧的心啊。

我讀過許多好詩，詩藻華麗，具有音韻美、繪畫美、建築美。但是她這樣的詩，不曾讀過，大約也沒有人敢寫，沒有人能寫。這樣的詩，是真正的詩。

命運給了我們陽光，我們偏偏閉了眼。命運輕蔑地留給她一盞燈，她卻用如豆的燭光照亮了頭頂，她高舉着殘燈，無畏地高歌。

讓我來為她說，那給她帶來殘缺的苦難是淙淙溪水中的落葉。她唯一的身份，讓我面無愧色地說：詩人。

這，是她唯一的身份。她當之無愧。

附：

繭

余秀華

埋你，也埋你手上的繭
這繭你要留着，黃泉路又長又冷，你可以撥弄來玩
如果你想回頭，我也好認得

爸爸，作繭自縛，你是知道的
但是你從來不說出
對生活，不管是鄙夷或敬重，你都不便說出來

作為兒女，你可以不選擇
作為兒女，我一輩子的苦難也不敢找你償還
埋你的時候，我手上有繭

作為一根草，我曾經多少次想給你
一個春天

不讚你以偉大，但願你以平安

不會再見了，爸爸，再見
一路，你不要留下任何標誌
不要讓今生一路跟來

「千里孤墳，無處話淒涼」
——讀《百年孤獨》有感

一次百年前古老文明的博弈，一個家族注定百年孤獨的預言。苦苦掙扎，放蕩不羈，終是逃不出一個世紀前那個「瘋」老人在羊皮卷中寫下的預言。

當烏爾蘇拉凝視家族的破敗，她是如此的無助與悲傷。或許正如納蘭所言：「賭書消得潑茶香，當時只道是尋常。」那滿天的夕陽照在曾經奢華的宅院中，染紅了她的白髮，又染紅了誰的眼？

那並不是一個孤獨的家族，三百年前的姻緣匯聚，促使兩個有血緣的人結合在了一起。就在家族漸漸興盛之時，戰爭使他們與時代、與世界愈行愈遠，戰爭帶來了枯枝敗葉，吸走了一個家族的魂魄……這是一個注定百年孤獨的家族。

一切都是一個循環。烏爾蘇拉在她淒苦的日子裏對那

被遺忘在栗樹下的丈夫說：「你看看這個空蕩蕩的家吧，看看我們那些散在世界各個角落的兒女吧，我們又像當初那樣只剩你我兩個了。」回到當初的，豈止是他們。馬孔多從荒蕪到繁華最後又歸於沉寂，家族昌盛起源的第一人叫奧雷亞諾，而家族最後一人同此名。奧雷亞諾從小圍在父親的煉金室中，在沙場拚搏了大半輩子後，晚年又回到煉金爐邊，一條一條地做小金魚，做好了又熔掉再做……

那個吉普賽老人的出現已經讓死亡的懷抱向這個家族張開了。時間翻黃了羊皮卷，破敗了庭院，卻趕不走詛咒一般的輪迴。書中奧雷亞諾與阿爾卡蒂奧兩個名字被反覆用在家族所有男人的頭上，而他們也同樣的不羈與輕狂。這或許已經意味着，他們、馬孔多，不論經過何種變遷，終歸是停滯不前的。

文中有一個很重要的女人——烏爾蘇拉，這個家族的起源。她不像丈夫一樣癡迷煉金，也不像世代子孫一樣冷漠，她是布恩迪亞家族的支柱。那何賽阿爾卡蒂奧被槍殺時的血蜿蜿蜒蜒越過馬孔多的大街小巷流到她腳下。窮凶極惡的阿爾卡蒂奧在被槍決時將他的女兒也命名為烏爾蘇拉。這個樸素而舉足輕重的女人是家族的一切。這或許和作者馬爾克斯的妻子梅塞德斯有幾分相似，正如馬爾克斯所言：「如果沒有梅塞德斯，我寫不出這本書。」馬爾克斯在寫此書時並沒有極好的條件，常常忍飢捱餓，連房租都付不起，正是梅塞德斯的默默支持與想方設法地為他賒來稿紙和生活的種種用品，才使馬爾克斯得以一心一意地完成了他一生中最重要的巨著。

烏爾蘇拉正是一個類似這樣的存在。她是布恩迪亞家族中唯一有血有肉不冰冷的人，也正因如此她比任何人都更孤獨。這很像大的社會，真正正常而且有用的人必然得到更多的悲苦，陶潛、王安石、蘇曼殊，他們都是在當時不完全被人認可的，那「袈裟點點櫻花瓣，半是胭痕半淚痕」不正是最真實、最自然的寫照嗎？可支撐大樑的雕花木柱注定比蟲蟻之軀更快倒下，烏爾蘇拉無可奈何的離去便是那懸崖邊岌岌可危的房屋發出牆縫開裂的最後一聲哀鳴。隨後便萬劫不復、灰飛煙滅，只餘滿地如羊皮卷上所說的白蟻徹底結束他們百年的悲涼。

「家族的第一個人被捆在樹，最後一個人被螞蟻吃掉。」那吉普賽老人的預言像詛咒伸出烏黑滿是荊棘的藤蔓，覆蓋、包裹住那惶恐不安的馬孔多，將它侵蝕殆盡。

黃葉蕭蕭，秋風瑟瑟。烏爾蘇拉對着曾捆着她丈夫的栗樹哭泣。又是明月，又是一如既往的悲涼，回想那已歸於塵土的日子，月似當時，人似當時否？轉眼，破敗的庭院間只有白蟻源源不斷地爬向馬孔多……

這或許並不是甚麼文明的博弈，只是等着時間來驗證：一個可怕而偉大的無比精確的預言，一個注定孤獨百年的家庭和一個歷史停滯的年代。

（原載於《智慧少年》2016年第 12期）

籠藝

曾看到一首詩：「打開鳥籠的門，讓鳥飛走，把自由還給鳥籠。」深以為然。多少年來，人們只是關注籠中歡聲跳躍的雀兒，卻忘卻了鳥籠本身。

鳥籠曾象徵着遊手好閒。八旗子弟提籠遛鳥的形象早在人們心中留下了不務正業的罵名，槐蔭柳下，一群閒極一時的紈絝子弟在鳥鳴中談天說地，讓韶光白白流去。如今，此情此景是不再有了的，可是人們依然賦予了籠子豐富的貶義，「關進籠子」「打破籠子」這樣的話語總是讓人感覺，這被妖魔化的籠子彷彿生來就是一種束縛。但事實不是這樣的，籠鳥文化，是玩出來的藝術。籠子中有一種情懷，它象徵着清晨沾着露水的悠閒。籠子有它本身的藝術，那是來源於市井的，嘈嘈雜雜的藝術。

籠藝中不得不提的一點就是用料。暫不提美觀與否，光說沿襲下來的習慣，就少用木條做籠。雖說木料比起竹料有諸多優點，如不易蟲蛀，易於雕刻，但木沒有竹的韌性，放杯托、站杆的時候易折斷。木頭厚重，壓手，不大方便，做個擺設固然精緻，但作為把玩之物，總是欠了點隨性。更重要的是，上好的大塊木料總是不捨得用來做玩物的，常用些傢具的邊角料以次充好，底板上的木料總是三拼，甚至四五拼，極大地破壞了美感與整體性，而且越是珍貴的木料越是東拼西湊得殘破不已。按說黃楊木、烏木、海黃、酸枝的價值遠在竹料之上，但在清代浮誇的風氣下都不用木籠來顯闊綽，最是講究場面的清朝大戶人家也不會提着木籠出來遛鳥。竹子有退讓的智慧，不易折，「任爾東西南北風」，我自巋然不動。而且，經年的好竹，經過反覆的使用會由最初的米黃色變為棗紅色，時間的沉澱，在它年輕的身上很早就得到了體現。竹子上用手摩挲出的厚厚的包漿，無疑讓人一看就心嚮往之。

說到器型，便又是別有洞天了。方籠最易顯其線條之美，用榫卯拼接，方方正正。這時最好不用紫竹，紫竹的深色容易失掉榫頭的意味。用淺色竹條可以使紋理變得更明晰，那些不足幾毫米的淺黃色竹條竟能如此緊密地與較深色的榫頭咬合，如此一比便將圓籠過於內斂的鬼門技術比了下去。板籠用在方籠中也是有些煞風景的，就要用亮格的，敞亮，隨處一掛，端莊大方，陽光一照，清風一吹，籠中鳥雀，自然歡聲歌唱。就算是個空籠，看了也叫人心生歡喜。

凡是藝術，都要講究協調。鳥籠就圖一順手，方便。繡眼就該用小籠，小巧秀氣。畫眉鷯哥理應用大籠，穩重端莊。不然為求敞亮把繡眼文雀之類硬放進畫眉籠，不僅竹條間距過大，鳥雀易逃走，而且十分不協調。鳥和籠本來就是一體的，其審美是無法分割的，不論是顏色，還是大小、形狀，都不是隨意搭配的。賞鳥的同時，誰也避不開瞧着這籠子，哪怕這雀兒嗓音再嘹亮，擱在一個大得不得要領的籠子當中，就彷彿是站在天安門廣場上清唱，還說這是不插電，高雅。這都沒用，大而無當，甚麼美感都別談。

萬物總有一點驚人的相似，世風越是凋敝，審美越豔俗繁複，而在昌平盛世中反而講究收斂。一如明式傢具與清式傢具，同樣是硬木傢具，明式的線條簡潔、大方、妙不可言，隨意一放便自成風情，而清式的僅適合放在養心殿裏積灰。雕龍畫鳳，敦厚，沉重，看似大氣，終是末路中裝出的外強，細品其心則是中乾。籠藝也是如此。單單是細竹條，不加紋飾，不用細細地鈿上螺，或是在銅盤和十三太保鈎上大下功夫，只要光光的素籠，大方中透着輕盈，簡捷裏透着氣韻，這樣的籠，怎麼看都不厭，滿滿的都叫人歡喜。

籠藝，不像是京劇、大鼓一樣底蘊深厚的藝術，要正正衣冠，正襟危坐地談論。其實現如今大多數時候，都是一群窮極無聊的老頭用零碎錢，買下一隻山雀，匄一個舊鳥籠，給自己冗長的時間找找樂子，不過消遣罷了。哪怕是如今開始盛行的奢靡的風氣逐漸浸染了這種純粹，籠藝說到底也僅是市井圖一樂呵，終是玩物，眼看着賞心悅目，摩挲着其樂無窮就是好的。何必用世俗金錢的眼光來衡量本屬於內心的東西呢？哪怕一個小蟈蟈籠，只要端端正正，大氣樸素，其意便稱得上深遠。物中的拙趣是品不盡的，琢磨線條交合錯雜而形成的體勢，一個清冷的下午就變得活色生香了，說到底樂呵樂呵就成了。有雀在籠中是生氣，空置一籠懸於門庭，或置於案桌也是別有風情，天下再多的美物也比不上瞅見之後，心頭滑過的一絲快意。

現如今，不上七十，禿了頂，顫顫巍巍，穿一汗衫，就不好意思出門遛鳥，彷彿有人冷眼瞅着，冷哼：玩物喪志。那些人彷彿以為籠子仍是該被打破的。可難道打破了籠子，一顆心就可以歸了正？大約不是。

清晨的太陽照着，提着籠慢慢走，有人惱着。自己照舊癡樂，這時哪怕提的是個積了灰、斷了竹條的破籠子，籠裏的雀折了翅，蹦蹦跳跳，大約也會慨然一句：「這春光，絕了！」

（原載於《少年博覽》2016 年第 9 期）

☆本文獲第十二屆「希望杯」全國作文大賽初賽一等獎

門

馬未都先生說，如果一個人活 50 歲，那麼 100 個人的年紀首尾相連，便可以組成中華的歷史。可是，在蒼茫的歷史中，哪一個人可以留下來向後人訴說歷史？只有信仰和技藝創造的東西可留存於世，於是，就讓人負責逝去，讓物負責記憶。

那是一扇祖廟裏的門，上面是木雕，下面是畫。上面的木雕繁複而美麗。有的人身披戰甲，手持兵器，胯下騎着一匹嘶鳴的戰馬，正在長亭中準備出征，彷彿塞外的風吹打在臉上，耳邊響的還是親人的呼喚，鼻腔中的風就已是塞外的味道；而有的人呢，頭綰雙抓髻，邁出一條腿，彷彿要搶步上前，抬起左手，伸出二指，彷彿正在訴說着甚麼，好像是臨行前的囑咐。他的衣襟被風吹得飄起，獵獵作響，可以從衣服的褶皺中看出他的身形。整個畫面像是出征前的模樣，似乎有情人詠出「古釵封寄玉關秋，天咫尺，人南北」，有志者吟出「但使龍城飛將在，不教胡馬度陰山」。回想那時的歲月，光緒年間，天下大亂，似乎這木雕描繪的就是一幅出征的景象。它雕得像是畫的一樣精美，又比畫的更有血有肉，似乎夜晚一降臨，他們便會竊竊私語，或是拂一拂、抖一抖袍袖上的塵埃。

蹲下身看門上的畫，這畫可不像是上面的木雕那樣一副要廝殺的樣子，而有的是一分恬靜與文人氣。巍峨群山上長着幾棵蒼翠的松柏，在遠遠的天邊，一列飛鳥劃破了天空的靜謐，山中有一個手持摺扇的書生正抬頭仰望，真有「月出驚山鳥，時鳴春澗中」的樂與靜。而山的另一端就是另一番熱鬧的景象了，一片亭台樓閣上人頭攢動。有的人在拉弓射箭，彷彿能聽見霹靂聲；有的人在飲酒作樂，划拳行令；還有的人正在一起吟詩作對，書寫文章；更有小兒，攀着欄杆，伸長了手，而想爬上樹去；還有一個風塵僕僕的老翁，右手牽着一個抱着畫卷的孩子，左手提着一盞小燈，正從水波蕩漾的池塘旁匆匆走過，一派田園的樂景。在亭子上有三個字，是草書的「醉翁亭」，原來在這裏尋歡作樂的不是別人，正是歐陽修，難怪畫中的人仙風道骨，一副悠遊自在的樣子。李白詩云：「君不見高堂明鏡悲白髮，朝如青絲暮成雪。人生得意須盡歡，莫使金樽空對月。」想來文忠公一定覺得李白所言極是，在官場上快意瀟灑、千古留名都不過是身後之事，生前一杯烈酒就可以遠遠抵對。酒是人間失意人僅剩的最珍貴的東西，它可以讓人忘記一切，宛如新生。汪國真曾說：「能喝的酒醉一天，不能喝的酒醉一生。」只怕歐陽修蒼顏白髮，頹然於賓客間，醉的並不是酒。

一扇晚清的雕花木門，在我面前緩緩開啟，看罷了它的精美後，我竟發現，那一刻，打開的不是門，而是前朝的記憶。

（原載於《高中生之友》2016年1-2期）

斜陽正在，煙柳斷腸處

「江畔何人初見月，江月何年初照人？」在幽幽月光的清輝下，深林、疏鐘、殘荷、落紅、餘火、犬吠聲都紛紛遠去，殘存於天地間的唯有亙古不變的物。

當那些古時的器物再一次與失約多年的月光相遇時，它們已走出了它們的歷史。但它們承載着「花落水流紅、無語怨東風」的閒愁萬種，述說着「卻道天涼好個秋」的一生長愁，獨品着「春如舊、人空瘦」的一懷愁緒。物是人非，紅燭淚殘，哪個人的心上不是一剪清秋？

我所見的最悽美的器物要數一個紫檀點翠妝奩，它是木中的王侯、禽中的絕代。紫檀的厚重中點綴着幾抹盈盈的翠色，似是早春的江南、暗夜的茶峒，那樣的高貴、淡雅，如同斜陽中帶着水露的新芽，一池秋月中映出的碧天，襯着白雪的火苗，捉摸不定，閃着幽光。那準是一隻吟嘯於天地，識盡江樓月、楊柳風、西湖雪、嵩山石的翠鳥，不然怎歷經百年，依然靈動如初，如耳畔細語、雙頰清風的身影？

不過，我情願，情願它已在土中，爛得乾乾淨淨。一抔淨土掩住一生的錯愕，就那樣普通地死，平靜地活，以蘇軾「唯願孩兒愚且魯」的大智長存世間。生着如村婦一般的模樣，如落葉一般的歌嗓，反而可以好好地活，靜靜地死，而不是空叫後人為它痛斷肝腸。

想來那曾用這個妝奩理紅妝的女子，也應是它的知音。如此器物，只會存於宮中，而宮中女子不都是夏秋之交的團扇，隨時可棄之。她應是個美麗、也曾笑問夫婿「畫眉深淺入時無」的姑娘，也曾笑向檀郎唾紅茸的有情人。而最終，第一縷秋風宣告了她的消亡，瘦減了她的沈腰。棄於箱底的合歡扇，孤獨地品着沈約病、宋玉愁都不及之的憂傷，曾幻想的月下西廂竟這樣便化作了夢裏南柯。而她，在最終的最終連她面前的妝奩都不比，她甚麼都沒有留下，她甚麼都留不下。

器物之所以這樣使人悲哀，便是自古以來以病態為美、以嬌弱為美的審美。如三寸金蓮、支離破碎的哥窯、靈動的紅翎，哪個不是用血、用淚、用大把大把的青春曼妙時光換來的？

過了千百年的時光，已是人事全消磨，只有蠟燭空自垂淚，直到天荒。

（原載於《中學生博覽》2016 年第 24 期）

等待

從播種等到收穫，從鵝黃等到棕黑，從青苦等到醇香，一路等待，只為最終遇見當初的雲霧繚繞。

成片連天的茶田蓋過了山河，濕潤的空氣滋養如此透徹的綠，葉間凝着雨打的水珠，這肆意的不修邊幅的點綴，憑空添上幾分柔美。我隨手採下一片葉子，送入口中，滿是苦澀。

山中的雨總是隨着性子下，才剛轉晴，雨就又與那綠葉碰了面。為了避雨偶然走進一間矮舍，門口堆着那些焦黃的茶葉，屋中傳來陣陣清香與沙沙的聲響。走進一看，一排一排的竹盤盛着茶葉，擺在一起。陪我們一路的山裏人說這是一個做茶的作坊。

茶是道，亦是時間。陰冷的房中有一個圓柱形倒放的竹籃，裏面是新採的茶葉，正用那濕潤的山風與菌類的活動滋養着生命的勃發。作坊裏一陣熱氣撲面，正見一個老人站在一台不停轉動的機器面前，不時向機器下面的火爐中加些乾柴。老人很淳樸，見了我們先搭話。經他一講，原來正在烘焙的是剛發酵的茶葉，沙沙作響。老人很悠閒地講着話，我竟擔心烘焙的時間是否過長。他卻毫不在乎地指指耳朵說：「聽着呢。」過了一會兒，我並未聽出與先前有甚麼差別，而清新卻溢得滿屋都是。老人跑去倒出一把把已烘焙得乾熱的茶葉，一點兒不剩地裝進一個袋中。在茶葉落下的一瞬間，那種植物汁液被烘出如雨後的清新一般的氣息撞進了鼻腔。拿起一片帶着餘溫的葉片含入口中，竟是脆的，一種烘焙後特有的味道，但仍帶着苦澀。

老人提着袋子走到一個揉茶的作坊中，先把茶葉擠壓成一個整體，再放進一個滾動的機器中，將茶葉中的碎末滾出。在昏黃的白熾燈下，老人僅靠伸手抓出一把茶葉在掌中揉搓幾下便知道這個工序是否已完成。巨大錐形的機器被翻了過來，已經看不見有雜質了，可還要再壓再揉，一直反覆幾十遍。在機器不停地轟鳴聲中，我見他們默默地堅持，一絲不苟之情浮現在眉宇之間。

茶或許就是等待，要再等待幾天，等待茶葉與梗分離，等待幾道繁瑣的工序，茶才走完它最短的第一段路。

第二段路交給時光和氣候。茶葉被封在陶罐中，放入陰冷的房中，要走過十個寂寞的四季，等待了等待，才又重逢山水之間。不知那十年它們和誰相逢，又為誰改變。

耐得住寂寞，容得下流年，就把錦繡都融入心中了。

泡上一壺茶，只品得滿腹的醇香，熱氣瀰漫，彷彿又從中看見雲霧繚繞的青芽的當年。

（原載於《東方少年》雜誌 2014 年第 11 期，
並於《文學校園》雜誌 2015 年第 3 期上發表）

你聽見這寂靜嗎

寂靜，是海洋深處從未有一絲波瀾的地方，是樹木根鬚深處萬籟俱靜的地方，是小巷內黑暗、寂寞的角落。

在人聲喧譁的地方，有一堵連路過的骯髒的野狗也不願意多看一眼的牆，是該拆了的吧。它的腳下是被陽光烤得滾燙的礫石。牆根長着一小縷嗚咽着的青草，或許是太陽太熾熱，或許是從未有人肯憐憫地為它澆下水，它的腦袋無精打采地耷拉着。牆早已斑駁，曾被人精心用水泥建起的牆，現在衰敗地立在風中。一色的牆體也變得斑駁坑窪，偶爾有幾隻艱難求生的小蟲在它的身上爬上爬下，在冒失的陽光的闖入下，哪怕是牆角也沒有些青苔來添點樂趣。

在人聲喧鬧的地方，這樣一堵牆太不起眼，也太過沉寂了。

可是在那牆頂的深色斑紋中，我得知也曾有雨露順着那幾近乾裂的身體，隨着坑窪，一路滑過，直到漸漸隱入同樣乾涸的石礫中。我聽見雨水流下的聲音，我還得知那已空的蟻穴中也有過繁榮昌盛啊。蟻群也曾在石礫間、殘牆上忙碌，也曾在朝陽中爬出蟻穴覓食，在夕陽中拖着繁忙一天的身體回到巢穴。我聽見清晨蟻群踏着露水出穴的足步聲，還聽見太陽起落的聲音，風起雲湧的聲音，我還聽見了殘牆向我講述它的滄桑。

我聽見了。你也聽見這寂靜嗎？

灼眼的陽光

我是一隻蟹，一隻生活在深深湖底的青烏色的蟹，終日悠閒地吃着水草或揮舞着大鉗打鬥，我從未離開過湖中，但我嚮往着陸上的陽光。

我喜歡從下至上看着湖面，透過搖蕩的水看天上的太陽，我希望終有一日可以體會到那未經冰冷湖水稀釋的溫暖的陽光。我有的同伴曾被一張大網帶上去看太陽，但他們卻從未回來。

「今年的蟹好啊！」「是呀，多撈些上來一定可以賺到錢。」

一張大網鋪天蓋地地罩了下來，我滿心歡喜地擠了過去，可別的蟹卻逃避似的四面湧開。我跌跌撞撞地衝到了網前，同另外一些幸運兒一起被帶了上去。身後的一切快速下降着，水草和那四處湧動的蟹不斷變小、模糊、消失。

嘿！我看到了太陽，還有我曾仰視的世界。一個巨大的湖面，微風徐來，閃着金光，邊際長着像水草樣的東西，那麼巨大，還有一葉小舟，上邊站着兩個人，費力地將這大網扯上來。甲板上還有那幾乎脫了水費勁兒掙扎的小魚，那泛着銀光的鱗片在太陽的照耀下熠熠生輝。一切隨風舞，新奇極了。我鄙夷地看了一眼我曾生活的地方，漆黑得像個無底洞，還有那骯髒的污泥，不過我就要離開這令我唾棄的地方了，我要開始新的生活。

嘩啦！所有的蟹被倒入一個小筐子。那人用帶着腥味的手擦了擦額上的汗，抬起滿是蟹的筐子走向一家餐館。

我討厭這個地方，黑乎乎的，還總有那不知趣的爪子劃過我的背，打斷我對剛剛那美好情形的回憶。我不耐煩地向上頂着，希望衝破那關住了陽光的閘門，可那被死死關上了。我覺得一陣悶熱，一路上小籃子一直在顛簸，我頭昏腦漲，終於顛簸停止了。一雙白皙的手打開了蓋子，陽光傾瀉進這剛剛被遺忘了的角落。

啊，我又見着那明媚的陽光了，我舞動着大鉗子努力擠向上去，不允許別人打擾我享受陽光的時刻。終於我爬到了頂上，看見了所有明亮的來源，那圓盤似的太陽，暈染得天空也透亮般的紅。

「這隻蟹真是活躍呢！」「是啊！」「那就牠了。」那雙白皙的手抓起了一隻爬得最高的蟹。

我被抓了起來，放入一個小圓鍋裏，一股熱浪迎面撲

來，一陣灼人的燙。我想逃脫，可好像有甚麼束縛着我，我無力掙扎。真熱啊，一個鍋蓋自頂上蓋下，我動了動大鉗子，心想：一定是這陽光太溫暖了。

彌留之際，我透過透明的鍋蓋，看到了依舊明媚的陽光灼人眼球，刺透了我的心臟。

半小時後我出現在路邊的廢渣中，唯一不同的是如今的我紅得像那幾將西沉的夕陽。

石中蛙

一片綠樹的熱帶雨林，冷冷的池塘邊滿是泥濘。仲春，正是那田裏插秧苗的時節，水緩緩侵蝕着岸邊的泥漿，發出巨獸舔水的聲響。水下滿是一層又一層的落葉，不知浸泡了多久，倒像是不會腐化一般，還保持着當初的顏色。水面偶爾泛起銀光，連葉子那細細的脈絡都清晰可見。有的闊葉已經呈棕黑色，上面附着一層灰白色的絨毛；有的葉子為咖啡色，殘缺不全，似是落下前就被無數的小蟲啃咬過；還有葉心還是青色未退的葉子也落在水中。

一旁一片石灘，嶙峋的石頭大小不一，有那巨樹的根鬚將些許怪石連成了一體。樹影婆娑，正映在那石頭上，石頭下的泥本不牢固，日久便被那潮汐捲出了一個空洞，呈一葫蘆形，口狹而中寬，陰冷潮濕，只能從洞口見那斑駁的光點，陽光是穿不進去的。臨近水面，引來了不少各式昆蟲，那水波在重複地舔着並捲走岸邊的一切，將那剛長全腿的小青蛙送上了岸。這蛙可是不可多得的美味，餓了不少時日的蛇早盯上牠們了，一時間不知發生何事的蛙便成為蛇的果腹之物，僥倖生還的便仗着身形尚小紛紛隱入石下的間隙中。這石縫渾然天成，任那蛇狡詐萬分也終尋不得要領。

那陰暗的洞中正是蟲蚤聚集的地方，毫不費力便可捕到不少昆蟲，蛙紛紛尋得類似的所在。這些蛙一開始還偶爾出洞跳跳，可時間一長便發現外面陽光強烈，又常有鬼魅般的蛇四處伏擊，洞中食物頗豐，大的天敵也進不去，何必出來擔驚呢。於是日復一日，連那石頭的邊緣都生出了一層厚厚的苔蘚，任陽光再猛烈透過，那厚實的岩壁也還存絲絲涼意。那蛙日夜不曾動過，張口便可捕蟲，故生得肥碩異常，因終日不見陽光，背上的皮膚也是同石頭一樣的深褐色。

如今，那細小的石縫已經容不得牠進出了，牠雖活得安安穩穩，但卻作繭自縛，又不能幻化成蝶，只能在那小石洞裏，終其一生。

數月後，又一隻小蛙跳進了那石洞，洞中的老蛙早被蟲子分食得乾乾淨淨，小蛙似乎尋得了避難所，舒舒服服地認此處為巢窩，卻不知這一進便再也出不去了。這石洞又開始了它的死循環。

一年後，五年後，十年後……那石洞仍張着嘴，等待着下一個驚慌的來訪者。

水的力量

水，向來是最柔軟、最軟弱的。它沒有形狀，哪怕你打碎了它的平靜，它也只是身軀蕩漾幾下便又如鏡面一般了。而在這裏水卻成了刀，比石更硬的刀。

龍宮洞，石頭彷彿變柔軟了。經過水兩億四千年的打磨，它們像綢緞一樣可以隨意地展現各種各樣的姿態。兩億多年前，當這座山漸漸從海底升起時，水便耐心地開始為它雕刻了。每當山向上升起一點，海浪便輕輕地撫摸岩石，夜以繼日，留下了一道道深深的刻紋。當石頭終於從海中升起時，上面滿是波紋，竟像是將海的波濤紋在身上，這是它來自大海的標記。

從寒武紀開始，水真正使一座石山有靈性了。水一滴滴落下，洞頂長出了白鬚；水一滴滴落下，地上長出了石筍。它們花上七八十年只為了長一厘米，短短的幾米需要

走幾千幾百個春秋。它們就相互望着，不緊不慢地長着，等到它們終於像牛郎織女一樣在它們自己架起的石橋碰面的時候，回首才發現已走過了千萬年的時光。而它們的出生只不過是源於一滴流過石灰岩層的水，滿載礦物質，又流到石頂，終於不堪重負，「啪」的一聲落在了地上。就這樣一個偶然的機會卻讓它們緩慢地花了億萬年來丈量光陰。

水使石長出了鬍鬚，既像是枯蔫了的朵朵雛菊，又像是海中暢游的水母群。水使石長出了峰巒，像是一座藏在山中的山，重岩疊嶂，錯落有致，怪石嶙峋。這難道真的是水的傑作？不是，這是時光的傑作，是時光也只有時光才能使水由無形變為有形，使堅石變為水中最柔軟的水草。時光能讓天地萬物變了模樣，山可以無棱，天地可以一體。流光不僅僅把人拋，不僅僅紅了櫻桃，綠了芭蕉，時光可以使天地萬物反轉，使來生變為前世，新人變作地心深處的枯骨。沒有任何事物可以妄想得到永恆。曾記得有人說過：「永恆，只比時間多一秒。」永恆就是無限地趨近時間，但永遠比時間多那麼一點兒，當時間走向垂暮的盡頭，永恆才迎來它的新生。

走出五光十色的龍宮洞，覺得要為自己珍重，為時光珍重，即使誰都無法看見永恆，但誰知時光會將我們變做甚麼模樣。

靈

那張臉皸裂的白瓷貓幽怨而炯炯地望着我。那鏤空的眼睛，眼角上揚着，陰惻惻、笑盈盈地眯成一條細縫，一道青銅色的線條描摹着眼廓，有了生命一般在光影交錯下閃動着光芒。

那是在威尼斯所見的面具。這個老城中，對那被海水沖蝕得殘缺、綠苔爬上銅門環之類來說，那新街舊巷所呈現的各式各樣的古老而怪異的面具真是驚豔之至。面具是早年貴族奢華的產物，流傳至今日便已是分外的神秘與奇特。

我所見最愛不釋手的是一個貓臉的面具。彷彿十分陳舊與脆弱，整張臉遍佈細密的裂紋，每條或粗或細的凹陷間都填充着銅色的不知其名的物體，好像是不切實際的歲月留下的雕琢。鼻間是粗線所編織出的緊密，鍍過一層青銅色的葉狀織物向面頰伸展，正中央綴着一顆如寶石般晶瑩剔透的珠子，與古舊、黯陳的一切格格不入，也正因此而分外耀目，為頹唐、死寂的一切添了光彩，多了幾分鮮活。臉頰上的編織圖式十分繁複，最上面是一層如小簾般由十七個線團聯結在一起，下面是一朵倒放的花。花的葉子極力捲曲着向內回縮，而花的一半被葉子遮去了，那好像是向日葵，但不是普通花朵的嬌柔的樣子，而是長得十分壯碩，甚至有幾分粗獷，一併來看也是美的。額上是形似一把巨大鑰匙的裝飾物，或許與宗教信仰有着些許關聯。鑰匙的尖端正好垂在眉心，向上是一小對對稱的扇形裝飾，交合的中心是鏤空的，呈三片落葉的形狀。最上方是一個橫放的長橢圓形，而下面的一片落葉正好穿過它中心的下方，彷彿是鼻子。而它的兩側有兩處狹長、末端下垂的鏤空，拿遠了細看好像又是一張面具。那粗麻線編成的面容很有線條感，但也像一道道縱橫的深深皺紋一樣，彷彿是一個很蒼老、很蒼老的人，十分疲倦，有幾分瘮人。它那一雙悲傷的眼睛冷冷地望着頭頂，好像見過世間所有的悲哀。

全觀整個面具，十分精美，每一個角落都透着貓兒身上的靈性與妖氣，仿古的色澤與紋理使它顯得並不過分的奢華與俗氣，給人一種撲面的真實，彷彿裂開的花紋一剝落，裏面就會出現一張活生生的貓臉，還呼出熱氣，一下一下噴在臉上。

總感覺那面具是有呼吸的，在那華美的外表下或許真的有生命。選擇放棄靈魂但永恆的存在，緘默地成為飾物，只是那狹長的眼睛越來越低垂。

並不是很久以前
——梅林一村印象記

竹棍敲擊着地面，發出「篤篤篤……」的聲響，一個盲老人，一小步一小步地搖晃在磚路上，繞過那一塊塊石頭、片片竹林，在那我閉着眼也可以走的鵝卵石小道旁坐下，聽竹唱聽鳥鳴。

那並不是很久以前。

月影散下，碎了滿地，映着竹影閃着皎潔的光。人影忽然地蓋過一切，踩着滿地碎石，毫不憐惜地扯下掩着躍上苔綠的巨石的闊葉上的蝸牛，滿滿地攥着手躍上石頭，一步一步地跳過去，彷彿乾涸已久的碎石河床上真的有流水一般。穿過四方小亭，昏黃的燈光映着爬得滿亭都是的爬山虎，已分不清這小亭到底是蔥蘢的綠影還是斑駁的紅牆。人影打破了夜的靜謐，不解風情般叫着跑遠了去。

花瓣散了幾度，落得滿亭、滿地全是，橙色的花瓣才剛打開就已落地化泥，遠遠地望去，不知花是開在樹藤上，還是開在了地上。每年七月初就是這花開放的時節，常是一陣遙遠的歡笑，風捲殘雲般掠過花海，不多時便已是滿地的落花。

那持着竹杖的老人搖擺着走到亭下，在地上摸索着，宛若憐惜似的拾起一朵落花，細細地放在手中，手顫抖地撫摸過每一絲脈絡，那從前總是呆滯的臉上如今似乎是滿滿的柔情。久之，抬起臉，任那灼人的陽光肆意停留在臉上，他默默地揚了揚嘴角。

又是一個夏，手中花莖上的蜜似乎甜過一切。

如果，生如夏花，那麼它們永遠綻放在不久之前。

地上的花或垂着頭的敗枝都已發黃，無需火燒就成了灰，在風中揚了開來，迷了雙眼。我尋着那舊日的竹林，彷徨着轉了幾道彎，才明白竹林猶在，卻不再是他們摸過的每一片嫩葉。踏過那些沒人知道的土地，遙不可及的雲彩不過就是解悶的同伴。這裏是他們發現的寶藏，他們的樂土。

村口的大榕樹，年紀幾乎和村子一般長，鬚根承受風舞動搖落了一地的蟲鳴，它是絕不吝嗇給熾熱的人們挪出一塊陰影的，它是絕不介意站在村口為誰而守望着的。葉落了又長，花開了又謝，一旁的一排木棉花火紅地點燃了天邊的夕陽，一片光輝中榕樹威嚴地染上了青光。這是它的土地，它的世世代代。

這兒到底是誰的村，到底有多少故事在一杯茶間瀰漫天際、履過大地。孩童終歸了家，一局棋任是從歲月青蔥下到耄耋之年，那芭蕉直到扇得只剩骨架，風煙之語也終消逝在天涯，村子只有自己守着自己，村中一切都淡了，一廂情願地守望，到頭來誰也不是誰的歸人。

大約有一天村子伴着自己的影子，一步步走向蒼老走向衰敗。它不是誰的村子，只是自己的歸宿，獨自天荒獨自地老，在又是一度的蟬蟲歡鳴間。

鈴之籟

那叮叮咚咚的聲響絕不是來自我們周圍的，那一定是浩瀚的宇宙深處一個個偉大的星球誕生所發出的迴響。在茫茫星海中傳了百十來年，最終在鐵力士雪山下的牛鈴鐺裏駐了足，大約是渴慕那清涼大地上的淳樸與自然的氣息，於是終日在牛脖子上一搖一蕩地發出了攝魂一般空靈迴旋的聲響。

腳下是蒼綠的牧場，頭頂是皚皚的白雪。當我坐在鐵力士的纜車上，眼前就是如此的光景。牧場上零星地站立着幾座矮舊的小木屋，有的木屋牆壁彷彿能透進一條一條的光束，一般用木條間隔着，剩下的全是成片連天綠毯般的濃密綠草地。草最綠、最茂盛的地方總會聚集着牛群，不過是二三十頭聚在一起，每當經過，它們的上空就會聽見那奇異、交雜的鈴聲。

那鈴聲不同於普通小鈴鐺振蕩發出的細小、尖鋭的空響，而是一種很厚重、很深沉的巨大鐵器撞擊聲，但不失靈性地發出天籟般的聲響。那不是一頭牛、兩頭牛所能企及的動靜，那是幾十頭牛一起所發出的迴響，夾雜着風聲、樹聲和遠處別的牛群所發出的輕輕的鈴聲，一起在草木間迴旋，在高山中共鳴，在上空聽起來彷彿是古老的歌謠與咒語一般動人心魄，叮叮作響。

那聲音並不是統一而單調的一種音色的振動，每個牛鈴都是不盡相同的。有的是在牛犢子輕快、敏捷的步伐下，隨着牠好奇地嗅着綠草地上的露水或凝視草木的動擺，小鈴鐺時斷時續地發出或輕或重的清脆的聲響。而那成了年的壯牛的動靜就又有不同了，牛鈴是金屬的，有一個巴掌的大小，隨着堅實的步調，平穩而悠長地發出空靈的迴響。那有些乾澀、遲緩的鈴音，是已步入暮年的老牛發出的，它們已熟悉這裏的一草一木，對它們而言，懶洋洋地走幾步，再臥在柔軟的草毯上叫山風撫遍全身，也吹得那經過雨打日曬的已經鏽得單薄的鈴鐺發出若有若無的滄桑聲響便是一天的所有。就這樣，各式各樣的鈴音交雜着，唱和着，彷彿是一曲氣勢磅礴的交響曲，輝煌地在山間奏響，在雪山的映襯下無比高潔、純淨……

漸漸地走遠了去，卻回不過神來。該不是誤闖了蓬萊，聽見的是天女在彈奏的樂曲？人間哪裏會有如此震懾人心的聲響呢？

千百年前一次無數物質的結合、撞擊、轟鳴，傳播了千百億光年，最終匯聚在了一次牛鈴的搖蕩上，邈邈餘音，終日迴旋不散，彷彿是宇宙的囁嚅、萬古的召喚。

☆本文被江西省教育廳評為 2015 年「新蕾杯」全省中小學師生優秀教育期刊讀刊用刊活動高中組一等獎

豈止朝朝暮暮

一片雲霧中，若隱若現的幾塊巨石在陽光的照射下熠熠生輝，在其之下，一條蜿蜒如細長絲帶般的河流流露出幾分嫵媚，使群山顯得更為雄偉，也只有丹霞山才有這般風光吧。

一束斜陽穿過雲層，穿過迷霧，肆意地照在有些斑駁、風化的巨石上。它們形態各異但都展現出莊嚴與磅礴之勢，頂天立地。以綠樹為裝飾，高不可攀的彩雲不過是它們腰間的潔白衣裙。在群石上，有的地方紅如朱砂，成片成篇，綠樹與紅石相輝映，別有一番風味。而有些地方已如黑煤，在成片的紅石間，好像是誰一不小心灑下些許墨汁向下流去，又在慌亂之間於山腳之下，把它塗抹成一片。

坐船，緩緩來到一塊巨石的腳下，映在水中的波紋好像又增添了幾分威武。陽光從水面折向巨石，使本身就散發着紅光的巨石更加耀眼奪目。有些地方，有水常年流下，似乎從未斷過，以致於水經過的地方都長些青苔。而這潺潺水流卻不知是從何而來，只看見從巨石高處時隱時現，縈繞着低矮的灌木，向下流去，愈發顯得有魅力了。

走到巨石前，輕叩這有些粗糙的表面，這千萬年前就矗立在這裏的巨石，向我展現無言的滄桑。那有些烏黑的石塊不知經過了多少的風雨洗禮，才成為這樣。那鮮紅的岩石上的條條痕跡，不知是水流在上面不知疲倦地流淌了多少年才有一條淺淺的凹陷，紅色的岩層又是多少次發黑的表層脫落才有些起伏不平，最底下有些像貝殼磨成的沙礫，想必在遠古時候，一定有魚兒在上面暢游吧！

看着這宏偉的景象，我不禁感歎，任何最美麗最奇特的事物一定是一點一滴積累而成，不計時日，不辭辛勞，也不忽略任何一滴水珠，正是夜以繼日的努力，才塑造出了如此的石像。它們上面的每一道看似無意的痕跡，又是風吹雨打多久才變得如此栩栩如生？千萬年前一片毫無姿態的石頭成為今天的模樣，豈止朝朝暮暮！

漸漸遠去，忘不了的是它們的滄桑。

遇見

那天，我遇見那乾燥得充斥毛孔的土樓，遇見溫婉的水鄉，遇見帶着滾燙清香的茶葉，也遇見雨打芽尖的鵝黃。

轉過那曲曲折折的溪流，等那站在溪中石尖的大鵝抖乾了身上的水，扭扭身子蹲了下去，等那一排綠蔭下的鳥兒唱盡了歡歌，等那百轉千回的崎嶇石板道染上了綠，就見到了靜靜佇立了百年的圍屋。

雨水順着土樓的溝壑流下，潤濕了牆角的綠苔。抬頭仰望，沒有雕花的飛檐，沒有氣派的拱頂，只是泥，滿目的沉默的黃泥，卻比那金頂、琉璃站立得更久遠，那簡樸甚至粗糙的泥牆未曾落下過一點土星兒。走入其中，石板地的縫隙間歪歪扭扭地長着野草，卻一行一行、一列一列長得興起。圓形圍院的一旁有一口深井，有個老人，提着水桶拎着麻繩在打水，繩牽着桶，左右晃動，桶猛地下了水，打破那映着井壁青苔的鏡面般的水，滿滿當當地提了上來。井邊是一片殘牆，散落的磚瓦間有零星的原木條，雨打風吹都冒出了細小的白芽，冒出了銅鏽般的墨綠。

再向上便是二層，圓柱狀木條做的橫樑，一片青磚的屋檐，莊嚴厚重，很難想像那單薄的瓦片、易朽的原木承載了三百年的沉厚。低下頭，那隔間中是糧倉，領着我們的山裏人說那裏面現在放茶，家家都自己做茶，總選最好的春茶、冬茶存封在罈中，它們要在這乾冷的地方等上十年甚至更久，忍過那無盡的寂寥與苦澀才沉澱下甘甜與蕩氣迴腸的醇香，才遇見清風，遇見流水，遇見此時的我。

最高一層是住人的地方。每家門口都有一盞燈，並不用來照明，而是每天夜裏家中人到齊了才吹滅，只要有一人未歸便一直亮着，樓下的大門就會一直開着。透過窗看那一間間小屋，不過一二十平方，當年卻住了一代、兩代甚至三代的人。領着我們的人回到兒時居所，摸着牆壁，看着木門，拾起角落的一筐紅薯咧嘴笑了。我摸着那紅殘墨缺的舊楹聯，發現那牆比起第一層的張開雙手才能圍住的牆已薄了一大截。那人說：「這是智慧，這樣的房子更穩。」我問：「是泥加蛋清建起來的嗎？」他帶着笑看我說：「那時連飯都吃不飽，是靠智慧用簡單廉價的材料做最穩最薄的壁。」

走出土樓，回望那如一個村落般的土樓圍屋。它使不相識的人們同居於一個屋下，更包容更凝聚，使人們也像土樓般互助，永立不倒……扭頭，便是滿山茶樹，一排排的梯田正長着葉芽冒着綠意。

那天，我遇見錦繡，遇見流年，遇見紅殘墨缺的楹聯，遇見厚重的歷史，遇見倉中的沉寂，也遇見不朽的曾經。

（原載於《初中生之友》2015年 12期）

虎穴寺

夕陽照在削尖的山頂上，把漫天的小雪花照得透亮，瀑布上的一道彩虹被映成赤色，峭壁上的寶殿似乎鍍上金箔。夕陽，在這裏找到了故鄉。

初進寺時，太陽將一道道灼人的目光從雲間小心翼翼地投出，窺視着這夢境中的不丹。籠罩在迷霧中的虎穴寺恢宏壯闊，這分明不是用手築造的，而是用篤定的虔誠築造的。這是一個時代、一個國家的信仰的棲身之所。

在蓮花生大士曾修行的洞口，一個身穿紅色袈裟的老喇嘛，靜靜地坐在蒲團上，目光追着一縷清風在窗外的遠山上遊蕩。來了人，也不急着站起來，緩緩地拂了拂腿上那不曾落下的灰，面帶笑意地等人們敬了佛，把用銀製的以孔雀毛為瓶蓋兒的法器拿起來，滴一兩滴用清晨採下的草葉浸泡、加持過的聖水到信徒手上。信徒抿上一小口，

沁人心脾的清新和冰涼，手心中剩下的一點就小心地一滴一滴地滴在頭上 —— 最神聖的地方，還要用濕潤的手塗抹髮梢，反正是一絲一毫都不可浪費的。老喇嘛又回身捧起一把供在佛前的不丹傳統食物，信徒們虔誠地吃下這混着藏香味道的供物。一隻肥碩的黃貓，貪圖蒲團上老喇嘛身體的餘溫，就趴在蒲團上，半眯着細長的眼角，似睡非睡。老喇嘛也不惱，退步坐在冰冷的窗台上，目光安詳地望着那被暖洋洋的佛光普照着的貓兒。

繼續向上走，是最古老的殿，幾場大火都沒有傷害它那溫婉流轉的眼眉。雕樑畫棟上，斑駁的顏料描畫着不朽的靈魂，我不相信這是出自一個匠人之手。這是用天地丹青、古今信仰以有形着筆、無窮作題的紋飾。

順着山勢走着，一間低矮的小屋，裏面煙火繚繞。屋裏點着千百盞酥油燈，小的不過一掌大，青光如豆，大的有半人高，火光飛舞。身旁的不丹人在門口的方向點起了十盞燈，為了他往生一年的父親。那是一個黑瘦矮小的男人。他窘迫地挪動着銅盞，躲避着從門口颳來的寒風。手中的火燭被寒風吹滅了，他就眯起眼睛，伸長了脖子，提着肘，口中念念有詞地把燭伸到燈上點着，用一隻手護着，慢慢地縮回另一隻手。他的披肩鬆垮了，懸在身上，掃過焰苗時冒出一小縷白煙，潔白的布上出現一個小黑點，緩緩漫延，從針眼大小變得有一指粗細，並伴隨着細小的燃燒聲，他也渾然不覺。點好了燈，他退回門口，誦讀了一段我聽不懂的宗卡。但從他的目光中我可以看見莊嚴的篤定和眼中閃爍的懷念。他厚實低沉的聲音在小屋中久久地迴蕩，火苗也隨之一震一跳。誦完經，他沉默地站了片刻，突然掩面伏地，長跪不起，屋中只有長長的沉寂。

出了門去，天上竟飄起了小雪，在這初春的下午，恐怕只有這樣的深山才會落一場不合時宜的雪 —— 畢竟，背棄了冬的懷抱，雪是美麗而易碎的。而它執意地落，飄蕩在空中，一落下便化作了水滴，如一場洗禮。白茫茫的一片，寺院不見了，群山不見了，飛瀑不見了，陡崖不見了，此刻唯有自己無比清晰。雪下不多時，太陽便匆匆地把它們召了回去，天地又明晰起來。泥污都被沖洗掉了，看得見的，看不見的。

夕陽安詳地照拂着這寧靜的土地，一如幾千年來的日夜。水從角檐一滴滴地打在草尖上，草兒一次次地在殘陽似染的紅霞中向天地謙卑地鞠着躬。隨着夕陽逐漸隱入黑暗的虎穴寺，用沉默回着大禮。

小孤山遊記

從長江上遙遙地望去，有一座孤島——小孤山，冷清地、孑然地兀立在波濤滾滾的長江上。

小孤山立在長江中，已有二三百萬年了。從距今一千多年起小孤山上開始有香火。而今，它仍立在那裏，仍與彭郎磯遙遙相對。

明朝謝縉詩云：「半空岩石架高台，過客登臨此處來。」而五六百年後的今天，這裏仍舊是山勢陡峭，沿着七十多坡度的台階，攀着鐵鏈一路爬上去。這彈丸之地實在是沒有地方來修一條寬大的路了，但知難而上的香客們仍舊熙熙攘攘地填滿了山路，只為一睹啟秀寺和小姑廟中的小姑娘娘。

傳說中小孤山是由投江殉情的小姑化作的，而她的意中人彭郎也化作可望而不可即的彭郎磯，於是小孤山上供起了小姑娘娘。上到主殿中，詢問僧人，得知這裏建於唐，興於宋，衰於半個世紀前。那時的肉身菩薩被紅衛兵扔進了滾滾的長江中，一瞬間便被吞噬得乾乾淨淨，無影無蹤，後人數次打撈再也找不回了。一千年的文化，十幾代的信仰和傳承便隨江水而逝。「佩玉尚聞仙子去，乘鸞疑見女郎回。」或許小姑可以一席綢衣重返紅塵，但佛像早在江水中化作無形。

香燭烤熱了空氣，陽光下熱浪的影子竟也是可以看見的，像是經殿的香霧，雲煙氤氳。屋檐上垂下來一條吐着絲的蟲子，扭動，繞圈，在風中搖搖欲墜，牠的背後是洶湧的長江，千重波濤。

山的頂端有一座梳妝亭，傳說是小姑娘娘對鏡理紅裝的地方，當年的小姑是懷着多麼喜悅的心情梳理她長長的雲般鬢髮，想着彭郎，想着她年輕生命的未來。所以現在每個上梳妝亭拜祭小姑娘娘的人都會在窗前駐足，像她當年一樣地梳頭。走下了梳妝亭，在亭旁看見了一棵梭羅樹，它已經生長了五百年，山上的亭台樓閣倒了又建，只有它一直無聲地注視着歲月的變遷。回望亭台，屋頂上長滿荒草，極目遠望，山上怪石嶙峋，怪石上也長着同樣嶙峋的樹。

一路顫抖着雙膝下山，所扶的鐵鏈上掛滿了寫着心願的鎖，彷彿這樣小姑娘娘便可照拂他們。在一處角落，發現一條綿延數米的樹根，竟像是瀑布一般，不由得要感歎這樹根也像這廟一樣會在夾縫中求生了。廟的建築就是如此，牆鑲嵌在岩石中，岩石也鑲嵌在牆中，相互退讓，委曲求全地存在。

走下石階，回望小孤山，見有山聯：「江山峰青，曲終人見。」這真是世上最好的情境了，沒有「花自飄零水自流」的悲寂，也許小孤山有一天真的會與彭郎磯相會。

寂靜在唱歌

松樹在風中微微地擺動，傳出一股淡淡的香味。那樹的陣陣擺動把這清香攪散了，一絲拋在田野上未收盡的麥稈上，一縷放在廟宇聳起的尖頂上，還有一小股，飄飄蕩蕩，流到了一面獵獵作響的經幡上。

到克楚寺要穿過一個小村子，村子裏的人不多，有大片大片的田野，金黃的，一眼是望不盡的。遠遠地，還沒有進村子，傳來了陣陣小孩子的玩鬧聲，曲曲折折從不丹民居的縫隙中傳來，像是一隻隻鴿子在噴泉中抖着羽毛，啄着水珠。除了這一片快樂的聲音，還有田野高地上經幡相互拍打傳來的低語。在這種最深的寂靜中，天空中連最薄的不成片的雲都無聲地翻捲，生怕驚擾到這靜謐的土地。在這片土地上只許那陣肆無忌憚、驚起了飛鳥、嚇得鳴蟲都緘口不語的歡鬧聲可以迴響，不僅一點兒都沒有擾到這沉寂的心，相反，這裏的寂靜更妙了。我都可以聽見，它為了藏住心中的咕咕笑聲而使胸脯一起一伏地忍住笑意，這樣的動靜擾動了一團凝結在牆腳的空氣。我聽見空氣相互摩擦發出的嗞嗞聲，聽見那小小的浮動撞在滿是紋飾的黃土牆上翻滾了幾圈，滾落在滿是松針的地上，發出了小小的啜泣。

散落的松針上傳來了一陣窸窣聲，這個聲音可不是來自於寂靜的世界的，我的心裏猶豫了一陣，想聽聽這是不是從歡樂的世界中傳來的。側耳一聽，也不是。我疑惑地抬頭，只見一個穿着旗拉的小女孩孤零零地、筆直地站在松樹旁，小臉黑黑的，頭髮被汗水濕成一綹一綹的。她的旗拉是藏青色上衣和格子紋的袍子，鬆鬆地套在她的身上。看得出為了這一身衣服她是不會和別的孩子一樣在田裏瘋鬧的，所以寂靜裏沒有她的寂靜，喧鬧裏沒有她的喧鬧，她在寂靜中高歌，在喧鬧中緊閉着嘴角。她看見了我，嘴角咧出一個大大的笑。她伸出手和我握了握，她的手軟軟的、黏黏的，有一股松樹的味道。我拿出幾顆早準備的糖，放在她手中，她的手太小，糖像是雨天打落在荷葉上的水珠滾散了。她忙蹲下去撿，還是靦腆的樣子，還要小心着不踩到她的長裙子。她捧着糖站起來，使勁笑。她不說話，只是無聲地笑，笑得臉像一個紅透的蘋果。我也嘻嘻笑着回禮。她突然想起甚麼似的在口袋裏翻找着，小心地掏出個東西，不鬆不緊地攥着。她護着她的寶貝，把手伸到面前，手指慢慢打開，原來是一小截松枝！就在她旁邊，滿樹都是的那種松枝。她把手伸到我面前，還是不說話，只是笑。這是她送給我的禮物，她的寶貝，我接了過來。這松枝也是黏黏的，有些蔫了，我漫不經心地把它用拇指和食指捻着，朝她咧咧嘴。她高興地拚命點着頭。我帶着些遲疑，扭頭走了。畢竟前邊還有一段長路呢，而且我迫不及待要投進寂靜的懷抱了。我快步走到小路的盡頭，又回頭看了看，那女孩還望着我的方向，見我回頭，她忙騰空一隻捧着糖的手使勁揮着，臉都漲紅了。我半舉起手，輕輕地搖擺幾下，像一棵稗子在風中的搖晃。而這時卻突然傳來她尖細的嗓音，她用有濃重鄉音的英語祝我好運。原來她不肯開口是怕我們這些異鄉人聽不懂她的鄉音啊。我高興極了，使勁地踮腳望向她，聽她還在喊些甚麼，但我腳旁的草叢中一窩蟲子鳴叫起來，淹沒了她尖細的嗓音。

走進田野，一切又靜了下來。但我現在並不愛這靜了，那固然美麗，可那一顆靦腆的心忘記羞愧的叫嚷，帶着鄉音的祝福，一個明媚的身影卻是再好不過的。我心裏想我要趕快趕路，說不定回來還能遇上她，我要把她送我的松枝夾在書裏，好時不時拿出來看一看，聞一聞那陽光烤灼的清香。

她既不屬於寂靜也不屬於喧鬧，她只知道笑，但她的笑比寂靜更寂靜，比喧鬧更喧鬧。

日暮

在我的眼中，小鄉村裏甚麼都是美好的，這是平和、悠閒的美，而最動人心魄的景，想起來就只有小村的日暮了。

現在正是初夏，還沒有熱起來，稻田裏還是青翠，只有一些早熟的水稻長成了金黃的一片。

太陽在遠處的一片樹林中隱去了蹤影，映紅了那一邊的藍天。天空呈現一種特殊的玫紫色，那被風隨手扯成幾片的薄雲邊緣發散着淡淡的金色，而遠離落日的天空卻仍是藍色的，玫紫色、金色、藍色，混合在同一幅畫卷中。天邊有一片白雲，正是一條游魚的形狀，被太陽的餘暉染成了紅色，彷彿一條在烈火中游動的魚，脫離了從前賴以為生的水，如今在火焰中生存反而更多姿更絢麗。想必也只有在天空中才能欣賞到如此綺麗的景象，彷彿是大膽的畫家重重地抬筆落手，這兒一抹，那兒一塗，畫出了一片色彩斑斕的天空。

而天空下是一片充滿綠意的稻田，水在禾苗下緩緩地流動。不遠處有一頭老黃牛，正不緊不慢地嚼着田間的草，吃飽了喝足了，就心滿意足地趴下，歡快地叫幾聲，等待着主人踏着田埂發出喀喀聲來牽牠回棚。牛棚旁是雞窩，零零散散地散落在村中各處的雞，一如早起打鳴一樣準時地回到窩中，有的也正若無其事、悠閒自在地刨着沙子。

在房屋的大門前有一小片魚塘，魚塘旁種着高高的植物，現在對着太陽只能看見一排高高的黑影，還有在陽光照射下分外顯眼的一條小水泥道，大約在水泥仍未乾時一隻玩心頗重的雞在上邊跳了一段單人的舞曲，留下一排深深淺淺的腳印，雨後積了些水，現在，在太陽的餘暉中彷彿一朵朵綻放的花朵，留下陽光最後的倩影。透過間隙可以看見水面不時閃動着金光，而別的一切除了黑影都黯淡無光，彷彿剛才那一幅五彩畫卷被收了回去，只留下一張黑白的老照片，一切都是靜謐、祥和的。

太陽終於順着老房子牆上那一條狹長的縫隙一直落到了地平線以下，小村中夜晚美好的夢也要開始了。

岳陽樓行

夏日的清晨，我獨自走在通往岳陽樓的路上，一邊是汴河街的青瓦白牆，一邊是八百里洞庭的蒼茫。遊人還不多，晨露的味道瀰漫在空氣中，腳下的灰磚不時閃過篆刻的字紋，我順着這條充滿文化的道路，走向沐浴在日光中的岳陽樓。

一進入景區，就看見一條弧形的小溪上立着五座青銅古樓，是依照唐、宋、元、明、清五朝的岳陽樓建造的，原來黑色的銅樓因為水汽的滲透而有着淡淡的青色。飛檐上掛着的四個鈴鐺，隨着風輕輕地搖擺，彷彿在風中喃喃地講述着五朝舊樓的故事。溪中有一群斑斕的錦鯉繞着銅樓游來游去，尾鰭激起陣陣水花，打在溪岸的青草上、石頭上。

沿着小溪走，園內滿是蒼松翠柏，一路長着各種姿態怪異的樹木。沿着溪岸栽了許多的柳樹，翠綠的樹枝隨着清風時不時劃破平靜的水面，泛起陣陣漣漪，引得火紅的魚兒游來，繞着水中的柳樹影子游動。水上水下彷彿是兩個不同的世界，而水下的世界更多彩更靜美。

接下來，小溪在一片龍爪槐中隱去了蹤影。當它再次出現的時候，一條呈北斗七星狀的迴廊就呈現在眼前。沿着迴廊栽種着一叢叢竹子，風一吹過，竹子搖擺沙沙作響。

繼續向裏走，來到一處假山，假山四周環繞着池水，假山上生着苔蘚和藤蔓植物，使原本青灰色的石頭成了時而歡快青翠、時而深沉凝重的綠色。在葉影重重間，有一座小塔，在水光、陽光的映照下顯得精巧別致。轉到假山的另一邊，池子旁邊栽種着一棵黑松，這松樹有一種特別的美感，看起來好像是在畫中，隔着一層雲霧。在松針的縫隙中，可以看見一副石桌石凳，都泛着淡淡的青色，彷彿夜深人靜的時候那些渴望清幽的古代文人墨客會乘雲駕鶴來這裏，享受無邪月光下的幽靜。在假山向內凹的地方，有一條涓涓細流順着假山流下，飛濺的水珠打得依附在假山上的藤蔓不住地晃動，因為沾着水珠，陽光一照，便閃耀起星星點點的光芒。那一條小小的瀑布一直流到三朵將開未開的荷花上，那三朵荷花透着淡淡的粉色，似乎是要綻放，但是卻又收斂着自己的美豔，含苞待放，倒反而顯得格外美麗。

穿過一道石門終於看見岳陽樓了。這座三層高蓋着黃色琉璃瓦的樓並不是十分的宏偉，或許因為這原來是一座閱兵樓，所以陳設簡單大方。雖然沒有精雕細琢，但自清朝以來的文化沉積使這座在百年的風雨飄搖中佇立不倒的樓頗讓人敬畏。從岳陽樓上可以看見蒼茫的洞庭湖，湖水一直綿延到與天相接的地方，青色的湖水與湛藍的天空在一片水霧中融為一體，這廣闊的湖水在千年的歷史中看見了多少朝代的興衰、多少個花前月下發生的一幕幕故事，但它只是波瀾不驚地輕輕拍打着堤岸。

出了岳陽樓，穿過一條幽黑的隧道，來到了一處僻靜的小路。可能是因為近水的原因，一路的條石上都生着厚厚的青苔，石縫中的青苔甚至長得像春天剛冒芽的小草般高。一隻機敏的小麻雀抓住了一隻飛蛾，正在小路上準備啄食，卻踩在青苔上，腳下一滑，嘴一張，飛蛾撲簌簌飛走了，只留下一陣粉塵，那小麻雀便萬般失望地望着飛蛾逃走的方向，忽然一跳，飛了起來，不見了。小路蜿蜒着去了遠處，隱沒在了一片樹林中。

香溪的純

——2012年國慶龍門縣香溪堡遊記

坐在溪的這一端，已聽見遙遠的另一方傳來陣陣山歌聲。溪水不急，緩緩流動。楊柳的葉尖偶爾觸到水面，水波隨着歌聲一浪一浪蕩漾開來……

一切都是原始的。一個木筏，能容納二十幾個人，只有一個船工，大約是每日都在太陽下焦灼着，渾身枯乾、黑瘦，但他那看似弱小的手臂卻自如地用竹竿撐着竹筏。太陽照射在水面上閃着金光，竹筏隨着水而波動，陽光的反射像是要灼傷眼睛一樣明亮。岸邊是成排的樹，不像是為了好看而種上的，倒像是一直在這裏生長下來的，並不是統一的品種，而是各樣的混雜，映着水面，都綠得茂盛，一切都是自然的。偶爾可以看見溪中一片淺灘，定是沒有太多人涉足，竟能看見有魚暢游其中，掀開一塊表面佈滿

濕漉青苔的石頭，一陣飛旋的泥淤過後，總是可以看到漫不經心的螺。

再前行一陣，便看見有人撐着寬僅同肩膀一般的小筏過來，小筏上帶着一竹筐一竹筐的自產小魚、小蝦之類的。那些小魚小蝦全是在溪中抓的，連那黃中帶青的陽桃也是自己種的。他們將自己的小筏撐到與我們的木筏平齊，小心翼翼地打開用剛採的荷葉蓋着的各類溪中的魚蝦。傍水的人嘛，總是要受水的恩賜。過了一會兒，他用手一扶草帽，猛地一撐竹竿，漸漸划遠了。一座橫跨水面的古橋，再配上這瘦小的身影，是種怎樣的純樸！

水並不深，總有高出水面的小島，有的甚至長上了不知名的野草。有那愛水的牛，伏在地上，就是我們經過也只是抬起自己那深邃的大眼瞟一下便自顧自地吃草了。水下長着水草，順着水流的方向倒向一邊，隨着水波緩緩浮動。村中的小孩，一邊嬉水，一邊撥起這連成片的水草。

上了岸，最先看見的便是一戶自己做豆漿的人家，用石磨細細將豆子磨碎，一切是那麼原始，做好的仍滾燙的豆漿倒入一個石槽內，等着它冷卻後表面結出一層膜，再小心地將膜掛起，就有了腐竹。一切的資源對他們都是寶貴的，一切都是按它的順序來。慢，但有它特有的本質的味道。

一路上都是老屋，雖說大多是改建過的，但從磚縫間冒出的各種野草說明了它的歲月。偶爾有一扇半閉的門，往裏看去，原是已荒廢了的一間屋子，屋間鬱鬱蔥蔥，長了半人多高的，或已不能稱之為草的植物。

在村中間有一堵高大的碉樓。牆，從遠處看已是綠的了，全被青苔攀滿了。木質樓梯很陡，爬上去便有幾個簡陋的小房間。樓裏較昏暗，只有幾扇小窗，透着明媚的陽光。樓上已經失修，不能再上了。下了樓，牆邊的陰影下有幾位村中的長者坐在小椅子上聊天，和着古樹、古樓，很古樸、很和諧。

正碰上有人在舉辦婚禮，在村中大家共同的一個祠堂中張貼着對聯。村中的人都來幫忙。一台很舊的收音機播放着音樂。一群小孩圍在一起看殺雞。村中有學問的人寫着對聯，他們不因為遊人的到來而有絲毫改變。

這裏的一切是自然的、古樸的、純的。那不加任何修飾的被炊煙熏黑的牆，多天然，展示的就是不刻意刻畫的本質。若這裏是一塊玉，定是未經雕琢的美玉，不加空虛的裝飾，展現着本真的純樸。

我愛這香溪的純。

時光的碎片

有些日子像是山中澗一樣，攔也攔不住地流走了，但有些東西卻像那水底的石礫一樣，是水流所帶不走的，日久反在陽光下熠熠生輝。

有人說小時候畫在手上的錶不曾動過，卻帶走了我們美好的時光，最終那錶也在水的侵蝕下淡了，但有些東西卻未曾淡去。

會不會有的時候發現自己雖然長大了，卻喜愛着兒時的一些東西，保留着原來的愛好？是不是發現小時候愛看的動畫片，即使今天的我們還是百看不厭？今天我們雖然已可以去買貴幾十倍的東西，但是不是仍獨獨鍾愛於小時候最愛吃的廉價零食？

有些味道、有些情境是不會忘的，雖然童年流走，但我記得它的甘甜。以前回老家總有股廚房中煤與乾木柴融合的味道，現在已很少聞到，但那獨特的氣息我一直記得。

那些我們想改也改不掉的習慣叫時光。童年已去，但它給我們留下的深深印記不會被磨淡，那味道只會愈來愈醇厚。

看着手中小時候最愛的軟糖，一粒一粒，香甜瞬間瀰漫，彷彿又回到那站在比小小的身子高出不少的報刊亭前歡欣地拿起糖時的情景，猶如夢間。

歲月流逝，指間已空，但可以嗅到那縹緲的味道，這就是碎片拼起的時光。

何謂讀書

讀書，就是在別人的道理中去預見自己的人生，在自己的人生中踐行別人早已說過的道理。

書本無情感、無悲喜，正如嵇康的《聲無哀樂論》所說，音樂本無哀樂。書本身只是講述故事的載體，從作者寫完全本的那一刻開始，他就已經和這本書沒有關係了。因閱讀而痛哭、大喜、深思、頓悟的讀者，真正觸動他們的是他們自己的經歷，他們深埋在自己心中久不見光的一縷舊日殘片。閱讀並不會給人帶來他本沒有的特質，閱讀不過是激發，激發人們久未問津的柔軟。

讀書，就是將自己的人生代入別人的人生中重讀。真正創造出那本讓人心中悸動的書的人不是作者，而是讀者。讀者在書中尋訪寂寞的墳墓，尋覓不見飛禽走獸鳴蟲花鳥，唯有孤獨來回奔跑的林蔭，探尋在最冰冷黑暗的地心中的最熾熱明亮的熔岩。人們讀到的彷彿是同一個故事，但在每一個人心中其實都是自己的故事。故事，故去的事，一去不回的事，在心中留戀迷惘的事，越是往事，越叫人回味悠長。

讀書，是回味自身的沉澱。老人容易落淚，少年總裝堅強。唯有一生的水沉澱了，老了，充盈了，自然水滿則溢。讀書亦若此，少年讀書容易錯過文字背後的深意，字字理解，詞詞解意，沒有人生的經歷將其面紗掀起，讀完了故事卻一無所獲。好的書要放下，不是不能理解其意，而是其意不可內化為己用。少年不知世事艱辛，不知輕描淡寫後的難言苦澀。就如讀紅樓，同樣是落淚，少年落寶黛難善終之淚，中年落回天薄力之淚，老年落字字驚心之淚。

人讀書，也是書讀人。人不解書，其意難通，其害甚少。書不解人，少識世事，誤讀歲月，其害無窮。

朦朧

那帶着虛無光影的白月漸漸升上天空，樹影並不清晰，隨着一陣翻轉，帶着我看不清的落葉鋪天蓋地地捲來。樹影隨風搖曳，不是一株一株地擺動，而是成群成群地起舞。一盞昏暗路燈，散發着帶着睡意的暖光，圓形的燈罩帶着一圈發毛的光暈，引得一群白斑般的小蟲圍繞、旋轉。路牙上總有靜靜隱身黑暗的人影，看得並不分明，只是襯着這夜渾然一體。

背後的萬家燈火是千萬個帶毛邊光暈的各色螢火蟲，顯得縹緲。

我看不清，看不清那婆娑的樹影的尖梢上只有褐黃的枯葉，那帶着魅影的燈罩中的黑點是撲火的蟲兒最後的餘燼，那引路燈光的支撐是斑駁變形的鐵柱，更看不清那若有似無的人影是因為冷而聚成一團。

這就是朦朧的世界。或許我們有時需要看不清，才好「看不見」那些並不想看的存在，或許少見些、少感覺些也挺好。

現實在下

從學校那飄着綠色窗簾的窗戶中向外望，空氣中瀰漫着一種帶着暖和氣息的棉花糖味，只有剛捲出的棉花糖才會帶着那樣溫熱的香甜。對面是座老房子，那飽經風雨的牆上灰舊且斑駁，透過那生了鏽的網格，可以瞧見正有人忙着做傍晚的飯菜，與藍得透亮的天空相映襯，讓人感到十分愜意。空氣中充斥着柔軟、溫和的味道。

向下漸漸看去，一個小學生模樣的小女孩，紮着隨着腳步上下飛舞的小辮子，興沖沖地背着小花書包在人行道上奔跑，原來已經放學了。她一定是樓上哪家住戶的孩子，那飯菜一定冒着熱氣等着她。她那嬌小的身材背着書包，走到一處牆角，放下書包，走向兩堵水泥牆間，我霎時呆若木雞。

那兩堵牆，破舊得已看不見本色了，兩牆的頂上用幾根廢棄的木條連接，木條雜亂地放着，大約在哪個大風的晚上，一定會掉下來幾根。那「屋頂」年代久得已經有藤枝盤繞在上面了，它的下面是兩三輛原是綠色現已變棕色的推車 —— 那是一個垃圾中轉站。

她熟練地撿起一個個堆積在地上的黑色垃圾袋，那裏邊已經裝滿了，她費力地抱着，似乎毫不在乎那會弄髒她的衣服，再扔進那比她還高出半個頭的垃圾車裏。那車就是我上學時常會見到的一個中年男子推着的車，我們每次都避之不及，倒不是有甚麼歧視，實在是那氣味太刺鼻，如今想來那應是她的父親。透過那木條間巨大的空隙，我看見一個年邁的老婦人瞅着眼前的一切，撫着身邊那曾是白色的大貓，在這本該頤養天年的年紀，她卻支撐着這個家。

繫在牆上的塑料袋隨着風擺動起來，老婦人又撫了撫那貓，站了起來，扶了下一旁的牆，以她的身體狀況是不能再操勞了的。那寬大的衣襟隨風擺動，她那滿佈皺紋且黑細的手推起那已被她孫女裝滿垃圾的推車，漸漸走遠了。小女孩靜靜地坐下，似乎在等着甚麼人。她抬頭望望天，那麼明亮。有一瞬，我觸及了那個眼神，很純淨，眼底無一絲波瀾。她有甚麼可怨呢？這髒亂破舊的地方就是她們一家的命，這就是她的現實。雖然樓上已有飯菜香，但她還坐在她的現實中，等待……

天暗了，樓下燈火闌珊，樓上是萬家燈火。仰望天空

美得令人窒息，可那天，終是不可觸及的天。總有人一生只得在沉寂的黑暗中仰望那明亮的燈光，腳下卻只能踩着破爛的現實。

孤獨的長椅

上學的路上常會路過一條街道，一邊是密密麻麻的商舖和飯店，一邊是條不寬的馬路，中間是還不算窄的人行道。上面有着各種污漬，小飯店的髒水都向這兒潑，帶着油星的水在地上乾了一層又一層，典型的城中小道。

唯一突兀的是一把髒兮兮的木頭長椅。那是一把普通極了的椅子，一看便知道從未有人打理，漆已經剝落盡了，早看不出原來的色澤，現在只有塊狀的深淺不一的烏黑。大概這是供人休息的椅子吧，可這椅子連固定的釘子看起來都鬆鬆垮垮的，我生怕它有一天會倒了。最不正常的是整條街就這麼一把孤零零的椅子，而且還朝着店舖。

不過，這兒確實是個歇腳的好地方。

這裏是個十字路口，人來人往，常有拎着大包小包東西的人坐在那椅子上休息。那人一坐上去椅子便咯吱咯吱

地響了起來，他彷彿趕路累了，也不顧那椅子有多髒，重重一靠。我有一瞬間真覺得椅子要向後倒去，那支架以一個不可能的角度扭曲着但終沒有斷。那人一起身，椅子就恢復了原貌，只是不停地發出刺耳的木頭摩擦聲。我心想這椅子真是太不容易了。

我還見過各式各樣的人不顧形象，光臨那把椅子。有送貨的小伙子，只要稍坐一會兒就又起身趕路；有推着嬰兒車的老太太，還一邊嚼着麵包，一邊向椅子上抖着麵包屑，反正也沒人介意這椅子再髒些了；還有的人直接在眾目睽睽之下躺在上面……

這椅子孤零零地出現在街道上的確很奇怪，但人們的確需要這樣一個急流中的礁石。有多少東西我們解釋不清，卻又分明存在，漸漸變得理所當然，不再有人去關心為甚麼繁華的大街上有一把烏黑的髒椅子。

落下的美好

最近天氣有些轉涼。走在上學的路上，看到馬路的一側種着許多我不知道名字的樹。樹的葉子大多已經黃了，有些搖搖欲墜，顫抖着、晃動着，略大一點的風吹過，滿樹的黃葉便沙沙地落下，旋轉着，舞動着，快速地向下落……有的落在馬路上，有的飄在人行道上，還有那麼一些斜斜地飛去……我的目光追逐着它們，落在曾經的校園裏。似乎，在葉子落地的那一瞬間，我的心像觸到了甚麼。回頭望着這些黃葉一片片落下，從身邊、從手邊，近在眼前地落下，我想抓卻又抓不住甚麼。落葉鋪在路上，形成了一條滿是黃葉的路，從中走過，很美但也很淒涼……

樹上萌發的又將是新的生命，但曾經的美好的飄落還是叫人有些措手不及，可它們還是不可避免地落下了，都落下了……

蝌蚪

一條細小的水流從一處斷崖蜿蜒而至，穿過一個不過三五厘米深的小水坑，匆匆向下。在這小水坑中，有一隻蝌蚪，牠在略顯料峭的風中有些瑟瑟地抖動着與巨大的腦袋極不成比例的尾巴，以致於一開始我都沒認出牠。不知道是怎樣的不負責任的青蛙，將牠或許還有別的蝌蚪遺棄在這樣一個隨時可能乾涸又隨時會衝下斷崖的地方，一去不返。也許正是因為這樣種種的不測，才使那些牠以前的夥伴蹤影全無，抑或這也只是我的空想。但我看見了，見證了這一隻唯一的倖存者正在為了渺茫的生存希望而努力着，不在意前一秒是否有水柱向牠劈頭淋下，將牠澆得暈頭轉向，也不在意下一秒牠是否成為陽光照射下的崖壁上的一塊不顯眼的黑斑。但這一秒，牠在為活着而奮鬥，擊起水面上的陣陣漣漪。

裂開的豆莢

時漸入夏，生命也開始展露新的頭角。正當我經過一棵生機盎然的綠樹時，頭上發出「嘭」的一聲脆響，便見狀若圓盤的東西從樹枝上滾落，定睛一看才發現是一個豆莢裂開了，新的生命滾落一地。我不覺有些震驚，仰望樹梢，似乎看見剛剛裂開的豆莢正無比自豪地在烈日的照耀下顫抖，它自知氣數已盡，即將落下，化為一灘烏泥。透過斑駁的陽光看着此刻的豆莢，雖是龜裂、乾癟的，我還是覺得，我是如此幸運，見證了生命的最後力量的迸發。平日裏這大樹上的小小的分枝，是如此渺小而不引人注目，恐怕連自己都忽略自己的存在。可它卻默默地孕育着，孕育着新的生命，在生命的最後一刻發出最耀眼的光輝。

是啊，我是如此幸運，見證了它最美的一刻。

一朵被碾碎的花

每當看見，一朵盛開的花，不禁讚歎它的美，讚歎它美得如此嬌嫩。這裏也有一株花，僅僅一株。呼嘯而過的車輛肆意颳亂了它的嫩葉，任意飛揚的塵埃玷污了它的花瓣，即使它再美麗，再奪目，可又有誰在意呢？當一陣清風帶着它的種子飛去時，也不在意陣陣尾氣使它目眩。它輕輕落，很美，很美地落在了汽車飛馳的柏油馬路上，等待它的不是生根發芽，而是變成車輪下的一片黑斑。毫無機會，或許是注定，它不能生長，它被剝奪了這樣的權力，哪怕是落地生根這樣如此簡單的願望都無法完成。它無法選擇，或許被汽車捲起的塵埃還未落定，它就被碾碎了，這樣的生命毫無尊嚴。

我看到了一朵花，一朵美麗的花，一朵曾經美麗的花，而現在它只是令人唾棄的碎片，在路的中央。

假想我是一朵花

我把自己種進花盆，假想我是一朵花，每天待在深巷的角落，從未移動。我的頭頂是被隔壁家做飯熏得烏黑的牆，我終日在奮力尋找一絲清新的空氣。我總是躲在一個黑暗的角落，一個被世界遺忘的角落。我可以從鄰屋的殘壁間看到陽光，我也曾碰到過一片還帶着陽光味道的樹葉。它停在我的腳邊，日復一日，連陽光的味道也消失了，如今它那曾被陽光擁有的身體也化作泥土，我與外界曾有的唯一聯繫也斷了。好在我還是可以在晚上瞥見月亮默默滑過天空，每當這時，我便感到一絲潛伏着悲傷的快樂，哪怕快樂的時光是這樣短，我也能守着這泡沫般的回憶度過難熬的下一天了。

我假想我是一朵花，一朵不會綻放的花，一朵尚未開放便凋零了的花，就算我被當成野草丟棄時我也這麼認為。

瓷瓶

筆鋒濃轉淡，緩緩畫上眉彎，似若縹緲的薄紗，覆在透亮的瓷上。待那丹青凝住，滿目的淡然與疏密有致的墨色潺潺地流着。

俯到那窄口的瓶頸，悠深而廣闊的瓶肚，黑洞洞地泛着冷氣。湊了過去，耳畔彷彿千帆競渡；彷彿多年前寂靜在窯中的秘密不曾沉睡，時常絮絮地在幽深的黑暗中低語；彷彿那浴於火中的轉變，窯燒的共鳴，焰舌捲上每一隅的轟鳴。

輕叩瓷壁，清脆但細小的金屬般的撞擊聲，不斷迴旋於墨色的深淵中，漸漸又泯滅。只剩魚尾劃過水面的最後一絲蕩漾，鳥羽掠過天際撥開的一絲流雲，蝶翼扇過花海的一絲動搖，最終消失在時光的流動中，連一絲漣漪也不曾留下，空餘我獨憶此情，答應它永遠不會忘記。

墨色淡轉濃，題上最後一片白蓮的婉轉與嫵媚，隨風搖曳只待那手持玉露的人緩步走來。

殘缺

張愛玲說過，人生有三恨：「一恨海棠無香，二恨鰣魚多刺，三恨紅樓未完。」

因為有遺憾，所以才有更多的美麗，因為殘缺所以留戀。張愛玲恨紅樓未完，她恨着別人的遺憾，但世人卻又恨她的離去，她的一本小書《異鄉記》才寫了零星就戛然而止了。她之所恨卻又在她自己的身上重演，不知有多少人為她而恨，恨歲月為甚麼不能停上一朝？為甚麼不容她與凡世團圓？只叫她枕着那冷涼的地板，望着異國的天空，正如她一貫的孤傲。

海棠無香卻美得嬌柔，鰣魚多刺卻也掩蓋不住嫩肉的香甜，紅樓也正是因為未完才叫更多人不斷揣測那迴旋的篇章會如何從冥界傳到天涯。

人生的恨、人生的殘缺不全，才是那生活的特別，總不會叫人感到無味，總叫人去探求去追尋，就像那《異鄉記》背後無盡、淵遠的情愁。

饕餮記

我有所念食，隔在遠遠鄉

行走了不少地方，看了不少風景。但是提起一個地方的時候，讓我最眉飛色舞的總是一句：「我跟你說，那裏的東西好好吃！」每次只要有人提起這句話，都會在我滔滔不絕、唾沫橫飛的兩個小時之後後悔不迭，怎麼就讓我垂死病中驚坐起了……

高考翻身解放以來，從深圳走過了香港、廣州、西安、青海、海南、成都、重慶，還去了趟美國、俄羅斯，最終在濟南棲居，不知何時又要遠行。大約總結起來就是一句「生活不止眼前的肥胖，還有遠方的油膩」吧。

說實話，經過了高中食不知味的三年，我早已忘卻了原來吃飯是一件很美好的事情。一頓飯只能吃一遍，等待、享受、品嚐的過程都是獨一無二的，與我一同吃飯的人、成熟的秋天、在口中咀嚼的飽滿、滿懷期待的微妙的心情都是一去不復返的。如果吃飯就是為了吃飽，那麼活着還有甚麼意思？當然，不吃飽也是萬萬要不得的。

想起我在香港吃的下午茶，大概裏面的味道，就是雨夜維多利亞港的煙花、人群的躁動，還有拿着快要沒電的手機在人生地不熟的地鐵站裏等末班車的彷徨失措，也許還有前幾天跟我哥煞有介事地喝的菠蘿啤的味道。那是一種怎樣的告別一段以為自己不會留戀的時光，轉頭卻發現，最黑暗的地方卻往往能看到閃光的苦澀發酵的味道。

在西安吃到了人生中最粗糙而狂野的大饅頭，以及剪不斷理還亂、只要吃一根就一個早上告別飢餓的麵。同時也吃到了最細膩的羊肉，還有聞所未聞、見所未見的野果。從此之後，那些街頭油煙嗆人的烤羊肉串小攤，都有了西安北方夜裏城牆上的秋高氣爽，還有那個無所顧忌、高唱《七月上》的姑娘，讓我的趾高氣揚，不畏世俗地豪情萬丈。

在青海吃的飯，大約是我在國內旅遊吃過的最平淡無奇的吧。但是那個簡易蒙古包裏有着荒野味道，混着牛糞清香的冷冷的早飯裏面都是茶卡鹽湖恍如天堂的美好，那裏有粉色的天際線，有夜深人靜的群山環繞，還有抬首望見的萬丈蒼穹。大約在青海的那個晚上，我見到了一生所見的所有星星的總和，它們就那樣沉默不語地掛在遙遠的天際。

海南能讓我記住的不是海鮮，而是集市上用塑料碗裝的清補涼，在搖搖晃晃的帆船上和大河中喝到一半灑到了

腿上的粥，最重要的是跟我珍惜的人吃的，我不在乎到底吃了甚麼樣的一頓飯。是碧海藍天，是千里迢迢，是彼岸和夢想。有了這些，誰在乎真的吃了甚麼，誰又在乎味道如何。每次回想起來，我都能聞到海邊的鹹腥味，聽見大河在萬籟俱寂的晚上拉船的嘩嘩水聲，感受到海浪拍打在手忙腳亂掌舵的我臉上的涼爽，記起跟水爺手足無措收放主帆、球帆、側帆收繩器的咯噔作響，還有在吊床上望見樹影投下的斑駁陽光。我在別處看見的星辰大海，遠比不上那些無所事事的下午的輕風細雨。

從美國回來之後，我不動炸雞已經很久了。但是那些蹲在馬路牙子上，一邊趕蒼蠅，一邊用手拿着啃的比薩，是我吃過最津津有味的，我確信無疑。雖然波士頓大龍蝦緊緻細膩的肉讓人一見難忘，雖然拉斯維加斯賭場的自助餐好吃得人神共憤，街角不知名小店裏吃的蘑菇蛤蜊湯讓我忘記動輒七八個小時的舟車勞頓，但是我還是要說，提起美國西部大農村的時候，想起來的，是黃石的雲煙繚繞，斑羚彩穴的流光溢彩，拉斯維加斯的晝夜顛倒，還有一路上用腦電波代替語言、跟我東拉西扯的法國哥們兒。提起美國東部的時候嘛，Lady M真是名不虛傳的好吃，但是在如此繁華的城市裏，總是少了些甚麼，對我而言總是沒有美國西部大農村的大漠孤煙來得美好，可能置身人群中，才更讓人寂寞吧。

成都和重慶的美食大概是講不完的。每次路過青旅門口都要吃的蛋烘糕，外焦裏嫩，奶油就像學校邏輯課老師的才華一樣，蓋都蓋不住，源源不斷地向外漫。有些孤獨、十分油膩的串串，讓我一個人捧着一鍋沸騰着的、咕咕作響的陶鍋，吃得不亦樂乎。每一次懷疑可能點多了的時候，都會在十幾分鐘之後發現，自己實在是不夠自信。在鶴鳴茶社度過的悠閒下午，除了看老大爺悠然自得地擺龍門陣，呼朋喚友下一個下午的棋，我還吃了三大炮、鍾水餃、甜水麵、醪糟湯圓、滷兔頭、冰粉、涼糕、豆腐腦兒、燉豬蹄、肥腸麵……

這兩個城市，恐怕只能用胃記住吧，至於看了些甚麼，我早就忘了。

去俄羅斯之前，我的俄羅斯朋友一直堅持和我鼓吹，俄餐有多麼驚豔，我禮貌微笑之餘深深地懷疑，並不為所動地悄悄在包裹塞了一包四川榨菜。但是在貝加爾湖旁的伊爾庫茨克吃了第一頓飯之後，我把榨菜作為厚禮送了人。畢竟魚市上在烤箱裏吱吱作響的烤魚雖然連鱗都沒刮，只撒了一層鹽，卻焦香撲鼻，帶着來自貝加爾湖深淵中遙遠的純淨。在我住的小鎮，人們對調味料的理解回歸到了最原始的鹽和糖，但是那些帶着血絲的牛肉，配着在高高的星空中橫衝直撞的冷風，竟別有一番滋味。當我走在狹長的木碼頭上，在凜冽的寒風中瑟瑟發抖地舔着奶味醇厚的雪糕時，看到的那片海鷗紛飛的悠遠所在，好像世界的盡頭。

不過我想在這片異鄉的土地上，最讓我留戀的大約還是月黑風高的街道上，那些彈唱的青年瀟灑自如的表演，表面上冷若冰霜的人們在聽見一聲「Привет（你好）」之後，突然笑逐顏開的臉龐。

現在的我，已經變成一個連門都不願意出，卻還要在北方大雪紛飛的冬天，四處找南方大棚草莓來泡酒的酒鬼，怕不是要好好珍惜自己現在的體重了。但是想到馬上就要去日本覓食的時候，還是忍不住露出了一絲微笑。微笑之中透露出我是吸口涼風就飽的社會主義接班人兼未開先凋的祖國花骨朵和雪天凌晨兩三點鐘的太陽。

這些遠遠鄉，都油膩得不可思議。可我是多麼喜歡這樣的油膩。近來常看加繆的書，他的文字總是帶着星辰大海般的閃光。在我看到這句話之後，我決定變成一個信仰加繆的人，他說：「過去，我只有嘴巴是自由的，我在早餐時把它擴大到麵包片上，我一整天咀嚼着它，我在世界上帶着一股因自由而甘美、清涼的氣息。」

定山吃飯日記

許多年以後，當你為濃油赤醬寵壞了的舌頭而感到沮喪時，一定會想起那個在老家盛出一碗老母雞湯的遙遠下午。也許你對大魚大肉司空見慣之後，已經喪失了驚喜的能力，但是你無法拒絕被一碗豬油蒙住頭腦的快樂。

作為一個半途而廢的歷史愛好者，十分慚愧地說，我對定山的過往所知不多。畢竟我家是個在地圖上一片空白的地方，甚至村裏的孩子讀到四年級，就只能轉學到其他村子的學校，因此整個村子的讀書人都在努力攻讀小學學位。這裏的歷史故事大多藏在經年累月被熏得漆黑的灶台油垢裏，難見天日。

一個沒有在老家生活過的人，空講童年與回憶是很流氓的。這裏沒有我的童年，更不存在雲山霧罩的過去。我也只是聽人說過，幾十年前這裏還有隨處可見的野百合，還有獵戶槍下的麂子和獐子，但這都是十分遙遠的。我所看到的不過是褐色飛檐配着羅馬柱、洋不洋土不土的小平房組成的新農村。

這裏只是如和菜頭所說：「每年春節，你下了飛機火車，就距離這樣的地方近一點；你換乘大巴，朝着電線越來越稀疏的地方前進，就距離這樣的地方更近了一點；你發現天空不再被大廈遮蔽，空氣中開始有燃燒柴草的味道，路面從柏油變成水泥，牆面上的花崗岩消失，瓷磚越來越多。」這的確是一個叫人理直氣壯把一年的大魚大肉都在幾天之內補充回來的地方。老家，早已成為我心中物產豐饒的代名詞。

回家的感覺從一陣雞飛狗跳中開始復蘇。鄰人送來了土雞、野鴨、家豚、甲魚和自家魚塘的泥鰍。美好伴隨着動物們的尖叫紛至沓來。面對桶裏的五隻甲魚、二十幾隻螃蟹，我開始發愁到底怎麼吃完。籃子裏剛剛從後院地裏摘下來的辣椒、豆角、扁豆在高溫下開始發酵。

有一瞬間我望着如此富饒的廚房，感覺看到了魚米之鄉的真實寫照。

其實老家做飯很糙，一來二去不外乎那幾板斧，味覺完全返璞歸真。但是架不住土雞在鍋裏熬煮個把小時就浮起了厚厚一層黃澄澄的油脂，動輒上十斤的笨冬瓜被柴火蒸出了很多柔軟的小情緒，去年丟在地裏的南瓜籽今年結出了七八個歪瓜裂棗的醜南瓜。醜是醜，但是粉粉糯糯的，很溫柔。

從泥塘裏摘的野菱角，黑中帶青，扒開淤泥，才能見到裏面的脆肉，又苦又澀，但是嚥下去之後有回甘。從地裏剛拔出來的涼薯，切片用豬油渣炒好吃，但是老饕都直接生吃，就是要吃純粹的、使勁咀嚼過後的泥土香。

每一種食材都以身作則，變成美味的模範。

很多時候，把一個下午的時間浪費在篩芝麻上，聽着簸箕嘩嘩地響，芝麻在上面拋起又落下，散落一地。篩子唰唰地晃，老弱病殘紛紛滾落。然後坐在地裏慢慢挑，一地的芝麻花伴隨着腰酸背痛的晚上，卻也是無比滿足的尋常歡喜。

早上吃的「90後」必備防禿頭芝麻粉，不是從超市裏長出來的。挑完良莠不齊的芝麻後，一粒優秀的農村芝麻才走完了進城的一半路程。它們還要在陽光下晾曬一整天來變得輕盈，在大鐵鍋裏翻炒到焦香撲面而來之後，耐心等待，冷靜下來。用碾子碾碎，拌上白糖，裝進兩層大紅色塑料袋裏，才算走完人生道路。

幾天之後，它們會被送到遠在他鄉的親朋好友的早餐桌上。面對一碗這樣的芝麻糊，請拒絕平庸的雞蛋牛奶，用蜂蜜和溫水陪伴它們，竹筷順時針轉動三圈，逆時針轉動三圈，讓它們莊嚴地完成使命。喝完之後，先感慨一番故鄉土壤滋養的作物味道醇厚，然後記得漱口。

芝麻和米糖有着難以割捨的情緣。炒熟的芝麻放在鍋裏，爐膛裏不要放柴火，趁着餘溫還未散去，把米糖埋進去，等待它的表面逐漸柔軟，與芝麻難分難捨。然後快速翻炒米糖，直到將要可以拉絲，卻又還能保持形狀的程度，就可以趁熱吃到飄香四溢的芝麻米糖了。

這在外面幾乎是不賣的，因為非要在廚房裏摸爬滾打數十年的老掌勺，才能控制好每一步的火候。而且在三斤芝麻能換一隻老母雞的年代，能在不是逢年過節的日子裏，面不改色地吃一塊燙手的芝麻米糖，是相當高調的炫耀。

之前夏天篩綠豆的時候，也是把豆莢曬乾，放在簸箕上，在上面沒心沒肺地又踩又跳，讓綠豆都從豆莢裏滾出來。然後大師傅上場展示深藏不露的多年修煉——簸綠豆。沙石穀殼片甲不留。然後我又能獨享一整個下午的挑綠豆時間。

說實話，這不是甚麼很有意思的事，但是為了能在一鍋煲得面目全非的綠豆沙出鍋時，理直氣壯地舀一大碗不帶湯水的豆沙，這都是值得的。

我還看到了特別感人的一幕，鄰居抓來的一隻小母雞——一隻小交際花——在筐子裏煩躁地咯咯亂叫，不停地撲騰翅膀，竟然喚來了一隻大公雞，大公雞久久繞着筐子徘徊，不願離去，甚至不斷地啄着藤條，怎麼趕都不走。

一般來說，現在我應該說自己受到了感召，頓生天人合一之感，放下屠刀，掀開簍子放走母雞，望着牠們並肩離去的背影，對着西沉的斜陽淚流滿面，感歎世間情為何物，發誓再也不碰肉食。但是我沒有。

我衷心地讚美晚飯餐桌上的一盤雞肉，它鮮美多汁，調味恰到好處，肉質細膩緊緻，黯然銷魂。這就是浪漫主義在農村生活面前的際遇。我們依然飽含深情，但是比起虛無縹緲的汪洋恣肆，在這裏，樸素的滿足更受到偏愛。

農村裏對食物有着驚人的尊重，當我看到滿架子的豆角和滿枝子紅彤彤的朝天椒的時候，血液裏對土地的熱愛，讓我不能停下雙手，顫抖地把它們放上我的餐桌。因此我們會關心每一隻待宰的雞是不是要喝水，餓不餓。這幾乎與人道主義關懷沒有關係，只是我們要守護好餐桌上的肉。

古人云：「食色，性也。」口腹之慾是我一直的追求。錯過一盤操之過急的寡淡甲魚，比錯過一次日出日落更不可饒恕。農村的星星月亮，是給城裏人看的。農村的孩子抬頭，看到的是明天曬穀子翻不翻面兒。熱鬧非凡的炒芝麻糖、甜蜜芬芳的芝麻糊背後，也有因為幾個小時翻動鍋鏟而磨出水皰的手，每一片完美金黃的鍋巴身後，都有一張在爐膛後燒火、滿頭大汗的面孔。

往真正的農村最深處走，也有着難以料想的苦難與貧窮。有許多人漂泊在外，因為思鄉之情最後還是重返田野。但是，我們這些回不去的人，只能是無休止地想念。

對於以前的我來說，這是一個不適合離別的地方，因

為離開的時候，我甚至不知道要留戀甚麼。但是老家總是蹲坐在門口，靜靜地守望。這種關乎味道的羈絆如此深刻，以至於無論走多遠，我總要回到這片柔軟磊落的土地。

鍋巴的江湖

隨着暑假在深圳儲存的優質脂肪，在北方短到不能回頭的秋天中消失殆盡，我被空投到定山老家，重置體重。

一粒大米，從種子開始，要走多遠，有多少熱愛，才能走到鍋巴的神壇？面對一碗鍋巴的時候，我不會矯情到熱淚盈眶，但是我心中充滿溫柔的敬意。

在他鄉待得越久，對自己身份的概念就變得越模糊，從小到大，我在老家度過的時間零零散散加起來不過幾十天，但是老家總是以各種方式出現在深圳的飯桌上。

不論是外地人聞所未聞的蒸米粑、豆粑、地菜、米糖，自家種的綠豆、芝麻、桃子和橘子，還是在農村的烈日下自由蹦躂了一年的健碩土雞和豚（番鴨），包括自家釀的醪糟，甚至還有用自家種的棉花彈的棉被和親手種的油菜籽榨的菜油，老家，就這樣莫名地與少年的歡樂糾纏到一起。

老家的生活很愜意，養了一兩年的老母雞隨處可見，掛在枝頭的豌豆吃不完只能餵豬，水塘裏的甲魚、螃蟹、黃鱔都是意外之財。一個山頭的柿子樹徑自開花結果，徑自零落。後山上的樟樹是用來燒火的。往往一點起火來就有撲面而來的樟樹香，用幾根木條就能燒出一鍋漂亮的鍋巴。

鐵鍋燒柴火飯，是大掌勺不可觸碰的驕傲。喜歡吃乾飯就要用舊米，但是新米的米湯更醇香。剛剛蒸好的時候，鍋巴還處於「襁褓」中的蒙昧狀態，再等一會兒就會變得金黃酥脆，但是也可以把飯整個翻過來，先吃掉鍋巴，再用鐵鍋的餘溫把大白米飯烘烤出一層薄薄的焦殼。

人在面對一鍋柴火鍋巴的時候，應當有拒絕零食和飲料的覺悟。長期的漂泊生活，不僅讓我習慣了在巨大的城市裏被擠成沙丁魚罐頭，也對味道越來越寬容。在陽光下生長出來的食物，能被做得那麼難吃，需要一點得天獨厚的天分。

但是鍋巴的餘地比別的食物更大些，萬一失手了，做得用力過猛，大可以把上面的飯鏟乾淨，將米湯倒在鍋巴上，煮到水剛剛沸騰，立刻盛起來，用力咀嚼米飯的筋脈，柔中帶剛，焦香四溢，每一粒從夏季走到秋季的米粒，都變成了嘴裏的一場小煙花。

鍋巴的焦脆在嘴裏崩碎的聲音，擊碎了遊子心中長久的疏離與防備。用蔡瀾的話說就是一直吃到可以從耳朵裏面流出來，才能勉勉強強停筷子。

而且南方還存在北方人不曾考慮過的早米和晚米的區別，很嚴肅地說，這很重要。它們吸收的每一天陽光，在鐵鍋裏都不會被辜負，而我們仔細地咀嚼，也都能擠壓出任何一個陰天的孤寒。

我叔叔鄭重其事地告訴我，新米比舊米好吃，晚米比早米好吃，鐵鍋煮的飯比電飯煲煮的好吃。爐膛裏撒滿時間的灰燼時，鍋裏的米飯吸飽了米湯，才能生長出金黃的鍋巴。事關鄉愁，相當嚴肅。

連大米都是自家水田裏的，糧食有富餘的時候，就讓時光將它們塵封為甘甜的米酒。每年收了油菜籽和芝麻之後送到工場去榨油，收了棉花，就攢起來彈成棉被。路過鄰居家的桃園，打個招呼就能摘下一筐桃。

不管誰家殺了年豬，當天晚上鄰居家都能用肥肉炸出豬油，炒出噴香的菜。有人挑着扁擔沿街叫賣小雞仔，買回家讓牠們無憂無慮地亂竄飛奔，生龍活虎，矯健又肥美。

後院種出來的扁豆是清甜的，地裏的大白蘿蔔煲出來的大骨湯清新寡淡，卻又讓人回味無窮。

這裏的陽光是不同的，皮薄油多的芝麻曬得通透，井水在最炎熱的夏天依舊冰涼。每當回到這裏的時候，不管離家日久後有多麼生疏，依舊能聽到幾乎沒有排風能力的排風扇嗡嗡作響，廚房裏瀰漫着蔥油爆出的菜香。

這裏的爐膛是滾燙的，黑夜是漫長的。

想吃蒸米粑

說到定山的美食頭牌，非蒸米粑獨步不可。吃蒸米粑不分季節，在老家的街上每天都能吃到。用飯盒從大蒸籠裏盛出來幾個軟軟糯糯的小白胖子，帶回去就是一頓結結實實的早餐。

在深圳，吃蒸米粑反而變成了一件不容易的事，對我來說，沒有蒸米粑的地方，都是他鄉。只能去朋友的飯店裏才能吃到正宗的蒸米粑。潮汕粉果和蒸米粑有點相似，因此許多店裏的米皮多少有點廣東改良的味道。

潮汕粉果固然是好的，但是鄉愁還是由不得亂來。

因此，蒸米粑只能自己在家做，一般都是在中秋節前後。和中秋節大約是沒甚麼關係的，不過是因為中秋節豆角成熟了，雖說現在一年四季都能吃到豆角，但是合乎時令的東西，入口總是更有味道些。

一個好的蒸米粑所求的，不過是面皮有米之醇厚，肉有肉之香，豆角有豆角之鮮。蒸米粑是可以包宇宙的，但是一般還是中規中矩包粉絲、豆角、肉末的多，至多再放點辣椒。

蒸米粑，顧名思義，就是把大米蒸熟做成粑，其中最難的一步是做米皮。最好用晚稻，洗乾淨之後在鍋裏炒到半熟，也就是中間隱隱約約還剩一點白心的時候，盛起來拿石磨碾碎。

城市的廚房裏沒有石磨，一開始為了解鄉愁，只能拿擀麵杖擀碎，後來改成用碾子碾碎，都是很費力氣的。

我拿碾子碾過芝麻，彎腰駝背不到一個小時就汗流浹背了，碾出來的芝麻在搪瓷盆裏都不冒尖。在有集體惰性的城市，現在可以直接買到機器磨的大米粉，只是和手工磨出來的終究是不一樣的。炒完後再手工磨出來的米其實是有潮氣的，並不會成為粉，只會被搓成一條條的，雖然喪失了細密的口感，但是同時也保留了更多米粒的本色。

這與商店裏買的調味鹽都是死鹽是一個道理，細膩和純粹也意味着豐富味覺體驗的喪失，往往要粗顆粒的岩鹽和海鹽，在加熱之後磨碎，才更能激發風味。

磨出來的條條加水和一點點油鹽，揉成光滑的小圓球，壓扁成小鼓一樣的小圓餅。一般來說，這是我的工作，畢竟除了吃，我會的並不算多。然後把米餅兩邊沾一點油，放在粑架上，壓成一張周正的米皮。

其實，真正做起來比說起來難一點，力太大了，米皮包裹不住餡，往往還沒有上蒸籠就破了。力氣太小，小米皮又太厚了，包不了多少餡不說，皮厚了，味道未免寡淡，一口下去像吃了一塊實誠至極的年糕，也不太有意思。

另一邊要着手準備餡料，四平八穩的餡料是豆角、肉末和粉絲，聽說還有冬瓜、白菜之類的，大約是地裏有甚麼，想放甚麼都可以的吧。

加一點辣椒是極好的，炒菜加上厚實的米皮多少有一點膩人，正在肉氣攻心、即將膩發身亡之時，辣椒作為點睛之筆出現。辣味隱隱約約並不張揚，卻使整個蒸米粑變得靈動了。

來北方之前，我不大碰蒜和大蔥，現在也說不上喜歡，只是在理解這些佐料的路上走得遠了一點。飯搭子苦口婆心地勸過我，說蔥能激發肉本身的味道，這是單吃肉的人所不能體會的。我試了一下，確實如此。

還有蘸醋配餃子的生蒜，或是夾在烤肉中間的焦蒜，還有吃炒蟹時點綴的炸蒜，甚至咬一口生蒜，再喝一口黑啤，腦中升起前所未有的暈眩。這都是用來錦上添花的，非有過一次嘗試不能懂。

辣椒在這裏並不是要滿足濕熱土地上的胃，而是作為佐料使粑本身的味道更呼之欲出。

自製粉絲的時代已經過去了，用河源的大米粉也不錯。粉絲泡水，切碎，擰乾，和豆角肉末一起炒到半熟，肉末可以少，但是豬油不可不放。

老家的吃的，其實以肉為主的並不算很多，大多不過是用肉做點綴，解個饞而已。素菜葷做，葷菜素做，能用上豬油都算是一件歡天喜地的大事了。

這片土地上生活的人們，即使現在肚子裏已經裝了上百斤肉，並且還在源源不斷地胡吃海塞，但是有一些習慣，還是無法改變的。

原來水塘裏的螃蟹是沒人吃的，主要是剁碎了，用來餵豬，田螺是敲碎給鴨子吃的，黃鱔和青蛙氾濫成災。有一次下大雨，池塘裏的水都漫了出來，我姑姑抓到了幾隻甲魚，但是以當年貧瘠的想像力，無論如何也想不出來這種滿身盔甲的東西怎麼能入口，只能拿到集市上換了錢來。

後來自己也變成了滿身盔甲的人，反而把這種同樣堅硬的動物捧上了冬季燉鍋的神壇。

五月份的時候長江漲水，堤壩都會被沖倒，魚蜂擁到稻田裏吃水稻。水退了之後，滿地都是來不及撤退的囚徒。這是最幸福的月份，因為別的時間是很難吃到如此肉味的。

而且長江裏的魚沒有魚腥味，水流湍急，長期的游動使牠們的肉都是脆的。

但是我的成長和牠們的消失是同時發生的，仰賴食物鮮度所做出來的東西也越來越少吃到了，濃油赤醬炫技一樣做出來的味道，美則美矣，總是缺點甚麼。

就像粗糙的蒸米粑，其實就是一個大餃子，但是打開

鍋蓋，看到裏面油光滑亮的白胖子，還是有感動在其中。

我們原來不吃拳頭大的獅子頭、手臂長的海鱸魚、堆積如山的紅燒肉，還有冷冰冰、風味盡失的羊蠍子、汁水橫流的鵝肝漢堡，也不鯨吸甚麼瓊漿玉液。

但是我們原來愛吃笨拙的蒸米粑，時過境遷之後，依舊愛。

醜紅薯粉

十二月，當寒冷北方的大街小巷瀰漫着烤紅薯香時，江西這片尚未入冬成功的土地正在為紅薯粉而忙碌。

紅薯的做法有很多，對我而言，唯有做成紅薯粉是最能化腐朽為神奇的。雖然紅薯粉塊有些其貌不揚，卻是遠方餐桌上的一點家鄉迴響。

老家的雪這幾年下得越發少了，往年的紅薯是在快要下霜的時候挖出來的。這個時候的紅薯是泥土裏奔跑長大的孩子，不求甜味，但求澱粉厚重。

紅薯洗乾淨之後，送到機器裏碾碎，被震耳欲聾的機器吐出來的顆粒，乳白色中帶着鵝黃，比大米略粗糙。

碾出來的顆粒和水一起倒在布袋子裏，一遍一遍地過濾。從前沒有自來水，只能用井水，冬暖夏涼，說起來是很美好的，但挑水是一個力氣活。做紅薯粉一般不勞煩家

裏的壯勞力，在我家，姑姑當仁不讓地挑起大樑。

說起來姑姑和家裏的美味總是分不開的。她的驕傲是能做一點都不夾生的紅薯粉塊、半條街都能聞到的乾豆角紅燒肉、填充整個寂寞冬天的鹹魚臘肉，還有帶着幽香的清明小蒜粑。其實算不上特別了不起，可放在她身上，就是一輩子。

粉有味，人也有味。

姑姑說她最怕洗紅薯粉。一麻袋粉要泡在深深的一大盆水裏，過濾、揉搓三四遍，偷不得一點懶。不然四桶上百斤的紅薯，連四五斤紅薯粉都做不出來。

冬天的水出奇地冷，農村裏沒有暖氣，南方的天氣又變化多端，忙碌之後出一身汗，風一颼又是一身冷汗，每洗一次都要感冒。

現在有機器能直接把渣滓和帶澱粉的水分別吐出來，味道少了幾分，但是棄去廉價的情懷不談，確實方便了不少。一切在無可挽回地走向庸俗的道路上，未嘗沒有道理可言。

畢竟水不要我挑，病不要我生，在殺死疲勞的捷徑面前我就說不出二話來。

渣滓留給豬吃，乳白色的水漿沉澱一個晚上。第二天起來粉和水已經分離了，上面浮着黃色的水，下面沉澱着紅薯粉。

要是天氣不好，或者是下定決心要把這一桶紅薯粉做

得細緻入微，就多換幾次清水，多等幾天，用時間和消耗換來無瑕的粉。雖然放得越久，粉越潔白，但未必越久越好吃。

全然的細膩和純淨中喪失了很多純樸粗獷的風味，不過這完全見仁見智了。因此根據天氣來調整時間以達到平衡，就是一門只有姑姑才知道的玄學。

挖出紅薯粉，放在簸箕上，在太陽底下蒸發掉水分，分崩離析。本來粗糙的渣子此刻已經變得細膩柔軟了，用手搓成粉末，再曬好幾天，就有了乾淨赤白的紅薯粉。

紅薯粉可以做成粉絲，下在火鍋裏作為蕩氣迴腸的尾聲，紅薯粉入味，吸了飽飽的湯汁，讓人直吃得酣暢淋漓，不過自家的小廚房做不了紅薯粉絲。

當不了主角，做配角依然光芒萬丈。炒瘦肉之前用蛋清和紅薯粉拌一下，能收穫意想不到的細嫩。

做成塊狀，怎麼入菜都很妥當，反正紅薯粉本身味道寡淡，和甚麼菜同做就是甚麼味道，多是取其口感。即使是一盤翠綠的上海青，有了紅薯粉的陪襯，就立體豐富了起來，甚至吃起來有幾分食肉的飽腹滿足。

用紅薯粉下鍋做粉絲，是喜歡它的淡雅。如果煎熟了入菜，是衝着那份油香，還有結實的口感。

把粉和水攪勻之後，一邊攪拌一邊倒進鍋裏，烙出一張厚實渾圓的大餅，沿着鍋的邊緣倒開水，蓋上鍋蓋，煮成一鍋相貌不敢恭維的灰褐色厚餅。切成塊之後可以和紅

燒肉同燒，也可以和蔬菜清炒。

沒有紅薯粉，一鍋紅燒肉斷無吃點。紅薯塊粘在砂鍋壁上，被烤出褐色的焦殼，端上桌的時候還吱啦作響，濺着油星，光香氣就勾人餓腸。

油脂混着肉汁晶瑩地掛在粗糙的紅薯粉上，兼具嚼勁和軟糯的口感，與一抿就化的紅燒肉一同入口，在直白的汁濃肉嫩中，多了些耐人尋味的結實口感。紅薯粉的味道寡淡，倒有點像激烈肉搏中的一次喘息。

如果沒得紅薯粉的話，倒寧可不吃紅燒肉。

紅薯粉的肉感很強，和青菜是絕配，在沒有肉吃的時候能聊以自慰。袁枚在《隨園食單》裏也說：炒青菜須用葷油。這和吃紅燒肉配紅薯粉是一個道理。

歸根到底還是物資貧乏的替代品，但是幾塊下肚，蜷縮在寒冷裏的靈魂嗖地蘇醒過來，這幾塊紅薯粉穿透了單薄與寒意，籠罩下來包裹着我。

倒也算是好不容易符合了一次健康飲食的清規戒律。

還有一種吃法，我見得不多。用雞蛋拌粉，像煎豆粑一樣，煎成薄薄的餅，切成絲。把薑、蒜煸香，加香菜與空心菜稈，或是與豆芽同炒，大約也是很好吃的。

一坨醜陋的紅薯粉或許太過平常，但是每一朵油星炸出的油脂都是生活的滋味。

寄情也深。

炒粉之神

老闆娘從筐裏揀出來兩個紅辣椒，放在案板上快刀剁碎。頗具暴力美學。

我爸在一旁搭話：「您手腳這麼利索，多大年紀了？」

她頭也不抬，用手把辣椒趕到菜刀上。「那當然利索了，年輕人誰能這麼快，我都七十多啦。」我暗想，這老闆娘還真是一點都不客氣。

她回身走到廚房，用長長的打火槍，啪一聲點燃了灶台，火焰熊熊地躥上來。

我爸忍不住恭維：「完全看不出來你這麼大年紀了。」

她把拳頭大的勺子在豬油缸裏蜻蜓點水地掠過，一勺豬油在鍋底汪洋恣肆，「吱啦」一聲冒起了煙，她的聲音悠悠地傳出來：「放屁啦，我又不會化妝。」

說話的時間，把蛋液打進鍋裏，雞蛋的邊緣被炸出一

串泡泡，挖一鏟子肉，丟些辣椒，撒一把青菜，抓一捧粉，順手掠一勺蘿蔔絲，加鹽加醬。瞬間天雷勾地火，蒸騰的油霧，在鐵鍋裏一下燃起了火焰。

她回手直接把鍋裏的粉倒進小瓷碗裏，喊了句：「自己來端走。」就回身炒下一碗粉了。

好彪悍的老闆娘。

吉安的婆子炒粉，被我惦記很久了。

五六年前跟我爸去過一次，那次下着雨，小攤子就支在幾把遮陽傘下，滴滴答答漏着雨，滿地都是一次性筷子的塑料包裝，漂浮在水上。每人捧着一個塑料餐盒，縮手縮腳擠在一起吃粉。

一個火力十足的小攤子邊站着瘦瘦小小的老闆娘，嗓門極大，語速極快，脾氣火暴。把利落、直白、爽快都炒進了這碗粉裏。

只做早餐和中餐，到了下午就收攤回家，別說夜宵，連晚飯都不做。就是這樣，小攤子邊上嗍粉的人還是沒有斷過。真正的食客必須面對一地滄海橫流，不改英雄本色，乖巧地坐下來，接受一切安排。

吉安本地人說，中學時代就吃老闆娘的炒粉了，幾十年前她的脾氣和現在一樣不好。磨磨蹭蹭點菜，或是嫌碗不乾淨也是要捱罵的，但就是這樣一直吃到了中年。

現在光時間都殺死了一大把，還沒有磨掉老闆娘的火氣，倒是炒粉的功夫成一流了。

當時的味道早就忘記了，只記得這個老闆娘身處把顧客當爹的時代，卻以特立獨行的狂狷之名，總能讓人心馳神往。

也許讓人留戀的就是這放縱和放肆吧，非得來受點氣，感受到勃發的生命力；吃些油汪汪的蛋塊兒，吱吱冒油、掛足辣醬的柔韌米粉，才能感受到味蕾上跳動的活色生香。小橋流水人家般地在小破店裏聽老闆娘揮斥方遒地炒粉。

這次千里迢迢去找，還是我爸的朋友提前來打了頭陣的。

老闆娘大手一揮，豪邁地說：「你來的話我肯定親手給你炒！」這個面子可真是來之不易，讓人倍感榮幸。不過就算是這樣，我們來的時候，跟她說我們是吃完午飯，專門來這裏以這碗粉收官然後各奔東西的。

她還是連身都沒轉，在行雲流水的動作間隙喊了句：「那不餓就不要吃好了。」

讓人一點脾氣都沒有。

炒粉的位置從牆角的遮陽傘小攤子，變成了一家安穩的店面，從沒名沒姓變成了頗有幾分招搖的「婆子專業炒粉」。不是真的有點本事的話，怕是難以安身立命吧。

吉安炒粉有些來歷，即使在米粉神仙聚首的江西，也還是排得上號的。

在南昌炒粉、贛州薯粉、新餘醃粉、宜春紮粉、景德

鎮冷粉中，偏偏吉安的峽江米粉被嘉靖譽為「忠貞米粉」。不過這種故事多了，不聽也罷。江南的點心就是乾隆幾下江南的心頭好，北方的硬菜就挽救朱元璋於飢寒交迫之間，故事說得天花亂墜，卻往往離好吃有一段距離。

老闆娘的炒粉卻是動了真格的好吃。天地良心。

粉在鐵鍋上翻炒，能聽得見吱啦吱啦的聲音，看見手起鏟落蹦跳着的青菜，還有泛着油光的晶瑩肉末，肉炒得略焦，又香又脆。粉在火的炙烤下帶着焦脆的鍋巴。

醬汁均勻地包裹着米粉，秘製醬汁恐怕是各路神仙都要攻克鑽研的課題吧，這樣酸辣兼具的熱氣四散開來，粉還沒有端到桌上，就聞到被火焰激出的香氣。這個時候心中的饞蟲，都爬到了喉嚨口。炒蛋也是神來之筆，火足夠大，油足夠多，蛋炒得像一塊海綿，吸足了醬汁，嫩滑飽滿。

吃到一半，加醃蘿蔔和辣醬，是另一種風味。

老闆娘自己做的醃蘿蔔酸辣爽脆，十分解膩，很是家常。就是每家都有的醃蘿蔔罐子裏的小火花，頗有倦鳥歸巢的味道。夾起一筷子粉，伴着蘿蔔吃下去，酸味緊隨辣味之後，匆匆趕來。咔嚓咔嚓的聲音，點亮了鹹香的一覽無餘。

這次在南昌也吃了家炒粉老店，也是一群可愛的老太太掌勺。老闆娘半撐着收銀台，對我們說：「你們能找到這裏，實在是太幸運了。」

表情勁兒勁兒的，藏不住的驕傲。

桌上還貼了「本店辣椒特辣，一定要少加一點」，很有個性。

她們還端出了我最近才喝到的，最令我舒適的酒糟沖蛋。自家釀的甜酒，酒味很足，滾燙地熊抱住一顆雞蛋，大塊的蛋清結在了一起，蛋黃宛若飛絮，滿碗煙雨。大把撒糖，甜得張揚。與炒粉的油膩和熱辣和解了，美妙地融匯在口腔裏，妙不可言，還喚醒一點點童年記憶中的味道。

跟老闆娘說了之後，她托腮眯眼，回憶起用老綿糖做的白糖糕，還有漂着蛋花的酸辣湯，一副往事不再的痛惜模樣。正說着，從廚房裏鑽出來一個同樣上了年紀的大媽，從桌子上拿起了剛到的快遞。

我沒有那麼熱衷於拯救傳統工藝。我記得有人說過，它們的消失在世界範圍內都是不可逆的進程，也從來不企圖讓任何人無條件地接受傳統食物和習慣，但是應該留下一個能夠體驗過去，並在願意的時候能去繼承的機會。

在脾胃裏，我們都是懷舊的人，義無反顧地追尋故鄉。因為尋找的味道，往往在味道以外。

江西人還喜歡吃豆腐乳，不過我吃不習慣，吃一口就能看見人生的跑馬燈。總覺得豆腐乳這樣味兒重的調味，都應該和素淨的白粥搭配，不然各種味道在一起眼花繚亂，也失了趣味。

但是在南昌過飛機安檢的時候，聽到廣播裏一本正經地說，豆腐乳和噴霧、液體並列，光榮登上不能上飛機的黑名單。當地人對豆腐乳的熱愛可見一斑。

這裏的炒粉大勺被一群如此生猛的老太太攥得緊緊的，真是幸福。

吃早酒

惦記去廈坪吃早酒很久了，請原諒我在南方滋養大的味蕾和北方菜磨合困難，味覺的城牆，太厚太高了。越到冬天就越想躲到溫暖又富有回憶的南方，吃一頓熱氣騰騰的早餐。

從濟南到井岡山不通飛機。先飛到南昌，轉汽車，再轉火車才能到。

我在綠皮火車上度過了一個逼仄又窒息的下午，縮在角落，看着用火車上的開水做湯頭、吃泡麵的大哥大嫂們揮斥方遒地指點江山。直到沉沉的天壓下來，車窗上的雨珠綿密起來，我才告別了這輛從長春駛往三亞的溫暖列車。

第二天七點起了床，我直奔廈坪的菜市場。空氣中瀰漫着一股濕冷又生猛的味道，還有熟悉的煤球燃燒味。

地上擺着剛挖出來的冬筍和採來的木耳，歪瓜裂棗或

整齊劃一的紅白蘿蔔，紅潤透亮，板車上擺着一米見方的幾塊老豆腐，剛下蒸籠，氣還沒喘勻。

案板上坦誠又霸道地掛着半扇豬，或是一條血淋淋的牛腿，大大咧咧地展示着大幅家畜解構圖。水池裏游着幾條肥胖的魚，一旁熱氣騰騰，雞在尖叫聲中被褪着毛。

一張野氣橫生的菜單就這樣湧到眼前。

道路的中間蠻不講理地架着一張桌子，旁邊坐着四個低頭專心嗍粉的人，四顆光亮的腦袋中間是一盆雲山霧罩、冒着尖的肉山，貴氣逼人。屁股下的椅子不是蒂芙尼藍，也不是馬薩拉紅，而是性感豔麗的大紅亮藍，間隔撞色，宛若沃霍爾再世。

搖擺在大雅與大俗的感覺之間，剛剛好。

一溜牆腳下都閃着火光，在屠戶案頭本聚在一起的動物，瞬間四散，簇擁着進入鍋中。

我們輕車熟路走進了市場深處一家漆黑的小店。蒼蠅明目張膽地飛進去，又百無聊賴地飛出來。這裏的桌上總是蒙着一層油，包漿厚重，十分溫潤，吃飯之前要親手鋪上一張乳白色的塑料桌布。盤碗杯碟各個豁牙漏齒，露天炒菜的牆壁被煙熏得一片焦黑。

今天這家的老頭被請去村裏做酒席了，只有女兒掌勺。其實我們稍微有點失望，畢竟在這裏不認館子，只認大師傅。好在食材都是一樣的。

店裏不備冰箱，只有一鍋、一鏟、蔥薑油鹽蒜而已。

在別處簡直天方夜譚，在這裏卻是熱鬧而野蠻的。

食材即點即買，一盤菜炒完就要放下鏟子，滿市場跑着去買下一道菜。有等得不耐煩的人自己上去點燃了一爐蜂窩煤，操起鏟子炒了一鍋扁豆，面不改色地圍攻一盆張牙舞爪的肉山，以酒為馬決戰紅塵之巔，通過味覺感受那些動物充實的一生。

我們對自己沒有這樣的信心，就去市場上湊齊一鍋殺豬菜的材料。

所謂殺豬菜，就是屠戶的自留菜。一條細膩的豬裏脊、一條負責煸出油香的五花肉、一塊軟糯的豬肝、一截爽脆的小腸、一塊緊實的前腿肉，分時間放進鍋裏，熬出一鍋乳白濃鬱的肉湯。

難得看到一頭小黃牛，便買下腦花，和牛肉一起再煮一鍋。屠夫手起刀落，取出牛腦，稍微清理了一下瘀血，嘩啦一聲丟到大紅塑料袋裏。

還有女人面前堆着一盆牛脊柱，用小刀細細剔除脊柱上的肉。肉上有筋，十分彈牙，和軟糯肥腸同煮，層次分明。

蘇東坡被貶到惠州的時候，吃不起羊肉，就吃沒人要的羊脊骨。將羊蠍子煮透，再灑上酒和鹽，火烤到骨肉微焦後，挑骨縫間的碎肉吃。他給弟弟蘇轍寫信說：「如食蟹螯……甚覺有補。」蘇仙，講究的就是這個味。

平時吃到的牛脊柱更少了，在這裏也是為了物盡其

用吧。

剩下的牛脊柱和牛皮一起熬成高湯，最後收汁成膏，叫山牛膏。

熬湯的時候連熱氣都不能浪費，湯桶上面熏上臘肉，把整個冬天都凝固在臘肥肉裏。每隻豬都在長肉和炙烤鋪陳的路上走得很辛苦，然後牠們又被吊在同一個屋檐下，直到自然風乾，再進蒸籠蒸出一身肥油，晶瑩剔透，被雪藏良久的油脂和被壓制的肉香才能被喚醒。

將山牛膏切成小塊，帶回家用熱米酒沖化了，撒上白糖去腥，又是一個戰無不勝的甜點。這麼想來，山裏的飲食未免有點彪悍。

這個早晨，真是荒蠻又暴躁。

我看過一份食譜，講究「春天吃羊肉和豬肉，用牛油烹製；夏天吃乾雉和乾魚，用犬膏烹製；秋天吃牛肉，用豬油烹製；冬天吃魚肉和雁肉，用羊脂烹製」。簡直想掏出紅筆圈起來。但是在可以預見的日子裏，應該沒有能做到的一天。

炒菜的時間，在小爐子上溫一碗水酒。這才是早酒的精神所在 —— 大早上，就該逢酒飲幾杯，有肉吃幾塊。

水酒是糧食酒，味道有些寡淡。溫酒的時候，放上一把枸杞和蔥頭，辛辣混合着甜味，大大拓寬了口味的維度。

推杯換盞間，漸次散發糧食的甘醇和緩慢進攻的衝擊力，溫熱的酒帶來醇厚口感，胃部的暈眩，慢慢轉移到頭部。這個時候搭配豐腴的肉山，才穩得住陣腳啊！

肉姍姍來遲，仗着新鮮，水也不過一遍，保留所有風味。在案板上大刀闊斧斬成大小不一的塊狀，等鍋裏的豬油一沸騰就分批英勇就義，下油鍋入火海，發出幸福的咕嘟聲。

一勺豬油可以使所有的食物化腐朽為神奇，使湯汁變得濃且鹹，又有毋庸置疑的鮮。鹽旁邊有一個裝着透明晶體的小碗，香氣有些惹人起疑，但能和一把小米椒一起蓋過豬肉的腥味，也算是功勞一件。

牛肉筋道，牛腦柔軟，牛百葉爽口，煎過的五花肉焦脆，小腸彈牙，豬血入口即碎，帶着絲絲辣味。肉竟然也有爽脆又富有變化的口感，嚼頭十足，汁濃肉脆，霸道極了。

濃鬱的味道一拳就把人從冬季早晨的萎靡中打醒了。再喝一口酒吧，既不嗆喉，也沒有過分的甜膩，從嘴一直暖到胃裏。

肉的鮮是不搶眼的，總是伴着酸甜辣鹹才能撐起一道菜的風味。但有了鮮，就多些無法言喻的調味，有了鮮味，這道菜才有生命力。唯有足夠新鮮的肉才敢被這樣單純地對待，就像海邊的海鮮只有白灼和鹽焗，誰吃香辣呢？

工藝登峰造極，暗含的意思是原料有所不足，穿金戴銀地失去了家常氣息。

敢於寡淡是很勇敢的，這樣的屬於粗茶淡飯，簡單粗

暴的驚喜裏，多少有幾分驕傲吧。

吃一碗炒米粉收官，就着心肝脾肺腎哐哐吃進了一大碗粉，湯足麵飽腰桿筆挺，在這樣一個冬天，驀然就有了幾分底氣。

這頓早酒算是將將吃完了。

老家的粽子

這個端午節沒有吃到粽子，因此小時候吃了多年的粽子味道在腦海中就更加呼之欲出了。

粽子餡的鬥爭無止無休，其實把「餡」看作一種包羅萬象的想像力，就沒有那麼多爭論了。學校食堂推出了杧果黃桃粽、黑椒牛排粽、麻辣龍蝦粽也沒有關係，想像力嘛，總是要有的。只是這就讓人更懷念小時候吃的粽子了。

我姑姑是我從小飲食道路上的一盞明燈。大約並不是做得有多驚天地泣鬼神般好吃，只是吃慣了的東西在腦海裏打下了烙印。老家的粽子異常簡單，就是白粽，可以放點芝麻和紅豆，放蜜棗都顯得有些過於濃妝豔抹了。不是甜的，也不是鹹的，竟然在甜鹹兩大門派的武林江湖中全身而退，一副《山家清供》裏閒雲野鶴的樣子。

既然講究的不是味道，就肯定另有講究。老家的粽子注重口感。

糯米淘洗過之後，拌上一點油和鹽，立刻就開始包粽子。不給糯米留出吸水之後鬆垮腫脹的時間，這樣包出來的粽子即使經歷了長時間蒸煮的洗禮，依舊顆粒分明。要放紅豆的話，豆子也是不煮的，泡過之後直接包進粽子裏。這和廣東的粽子完全不一樣，廣東的粽子要先泡水，所以米粒比較碎，水分比較多，而且要放鹼，可能是為了配合豐富的餡。成哥媽媽做的粽子裏面有板栗、綠豆、香菇、火腿、鮮肉、鹹蛋黃，想想這樣的陣容再配上緊實的糯米，實在是讓人有些難以下手吧。

老家的粽子沒有這些花裏胡哨的修飾，只能做個樸素卻堅挺飽滿、新鮮有性格的素粽子。粽葉一般在水邊就能採到，深圳以前也可以在一些不被注意的角落摘到。現在能摘粽葉的地方愈加少了，大多數時候只能去農貿批發市場買，端午節前一週能買到新鮮的，平時就只有乾粽葉了。乾粽葉包出來的粽子，滋味可遠遠比不上新鮮粽葉的自然味道。姑姑的獨門秘訣是粽葉一定要等到端午才能摘，要是摘得太早，也沒有粽葉的香味。

綁粽子也和別的地方有些不同，所有粽子要綁在一根繩子上，最後煮的時候再剪開。綁在一起是為了包的時候方便用力，把粽子捆得更緊，同時也是為了口感能更結實。我還記得小時候姑姑經常坐在一個小板凳上，把繩子的一頭綁在椅背上，繩子繃得緊緊的，綁粽子的時候拽緊繩子，把粽子五花大綁，綁成一個圓錐體，粗的那一頭綁出兩個尖尖的角。

一串粽子做好，就剪開放到鍋裏天昏地暗煮好幾個小時。煮粽子就像交朋友，煮得愈久，口感愈好，糯米和粽葉的香味非經過五六個小時的充分交融，緊湊的口感無法得以徹底彰顯。懶一點的話，就用高壓鍋，也需要兩個小時才能煮好。姑姑說，他們小的時候吃過晚飯就開始燒柴煮粽子，等到晚上睡覺的時候再加一把柴火，午夜等柴火燒盡再燜到天明，天亮才算是煮好了。

吃粽子也有些講究，肉粽子料多，要趁熱吃，但是老家的粽子冷着吃更好吃，還熱的時候，粽子的肌理組織是鬆散的，撕扯之下容易散架不成型。涼了之後口感更接近於我們所喜歡的有嚼勁的黏糯，而且涼了之後更好成型，沒有熱粽子的黏膩感。撕開粽葉的時候能拉出一串白絲，粽子白白淨淨的，米粒分明。我爸總說鹼水粽沒有老家的粽子好吃，也不如素白的粽子看起來舒服。

這種粽子本身的味道很內斂，一般都要蘸白砂糖才能讓口腔中獲得的快樂更加綿長。早上吃一個，到中午都不會餓，我小時候不太喜歡這種質樸的味道，最多在每個粽子的尖角上滿滿地裹上一圈糖吃掉，中間的部分只嫌太單調，覺得外面世界的花花草草比家裏的東西要好吃得多。後來才越來越能體會到，我爸和姑姑對於這種糯米本身結實口感的追求，就是對於作物本質味道的追根溯源。

老家的東西做法都很簡單，從來沒有過多的修飾和複雜的裝點，有一種坦誠的質樸，不論這條路上有多少鄱陽湖、滕王閣、長江天險，古來多少文人豪傑，在農村生活的人都很少發思古之幽情，也不指點江山，論用兵形勢，只是謹慎謙虛地在這片土地上生活，並不奢求太多。即使現在，還是保持當初一無所有時的習慣。

沒有吃到粽子的端午節，我就尤其想念姑姑包出來的素粽子，倒不是這白白淨淨的粽子有多麼出神入化，我也不是那麼強硬的故鄉沙文主義者。

其實，我更想吃成哥媽媽做的潮汕粽子，只是發現今年家裏甚至沒有包粽子時，突然意識到自己越來越忙碌，越走越遠，我的父輩慢慢變老。如果老家都回不去了，老家的素粽子還有人想吃嗎？

一想到這些就感覺夏天的天亮得很快。

果樹、梔子花和刺貢

老家的屋子邊有一棵梔子花樹、一棵橘子樹和一棵梨樹。這些樹都種得相當隨意，東一棵西一棵，都是一二十年前隨手種的，從來沒有人施肥澆水。好在樹不會像人一樣斤斤計較，想甚麼時候結果就甚麼時候結果，想開幾朵花就開幾朵花，依然孜孜不倦地變成流着奶和蜜的迦南美地。

橘子要等到十月才能吃到，但是六月底梔子花正好盛開，梨子也一個個地掛在了枝頭。

屋後的橘子樹結出來的果子是青綠的、小小的，油綠的皮上泛着油光，看着就讓人舌尖一緊，嚥下一大口口水。橘子皮很薄，在陽光下剝開可以看到噴濺的汁液，味道清新得像一束刺得人睜不開眼睛的光芒。橘子汁踩着酸甜的主旋律，從舌尖蹦蹦跳跳一直竄到嗓子裏，咀嚼起來深一腳淺一腳，吃完之後還留下一串深淺不一的腳印。有陽光一點點爬上山坡，又一點點滑下山坡的味道，那是富有穿透力的烈日，在雨露的滋潤中搜腸刮肚吐出的芬芳。

不過客觀地來說，甜味瑟縮在酸味的強勢籠罩之下，即使熟透了，甜度也遜色於市面上的普通水果，但是酸味中的清新是那些精心培育的橘子所沒有的。那是植物在風雨中、田埂上與生俱來的果味，是淨土，是清流，是當代社會的花火，是還未被沖刷得七零八落的原味。

但是橘子樹在一年前的一場火中夭折，噼里啪啦燒掉了一半，剩下的一半也慢慢歎了一口氣，坍塌了下去。

六月底回家剛好能看到梔子花。梔子花是十幾二十年前我表姐從她家掐了一根枝種下的，如今已經變成了兩米多高的樹。我表姐說小時候她們摘下梔子花，別在胸前的釦眼裏，花瓣上帶着露水，花香也帶着露水，在少年的青澀審美裏，這就是全世界少女的微笑提純的味道。現在，當初別着花的小姑娘做了兩個孩子的媽媽，少年時代會離去，但是花香還是一如既往的味道。

現在梔子花被摘下來之後會放到一個盛了水的小瓷缸子裏，擺在窗口。隨着一陣又一陣夏天的風，溫暖的花香被吹得滿屋都是，好像小時候的西窗雨飄落到如今，別在釦眼上的花瓣還沒有落到地上。梔子花的香味溫溫柔柔，像柔光陰影下的守夜人，又像窗簾被風吹動的睏倦下午。讓人想起柳飄飄眼中的尹天仇、張無忌眼中的趙敏、至尊寶眼中的紫霞仙子。

梨樹也趕在六月底結出了果實，這棵梨樹結出的果子小，差不多一個李子的大小就已經成熟了。梨皮也是青青的，上面佈滿粗糙的小點。梨子最多能長到一顆雞蛋的長度，再大就自己裂開或者被鳥吃了。鳥總是會挑最好的吃，這個啄兩口，那個啄兩口，甘甜的汁水流出來，又招來蟲子接着吃，最後只剩下一個空空的外皮。

梨子的味道很克制，淡淡的甜味，淡淡的清香，在一眾熱烈奔放的水果中顯得笨嘴拙舌，好像獨孤求敗。口感爽脆利落，咔嚓一口就咬下了半個梨，剩下的半個上還留了一道清晰分明的牙印。水分很足，寬衣解帶削完皮之後，透光的白肉像一顆大水珠，脆生生的果肉到嘴裏都變成了汁水，這是解渴用的果子。

在家裏上躥下跳累了之後，腦子裏就會竄出這一個淡泊的梨，清涼解渴的舒暢取代了過甜的黏膩。梨摘下來之後，最好泡到一個大水盆裏，想吃的時候就從裏面撈出來一個冰涼的珍珠白玉丸。

老家其實更多的是長在路邊的野草野花，以前連這些果樹都沒有的時候，就摘路邊的野草吃。有一種在定山話裏叫刺貢的野草，整根莖渾身上下都是刺，把刺和皮一起撕下來，露出裏面嫩嫩的莖，就這樣拿在手上邊走邊吃。味道像沒熟的蓮霧，對我而言說不上好吃，也說不上難吃，起碼沒有生澀的味道。我表姐卻驚呼這就是小時候的味道，那老家有手指粗的刺貢，從路邊摘一根邊走邊吃，吃完一根就再在路邊摘一根，只為圖嘴裏有些味道。

但是現在只剩細細的小不點了，那麼一小截在嘴裏嚐不出甚麼味道。想來也是遺憾，她小時候有的快樂現在的小朋友都無從感受了。

現在回家還能從屋子後面堆的舊房樑上找到肥厚的木耳，吃到地裏長出來的花生芽，嚐到路邊零落的刺貢。這些來自土地的味道樸素又淡泊，卻是我最期待的味道。

最重要的是，回到老家的時候，親人遞到手裏的果子，觸手微溫的，是團圓。

米湯

老家做飯一定會有米湯，十幾年前很多小孩子把它當成奶水來喝，到現在大家也還是喜歡。

只有用大鐵鍋做飯才會有米湯，換言之，只有在家裏有很多人的時候才能喝到，但是現在農村裏哪家還有很多人呢？要不是電飯煲不夠大，大概也沒有人願意劈柴、燒柴、生火煮飯了。

用大鍋做飯有一種方法是把米盛在大木桶裏，在鍋裏放上水蒸熟，這樣做出來的飯勝在有木桶的香味，而且比較軟糯。還有一種方式是直接把米放在鍋裏煮，在大火中修煉十幾分鐘之後撈出來，用一個弧形的簸箕盛着，架在鍋上蒸，這樣稱之為撈飯。

撈飯的米粒顆顆分明，符合江西當地瘦長纖細大米的口感。最重要的是，煮過米飯的米油，加上蒸米飯時翻山越嶺裹挾着米粒香氣的滴水，成就了一鍋濃鬱的米湯。米湯的味道很淳樸，沒有任何對真實世界自以為高明的塗改，就是在土地上勞作的人對米粒本味的喜愛。尤其是收穫的時候，新米的米湯是舊米完全無法比擬的，新米帶着稻穀的清香，而且米湯也更加濃鬱黏稠。這種細微的差別煮成米飯不易體會，但是在米湯上就高下立見了。

米湯的本意也不在於有多麼出神入化的味道，只是做飯的附屬品，就像火山爆發以後，留下的冷岩漿。但是讓人在肉和菜的怒濤衝擊之餘，喘一口氣，嘬飲大海，給油膩的炒菜做了柔光處理，透徹又實在。老家做菜大刀闊斧，重油、重鹽、重辣，要是沒有米湯，就少了一絲潤色。

米湯就像一顆臥在米飯底下的荷包蛋，是一個藏了小心思的驚喜。

要是不嫌麻煩，就在米飯還稍微差點意思的時候，把米湯盛出來，回到最初的起點，把米飯倒回鍋裏，用小火烘烤出焦焦的鍋巴，米飯的口感也更韌了。要是還不嫌麻煩，就在飯要見底的時候把鍋巴鏟鬆，把米湯倒回去，加兩根柴火，熬成一鍋鍋巴粥。鍋巴在米湯裏面熬煮的時間還不長，還沒有完全束手就擒，在嘴裏依舊很倔強。米湯又更上一層樓了，尤其是在鍋巴做失敗、烤得過焦的時候，鍋巴的焦味在米湯裏稀釋過後，苦味淡去了，焦香浮現了出來，好像把鐘點拉回到鍋巴恰到好處的一小段時間，這段難以掌控的短暫時間被米湯延長了。

鍋巴粥的賣相實在不好看，看起來像一鍋內容不明的渾水，本來純白的湯水裏浮動着焦黃米粒，湯水也發起黃來，又像盛着一池碎玻璃，真是讓人目眩神迷。但是味道能掩蓋慘淡的賣相，吃完飽飯之後再舀一碗湯，放在另外一個胃裏。

尤其是有老人的家庭，就更喜歡做這種米湯鍋巴粥了，老人牙口不好，直接吃飯未免太過辛苦，鍋巴粥又能填飽肚子，又不費吹灰之力就能嚼碎。而且三十歲出頭的表姐告訴我，在她出生的時候老家還沒有奶粉，家裏就是用米湯代替奶粉把她養大的，所以現在喝到米湯的時候，能喚醒回家的靈魂，果然還是小時候的味道忘不掉啊！

一鍋渾濁的米湯，餵養了奶水不足的小孩子，也餵飽了牙齒稀疏的老人，其實一心在螺螄殼裏做道場的米湯，是農人珍惜物料的表現。

米湯不過是做飯的附屬品，要不是絞盡腦汁不想浪費的話，一定會被視而不見的，但是出於農人對農作物的珍惜而被不斷加工，賦予了醇香的味道。

而且還有很有趣的一點，做飯的兩口鍋中間還有一口小小的鍋。這三口鍋擠佔了灶台上所有的容身之地，這個鍋只是用來盛水的，這樣在炒菜的同時就能把刷鍋或者是另做他用的水燒好，又省了幾把柴火，值當。

就像在老家吃飯剩下的飯菜都不會倒掉，總會有隔壁家的大媽提前放一個桶在屋後，連汁水都不要倒掉，收集齊一桶就提回去，我也不知道是拿去漚肥還是餵豬了，總之大媽堅信一點，從地裏來的東西，就一定要回到地裏去，看不得浪費。

米湯對於我的父輩甚至是略大的同輩來說，都有別樣意義的味道，那種味道伴隨他們走過了很多缺衣少穿的時光，所以才格外香醇，即使是單純於我而言，也能體會到米湯質樸味道的美感所在。

鍋裏赤白的湯水映着天花板上昏黃的燈光，就像從鍋裏生長出一個月亮。

多吃青菜

我又回老家了，最近在老家的時間很多，家裏人卻很少，平時每次回老家都有十幾二十個人，這次家裏卻只有三個人，做飯就成了一件很傷腦筋的事情。

畢竟燒出一膛爐火恍惚之後，卻只有三個人吃飯，大費周章炒的菜，永遠也吃不完。於是，吃得很簡單，基本上屋後的地裏有甚麼就吃甚麼，做飯之前在地裏轉一圈，順便就把材料都帶回來了。

這個季節的玉米還沒有完全長開，個頭太小，而且大部分都有些歪瓜裂棗，老家的玉米說甜不夠甜，說糯不夠糯，很普通。不知道超市裏的玉米怎麼都長得那麼周正，要麼脆脆甜甜，要麼糯得能把我花重金補的牙粘下來，自己地裏的玉米卻長得那麼失控。

秋葵卻大部分都長老了，中間的瓤已經空洞了，白慘

慘地樹立在枝頭。

西瓜熟得差不多了，香瓜也都熟了，這邊氣候下生長出來的水果甜度都不高。除了西瓜和香瓜，還有一種有微微甜味，但是介於蔬菜和水果之間的菜瓜。它們唯一的優點就是在甜度不再鋒芒畢露之後，瓜果本身的清甜猶抱琵琶半遮面，讓人回味的是植物的清香。甜味克制卻不寡淡，這也是時下瓜果難得一見的美德。

還有總是長不大的小土豆，這種小土豆一口就能吃一個。很糯，最適合切成土豆片爆炒，一定要把鍋燒得紅紅的，下重油炒，最好邊上還要有點焦。這樣一盤鍋氣十足的炒土豆，能讓人吃得眼鏡掉下來又扶上去，再掉下來又扶上去，滿頭大汗還是要接着吃。

西紅柿也還是前赴後繼地成熟，還有葫蘆瓜在夜以繼日地長大。

我剛到的那天，地裏的葫蘆瓜還是一個拳頭大小的小毛球，六天之後就已經比一隻一個多月的小狗還大了，它陪那隻寂寞又倔強的小狗度過了很多難以打發的時間。歸功於葫蘆瓜迅猛的長勢，每頓飯都能見到葫蘆瓜的身影。葫蘆瓜吃不完只能爛在地裏，姑姑捨不得，就將它切碎了之後曬乾，燉排骨吃或者做紅燒肉都好吃。這樣的乾葫蘆瓜能留到冬天。有一天吃飯的時候吃了一道蘿蔔絲炒臘肉，姑父就說一吃到這個菜，就感覺窗外在下大雪，北風敲窗。

因為那些百無聊賴地等着冰雪消融的日子裏，只剩下在食物豐饒的時候未雨綢繆留下來的菜乾，到了冬天只有臘肉和菜乾吃了。

但是這就導致每天桌上的菜都是乾葫蘆瓜炒肉和清炒葫蘆瓜，葫蘆瓜成為餐桌上永不落下的太陽。不過每頓都要吃的，還有豆角鍋巴飯。屋後有一個小坡，上面長着一排豆角，隨吃隨摘。在老家有的時候炒菜嫌麻煩，就直接做一鍋豆角飯，既有滋味又很簡單。之前在深圳，姑姑也用電飯煲做過，但是味道只能算是緣木求魚，桌上已經有那麼多魚肉了，飯裏還放油放鹽就有點油膩了。很多人對油鹽的抗拒，到了偏執的邊緣，味覺都淪為二等公民，這種粗糙的做法，當然不會受青睞。

豆角飯用的是撈飯，不是煮的飯。撈飯水分少，米粒鬆散，燜炒出來自然比煮的飯入味好吃，而且鍋底的乾坤就是一層薄薄的鍋巴嘛。米飯半熟之後，把米飯盛起來，放豆角進去炒，用我姑姑的話說，叫把豆角炒死，半死不活的時候倒一點點水，再把飯倒進去，蓋上鍋蓋，開始焦急的等待。隨着豆角的清香和鍋巴的焦香慢慢傳出來，等待變得越來越煎熬。但是只有聽到鍋裏面的水聲從「咕嘟咕嘟」變成「吱啦吱啦」之後，才算是大功告成。很簡單。

但是要吃鍋巴還不能心急，要等爐膛裏的餘火再燒一陣子，這樣的鍋巴才足夠焦。最好是連最下層的豆角都燒出了棕色的外殼，這個時候豆角裏面的汁水也被火焰逼出來，進入米飯裏，味道馥郁香濃。

我最喜歡把上面的飯鏟到一邊，先把鍋巴盛起，騰出熱氣騰騰的鍋底，再用餘溫烘烤米飯，這樣等第一碗消滅之後，第二碗又有鍋巴了。

精打細算就是為了吃點好吃的。

有的時候豆角有點老，汁水是黑紫色的，裹着焦脆的鍋巴在口腔內玩起了捉迷藏，米飯油香油香的，在牙齒靠近的瞬間東躲西藏，最終還是嘎嘣一聲在嘴裏迸發了它的高光時刻。這樣一碗飯簡直不用花裏胡哨的菜來打擾它的純粹，吃起來踏實。早上起來想到中午能吃豆角鍋巴飯，連起床的動力都足了一點，能使前後幾個小時都沾着光，變成好日子了。

有時候，還有早上沒吃完的糟粑，沒有關係，也放進去，烤得焦脆。要是還有包子沒吃完，也貼在鍋邊上，麥香味被烘烤出來之後，這個平庸的菜包子得到了昇華，脆得恰到好處，脆得彬彬有禮。

吃完飯，抹抹嘴再去廚房裏盛一碗綠豆沙。

連綠豆都是自己種的。綠豆在豆莢裏曬乾之後，穿上新的棉拖鞋把豆莢踩開，圓滾滾的綠豆滾出來，在經過篩洗晾曬之後，又沐浴兩個小時的燉煮，當姑姑抬起埋在爐膛後面的紅臉蛋時，我就能喝到一碗綠豆沙了。

在廚房裏待過幾次之後，我深切體會到跳過這個炎熱又煎熬的過程，直接稱讚結果是不對的。

綠豆妻離子散，完全熬成沙了，不留一顆完整的豆子，但是形散神不散，喝到嘴裏還是有嚼頭的，不是完全喪失了形狀的綠豆糖水。不知道為甚麼北方的綠豆湯放了一會兒之後都帶紅色，而且寡淡不好喝，要不就是豆子是豆子，湯水是湯水，沒有修煉到天人合一的境界。

紅豆沙也是一樣的，唯一的區別在於紅豆顆粒大一點，一般不會完全煮爛，不能像綠豆湯一樣一口悶。紅豆粒用舌頭往上顎一頂就碎了，滿嘴沙沙的質感，紅豆皮慢慢被嚼碎，像小松鼠藏了一大口快樂在腮幫子裏。紅豆沙粗糙一點，掛在嘴唇上，像是長出一圈小鬍子。

在老家住了一週，有一種結廬在人境的遠離感，甚麼國際化的事兒、網絡上的事兒，都和我沒有關係。走的時候摸摸肚子，決定「無肉不歡」這句話可以被忘掉了。

還有很多事情也可以被一起忘掉了。

一天和珍珠翡翠白玉湯

這是一個讓人激動的早晨，昨天下午我從別人家領過來一條一個多月大的小狗，小狗正關在樓下的籠子裏，所以我難得八點多就起來了。

下樓一看，姑姑們都已經走了，今天六點多她們就去廟裏準備上大貢了。村裏大部分的阿姨都會來幫忙，做中午吃的蒸米粑、糍粑和素菜。

但是我要先餵我的小狗吃早飯。鄰居的小孩子帶來了一條經常在吃飯的時候探頭探腦的小黑狗，兩個小姑娘帶着牠跳舞，又晃下了屋前的一樹桂花，為牠裝點打扮。兩隻狗寄人籬下，被折騰得一點脾氣都沒有。小黑狗看得比較透，反正掙扎是徒勞的，放棄抵抗反而能早點解脫。那隻倔強的小狗還沒有領悟到這個層次，一番抵抗之後，無情的鎮壓反而愈演愈烈。兩個小霸王專心打扮小狗的時候，小黑狗早就溜得無影無蹤了。

我坐在一邊，拿着一雙長長的木筷子，一邊搖晃腳上的拖鞋，一邊吃從街上買來的炸油條，就是那種用陳年老油炸了又炸讓人夢回小時候的油條。鄉下的夏天不熱，下雨的晚上蓋着一床薄薄的被子，人都冷得睡不着。雖然是七月的早上，依舊可以用涼爽來形容。多虧了這幾天的雨。這大概就是夏天努力想要停住的時間吧。這樣的一個上午過得好快。

中午到了，我把小狗寄存在小霸王家裏，去廟裏吃飯。今天對肉隻字不提，連相關的詞語都不能說，飯桌上也全是素菜。

一張小桌子是做蒸米粑皮的，一個很年長的老奶奶負責和麵，再從一大塊麵疙瘩上揪下小小的麵坨，分給一邊的幾個阿姨。這一步完全要靠老奶奶的手感，麵多了，皮太厚，吃起來沒有意思；麵少了，粑又容易一上蒸籠就肝腦塗地。

好在農村的這種聚會講究不多，而且也都是在家裏做了一輩子事的女人們忙活，別看一個個嘴都不停，手上的動作一點兒也不見慢。把小麵坨搓圓之後放到一個專門的木夾上，在木夾上鋪一層塑料紙，在麵糰上再放一張塑料紙，麵糰被夾扁之後就安詳地躺在兩張塑料紙的溫柔鄉裏了。

在家裏做就沒有這麼講究，用塑料紙是因為要做上百

個粑出來，在這條由一雙雙粗糙的手組成的流水線上，要防止麵餅隨着時間的流逝變得脆弱，長出滿臉皺紋，而且也不會彼此難捨難分。

做好的餅皮就被送到另外一張桌子上。蒸米粑有兩種餡，有豆角和榨菜的，還有白菜的，相同的是裏面都要拌上切碎的粉絲。餡是提前炒熟的，放在一個大鐵盆子裏，一群阿姨圍在旁邊，一邊七手八腳地做白白胖胖的大餃子，一邊嗡嗡地說話，說出來的話和她們的金手鐲一起當當當敲擊出聲響。

包好之後再用一張塑料紙包起來，先放着，等湊夠十層蒸籠的數量再送進廚房。一層蒸籠滿打滿算能擠下十八個蒸米粑，用兩口大鍋燒水，一口鍋能疊五個蒸籠。農村的土灶燒火不容易，廟裏的灶台又尤其大，所以只能湊齊梁山好漢再一起下火海。

在一個無人問津的角落，我找到了一個盛滿糍粑的鐵桶。

糍粑就是用米打的，外面裹上碎芝麻。暑假正好是炒芝麻的時間，芝麻的稈子乾得差不多了，把芝麻踩出來之後，洗乾淨，曬到半乾，然後炒熟，炒完之後用碾子碾碎。最大的技巧都壓在了火候和汗水上，主要還是汗水。我只做過一次就半途而廢了，從洗芝麻開始，要先把芝麻鋪開，一點一點從裏面挑出小石子和草屑，然後用水沖泡，把裏面的砂土洗掉。一次充其量就能洗一個臉盆底那麼多，可是袋子裏還有十幾斤的芝麻等待着，實在讓人腰酸背痛、頭暈眼花。這邊的芝麻還沒有完全洗完，剛剛收尾如臨大赦，那邊炒好的芝麻又開始散發香氣了。

姑姑揮動大鏟子在鍋裏唰唰地翻動，她說聽到聲音變得乾淨利落就是芝麻炒好了，再炒下去就要發苦了。要是有一家人一整年都只能吃發苦的芝麻、芝麻片糖、芝麻麥芽糖、芝麻糍粑，我們同情他們，憐憫他們。

芝麻炒香了就意味着要趁熱碾碎，家裏的碾子很原始，年紀可能是我的兩三倍。下面是一個弧形的鐵凹槽，上面有一個圓形的鐵片，中間有一個方孔，裏面插了一根木條。年久失修，有的時候碾着碾着把手就會掉出來，要用刀背敲回去。

真是捉襟見肘。

最可氣的是，連一個高度合適的台子都沒有，只能坐在地上，把碾子頂着牆，彎腰駝背地辛苦耕耘。不然的話，隨着每一次來回的動作，碾子會越跑越遠。更氣人的是，一次只能碾一湯勺的量，就這樣一湯勺、一湯勺，直到碾完十幾斤芝麻。如果每家每戶都是這樣碾芝麻的話，過不了幾年，那些和芝麻相關的食物就要成為《廣陵散》了。

當我一邊擦汗，一邊撐着地板站起來，把手裏光榮的接力棒遞給姑姑之後，突然深刻地覺得，與其讓這些東西因為恪守「古法」而擱淺，還不如感謝披着光芒萬丈的工業時代鎧甲的粉碎機帶來的輕鬆。

不過在村子裏，大家還是堅守在碾子這樣笨拙的工具旁邊。

讓成糰的糯米在芝麻碎裏滾上一圈，風輕雲淡地抖落身上多餘的芝麻，變成又香又暖的糍粑。

糍粑和蒸米粑是做往生福的主食，除此之外每桌還有炒菜，菜裏不帶葷腥，連蔥也不能放，至多放一點洋蔥。農村對食物的看法是相當功能性的，還帶一點宗教色彩。

不過珠玉在前，炒菜顯得平淡無奇。最為驚豔的是一鍋海帶玉米湯，簡直是我的珍珠翡翠白玉湯。

湯是用一個髒兮兮的煤爐燒的，玉米就是地裏的玉米，老家的玉米沒有特點，也說不上好吃，海帶更是普普通通的大路貨。但是燉出來的湯是白的、濃鬱的。

粵菜裏的上湯、越南河粉的牛骨湯、日本的海帶鰹節高湯總是要肉來提鮮的啊，沒想到單純一鍋熬了一個上午，燉得爛爛的海帶玉米湯也能如此好喝。玉米提供了甜味，海帶提供了複雜的風味，兩者不會帶來味覺衝突，而是融合一體的美味。但我還是想不出怎麼能那麼濃鬱，以致於我在鍋裏翻了好久，想看看是不是放了排骨，結果剛一張嘴問姑姑，就被旁邊的阿姨狠狠噓了一聲。

面對這碗湯的時候，我才知道秀色可餐是酒足飯飽之後的事情，多麼好看的食物，都比不上暖暖的湯水從舌尖滑溜到喉嚨的切實滿足感。

可能是晃悠一個上午讓我胃口大開，反正我好久沒有喝過這麼好喝的湯了。喝完自己碗裏的，我繞着牆根的鐵鍋轉了幾圈，投去依依不捨的一瞥，摟住整鍋湯。

這頓飯吃完，其實才剛剛進入正題，上大頁要從吃完午飯開始，在廟裏做法事到下午五點，要磕足足三個小時的頭，就像坐着沒有終點站的火車。

在昏昏欲睡的午後，我領會到一生很短，一個下午卻很長很長。

五點，做完三場法事，就起程去墓地。小皮卡上拖了一棟金碧輝煌的紙房子，下面有院子，有跑車，有樹，牆壁上還掛着空調外機，條件很優越。隨着鞭炮聲響起來，白日煙火的閃光在空中浮現，紙房子由上至下開始燃燒。每個人手上拿一條桃枝，圍着紙房子一邊轉圈，一邊揮舞手上的桃枝，這是為了防止圖謀不軌的孤魂野鬼搶走這棟豪宅。

等到紙房子看不見了，有人拿起一瓶酒灑到火堆上，酒是敬客的好東西。再摘下頭上的帽子扔到火裏，衣服不用燒，在火上揮舞一圈就被收起來了。

這一燒，燒斷了很多故事的尾巴。

差不多了之後，一個伯伯提來兩個塑料桶，桶裏裝了兩顆地裏摘的大西瓜。

大家把西瓜放在地上，墊着塑料袋把它們瓜分了。頭昏腦漲的下午，在漸漸熄滅的火堆邊上能吃到涼爽的西瓜，實在很舒服。

晚上回去蹭在我爸的餐桌邊，喝了一碗蛇湯，吃了肉質綿軟到黏嘴的魚。

但是想起餓了一個上午喝到的珍珠翡翠白玉湯，我還是覺得甚麼都比它不上。

在羊有一百種死法的高原

作為一個祖籍江西、出生於湖南、生長於深圳、在山東上學的 HBS（Hunanborn Shenzhenese），我對自己的歸屬地一直存疑。從小長大的深圳是我停留最久的地方，春節卻在岳陽的餐桌上吃着臘魚、臘肉、攸縣香乾，清明節又在彭澤的田野裏看着漫山遍野的油菜花，出來讀書卻又在北方難得的雨夜瘋狂想念蝦餃、糯米雞、鳳爪、蒸排骨、雲吞、豬手麵、腸粉、豬肝粥、艇仔粥、魚片粥、瀨粉、奶黃包、叉燒包。對於這些已經走遠的熟悉菜餚，簡直有整個世界森林裏的老虎全都融化成黃油那麼喜歡。

飢不擇食的時候，學校西門外的永和大王也能暫時告慰我飢腸轆轆的肚子，即使我知道這只能消費我對乾炒牛河的熱愛。而到了外地，跟散落在各地讀書的朋友胡吃海喝時，我又成了老濟南把子肉和滕州菜煎餅第一吹，酒足飯飽實在是慚愧。

但是涉及吃甜還是吃鹹的原則性問題時，我還是深刻地意識到南方水土潛移默化滋養出的習慣一時改不過來，味蕾深處的那個故鄉也一直存在。我一直標榜自己是「南人北胃」，最後還是發現自己喜歡餛飩多過餃子。離開家的時間越久，就越在異鄉搜腸刮肚地尋找一點點粵菜的蛛絲馬跡。以前在家裏吃腸粉的時候，理所當然地認為腸粉本來就是這樣的，在濟南網吧樓下煙霧繚繞的小店裏才知道，原來裏面還可以加玉米和生蠔，再由思鄉心切的重慶妹兒淋上一層辣椒油。和善的老闆面對他是不是廣東人的問題，笑盈盈地說廣東和山東都是東字輩的，差別不大。在呼和浩特大召寺前才知道米皮對一碗腸粉的致命影響，米皮不筋道，用甚麼湯汁也無濟於事。天津馬路邊小推車上賣的加了貨真價實的雙匯火腿腸的腸粉，把一碗好端端的腸粉徹徹底底地傷害透了，餘味極糟。每當我吃到一碗不正宗的腸粉時，總是眉頭一皺，我終究是一個廣東人啊！

這次「塞外小北大」的東湖划水總司令帶着我領略內蒙古的塞外風光，豪情萬丈，大手一揮對我說：「我們內蒙人，吃肉都是用刀割的。」我們兩個小姑娘一人一根羊腿，直接上手用刀割肉，喝着大窯嘉賓的時候也是毫不含糊。我眼睜睜地看着內蒙古肥美的草原將一個愛吃椰子雞、榴槤雞、豬肚雞的姑娘變成了一個頭頭是道，向我介紹內蒙古羊的一百種死法的套馬漢子。她向我力薦大召寺門口的羊肉燒賣，在我以為會看到早茶店裏的三個晶瑩剔透的小燒賣時，卻看到一屜八個拳頭大小的純肉燒賣，或者說包子，這頓飯再加上兩個羊腿，我們扶着肚子撐着牆走出去的步伐有些艱辛。

而且連駱駝也不放過。駝峰是用來做餡餅的，味道偏羶，絕妙的口感軟中有硬，十分有嚼勁。但是不得不說，內蒙古的奶製品可以毫不費力地睥睨八方。就像在廣東，豆腐的存在形態可謂是絞盡腦汁、物盡其用一樣，這裏的奶製品以其形式多樣，使產奶的牛羊受到了最大程度的尊重。奶皮子、奶酪餅、酸奶炒米、奶豆腐、酸奶餅、奶乾、奶酪條、奶嚼子、鹹奶茶……味道實在是入口難忘。在塞外的蒙餐館裏，真正放不下的，只有筷子。

要是放我在這裏讀四年書，我一定會胖得有礙觀瞻、曲折緊張吧。

現在窗外下着大雨，內蒙古的雨很有意思，五分鐘之內來了又走，只留下一地的潮濕，蹤跡全無。我的酸奶炒米快要見底了，卻還要過一夜。明天要去草原，過幾天又要回到北京。

這一年來，看到了很多風景，離開了我生活了很久的小池塘，離開我習以為常的深圳，才發現原來「深圳」這兩個字支撐着千萬人沉甸甸的夢。但我還是相信，江河湖海，哪個都可以更大，更好。的確都是好的。就是偶爾覺得世界很空，生活很鹹。菜更鹹。

故鄉的味道就像《重慶森林》裏那間總是在街角的小店，已經習慣了每天路過，隨手帶上一份廚師沙拉。吃到帶着血絲的白切雞時還是會悵然若失，心裏像失落了甚麼，而又失去了一隻優秀的白切雞的填補，只剩下一個純粹的空洞被棄置不顧。

在一個下午的三點鐘，陽光透過窗戶，桌子反射着金色的光線。我的筷子就躺在抽屜裏，卻缺少一隻韌勁十足的白切雞的陪伴。即使有在知名禽類世界五百強餐飲企業打工的同學帶回來的超值二人餐，並獨自圍攻一份薯片，一個廣東人心中也還是有遺憾的，不足為外人道也。

港式茶點其實和粵菜有很多共通之處，港式魚丸和潮汕牛肉丸在我心中的武林一直是勢均力敵的南派和北派，掌門人分別是旺角和下梅林。但是我可能和港式有仇，吃了兩次港式茶點，失去了兩個人。一次在香港，一次在北京，都是在七月。

港式以後只敢一個人吃了。

還是喝早茶有意思，不管是蒙餐還是粵菜的早茶，都是慢悠悠、溫溫暾暾的，和老友一起聊閒天兒，一屜一屜地吃完，一盤一盤地撤下去，特踏實。回不去的從前，跨越不了的河流和翻越不了的山川，都短暫地消弭了，尤其當我們在風沙肆虐的高原上。

寫到這裏突然發現，作為一個文學老流氓，我又跑偏了，本想寫寫蒙餐，卻又繞回了粵菜。用一句老郭送給于老師的話給我八月份才能吃到的早茶、才能見到的老寶貝兒們：「山河遠闊，人間煙火，無一是你，無一不是你。」

人爛情真。

我在重慶待不下去了

在重慶的第一天，我就放棄了白天出門的計劃。飛機兩點在江北機場一降落，撲面而來的窒息熱浪就讓我十分擔心，要是我走着走着，鞋子熔化在路面上，拔絲鞋底是很讓人尷尬的。而在我投奔的重慶地頭寶批龍的堅持下，我們終於在依舊烈日高照的下午四點出了門，並成功在仍然陽光明媚的六點半氣喘吁吁地到達了火鍋店。

做攻略之初，我朋友就很貼心地為我提供了諸多選項：1. 山坡上吃火鍋；2. 荷花池邊吃火鍋；3. 防空洞裏吃火鍋；4. 長江邊吃火鍋；5. 船上吃火鍋；6. 離住的地方近的店裏吃火鍋。我是一個對吃非常有執念的人，並且一直記得上次十月份在樹影重重涼風習習的山上，一頓火鍋吃到半夜的快樂。身邊的諸多文青樂此不疲地對我說「呼家樓的火燒雲吃起來有雲南煙霧繚繞、人間仙境的味道」，「新光天地的 KOI 有台北夜市熱鬧非凡、人頭攢動的煙火味」。其實吃了甚麼並不重要，重要的是從昌平坐一個小時地鐵去東三環，排兩個小時隊就是為了一口南方的山清水秀，這精神，講究。於是我們背負着沉重的精神壓力，放棄了最近的火鍋店，左繞右繞，終於在雙腿開始發抖之後找到了在半山腰上的火鍋店。

我已經發誓，回深圳的整個暑假我不會再吃火鍋了。這段時間傣菜的銅鍋牛蛙、北京的銅鍋涮肉、日式壽喜鍋、蒙餐涮羊肉，加上我重慶朋友充滿關懷與妥協的鴛鴦鍋，實在讓我有一點應接不暇、「胖」若兩人。

重慶火鍋重在吃料，因此一碗油到減肥計劃被強行擱置的香油，加上半碗吃完跟你說話都是真朋友的蒜瓣兒，再加上一勺滾燙的紅湯，基本上能讓一個在廣東長大的湖南人在短時間內腦中嗡嗡作響。

我對火鍋的理解一直停留在潮汕的牛肉火鍋，一鍋跳動的牛肉丸，加上一勺沙茶醬，最後在肉香醇厚的鍋底裏下一盤粿條，舒坦。要不然也是北京的銅鍋，一鍋清湯，幾碟軟糯的牛眼肉，配上麻汁兒，最後用一個芝麻燒餅收尾。甚麼都比不過這一口。但是重慶的火鍋菜相比而言就十分豐富了，腰片兒、蝦滑、鵝腸、鱔魚、肥腸，尤其是牛百葉，粗糙的表皮沾滿辣油，還掛着一兩顆花椒，吃一口就淚流滿面。

我一直在紅湯中間小得可憐的清湯鍋裏面涮肉吃，但

是沒多久之後這鍋清湯就光榮陣亡了。有重慶人語重心長地跟我說，要好好珍惜這個陪我吃飯的朋友，畢竟不是每個重慶人都能妥協接受一個鴛鴦鍋，這不亞於往廣東人的菠蘿包裏加菠蘿，或者把腸粉裏的臘腸偷樑換柱成香腸。

不過這裏的甜品做得確實沒挑兒。紅糖糍粑外脆內軟，紅糖黏稠得能映照出我油光滑亮的臉和冒着熱氣的頭頂。醪糟湯圓醇香濃鬱，即使舌尖還殘留着飽受辣油摧殘的麻木感，也願意喝一口滾燙的醪糟。

沒想到在重慶的第一天，重慶就以這樣熱情似火的溫度和一頓讓人走不動路的火鍋迎接了我。實在是有點消受不起。

第二天早上叫醒我的不是鬧鐘，也不是中午十二點的太陽，而是從廚房傳來的香味。我朋友作為一個優秀的「世一大」文博姑娘，熟知重慶各條大街小巷的館子，對牛角沱的法國、黃泥塝的小倫敦、獅子坪的北海道如數家珍，還能準確地避開任何一個名不副實的網紅景點，帶我在輕軌站感受山城的起、起、起、起，落、落、落、落。不僅如此，她竟然在這樣一個陽光明媚而我迷迷糊糊的早上，或者說中午，烤起了芝士蛋糕。我還瞥見灶台上的鍋裏煮着通心粉，咕嘟咕嘟冒着泡。想起昨天晚上，我跟同學說沒有人能體會到失去韌勁十足的白切雞陪伴的廣東人的寂寞，突然好像也變得沒有那麼寂寞了。

昨天晚上吃的油太重了，今天想吃素一點的，因此通心粉裏沒怎麼放肉。萬萬沒想到裏面加了一大坨「活該找不到對象」黃油、三種「今天媽媽不在家」奶酪，最後還在頂上加了一層「情意綿綿」拔絲芝士。我憂心忡忡地望着逐漸在烤箱裏熔化的芝士，一勺一勺地吃着剛剛放涼的芝士蛋糕，默默告訴自己天大的碗大不過我高興。

吃完飯，室外溫度還沒有達到適合人類生存的程度，而我們又是閒不住的主兒。兩個人一拍即合，打算烤一盤蔓越莓餅乾。我為這一盤餅乾作出了巨大的貢獻 —— 切蔓越莓乾，然後就只能一臉崇拜地看着我突然化身為中華小當家的朋友打雞蛋、加糖霜、和麵、裝模具，行雲流水，一氣呵成。只是在看我朋友毫不手軟地倒了半碗糖霜進去的時候，我面色不自覺有些凝重，嘴角不禁抽動了幾下。

當餅乾在烤箱裏發出陣陣香味的時候，我只覺得整個人被溫柔地籠罩了起來，這是行走在奶黃包上的柔軟，或者是看着西多士上的黃油熔化的舒坦。這種舒坦還來源於很久沒有回家的我特別懷念幾個人圍着廚房，進進出出、忙裏忙外的感覺。每次在濟南，只有在老師家能簡單地做飯，吃上我同學炒的念念不忘番茄炒蛋。最近一次是在北京和多年老友一起吃超豪華三明治，特別快樂。油煙機的轟鳴聲除了能告慰我飢餓的胃之外，還能帶來一種久違的安定感。

後來，我朋友偉岸的父親，在聽說我不撞南牆不回頭，不到黃河不死心地想吃頭刀菜之後，從老家潼南帶了兩大盆頭刀菜回來。由於原料的影響，為了壓腥味，頭刀菜放料尤為重。

鮮鹹十足，脆中帶糯，吃了這麼多年的肉，忘不掉的還是下水。不過桌上紅彤彤的一片菜餚，實在是有點讓人望而生畏，重慶肛腸科醫院一直以來在國內傲視群雄不是沒有原因的。一頓紅油梁山雞、紅油紅油江魚、紅油紅油紅油頭刀菜之後，人未免感到有些疲憊，但是這並不妨礙我和朋友在半夜兩點突然襲來的飢餓面前拿起手機，點了一份燒烤。

重慶的烤腦花和我在別處吃到的都不同。這邊的腦花原料處理水平相當一般，但是貴在放泡椒，又酸又辣，配着喝一瓶「肥宅快樂水」不在話下。廣東的人喜歡味道寡淡的腦花，感受腦花本身的味道和口感，但往往對食材有很高的要求。而在北方吃的，口感大打折扣，最不能忍的是我吃到過一次沒有揭膜的、倒胃口的程度不次於沒洗乾淨的大腸。重慶的深夜負罪忘憂烤腦花，入口即化，辣味濃鬱到叫人神魂顛倒。配上一碗醪糟，爽快！

如果說深夜點燒烤是一件很荒唐的事的話，第二天早上我發現我朋友在我床頭眼巴巴地看着我，自言自語道：「送我點的生煎包的小哥是熱暈在路上了嗎？」那在桌子上放着有四張臉大的梁山雞，就是另一件更加荒唐的事了。昨天晚上五點，我們本來信誓旦旦地說一鼓作氣等到早上八點生煎店開門，做全重慶第一個吃生煎的人，沒想到生煎的吸引力還是沒有抵得上吃飽喝足之後的沉沉睡意。

這次我學到了絕對不要低估一個重慶人對往各種不可能的地方加辣椒的熱情。生煎餡裏加辣椒算是下下等創意了，我只佩服辣椒巧克力蛋糕，又辣又鹹又甜，為我當天逛街的好心情蒙上了一層厚重的陰霾。

不過不能否認，這份我朋友從濟南惦記到重慶的生煎真的可謂是不負眾望，皮薄餡大。北方的生煎皮比較硬，有嚼勁，但是重慶的生煎皮頗得小籠包的真傳，細緻筋道，很妙。就好像濟南的高第街怎麼也不能理解蝦餃的皮能兼具軟糯和韌勁，實在可惜。雖然我很介意有人說我哭的時候很像一個包子在擠它的灌湯，但是突然發現一個包子一口咬下去往外不停地擠灌湯是一件多麼讓人快樂的事情啊。下面焦脆的焦殼實在是點睛之筆，使整個生煎軟硬調和、口感豐富。我在老家吃柴火飯的時候，最愛的莫過於鐵鍋旁的一圈鍋巴，後來在深圳吃得少了，慢慢地老家也用起了電飯煲，就再也吃不到了，只是偶爾會很懷念大白米飯燒煳了的味道。

某個皇帝說過：「大米飯埋不住四喜丸子。」我一般不記皇帝說的話，但是這句我一直當箴言謹記。

大早上的，面對這樣一盆紅得發黑的梁山雞和兩盒生煎是一件很讓人發愁的事情，尤其是在我的胃已經在重慶飽受摧殘之後。再看看窗外紅彤彤的太陽，實在覺得我在重慶是待不下去了，再這樣下去，還沒有擁有有趣的靈魂，我就要兩百多斤了。

使不得，使不得。

離開重慶之後，我坐在家裏好不容易喝上了一次正正經經的湯，既不是十分鐘速成的勾芡番茄蛋湯，也不往裏面加胡椒粒、花椒麵。竟然覺得清湯寡水，未免寂寞。突然想起我朋友在吃燒烤的時候，貼心地買的一盒外地人求生特供——白糖拌西紅柿。

我覺得十分溫暖，雖然在這樣一個炎熱的天氣裏說溫暖是很奇怪的。

四川人的浪漫主義

其實川菜，作為廣東人我是拒絕的。廣東喜歡原汁原味，再不濟在北方也講究原湯化原食，可是在四川、重慶，花椒油和辣椒麵一放，不管甚麼都是一個味道。四川人的血管裏流動着的是辣椒油吧！

雖然我重慶的朋友不止一次向我表示了對成都火鍋加蠔油的不屑，她說一盆火鍋應該有不帶一絲甜味的自我修養。但是成都火鍋的花椒油碟讓蠔油的甜味黯然失色，我麻木的舌頭從第一口之後再也沒有嚐到辣之外的任何味道，從此之後我再也不相信他們口中的「吃嘛，給你點的微微辣，真的不辣的」。反正微辣和微微辣之間只是三斤辣椒和兩斤半辣椒的差別。一頓火鍋吃完，用來瀝油的三海碗大白米飯都滿面紅光，碟子上從捲曲的鴨腸和翻着花的腰片上扒拉下來的花椒粒星羅棋佈，竹蓀酒的臭襪子味都喝

不出來了。

早餐倒也相當簡單，小麵和擔擔麵的差別，僅僅是紅油多少的問題。美好的一天，從辣椒油醍醐灌頂開始。單純的滷煮太單調，那麼就讓它們浸泡在滾燙的紅油裏，不論葷素，都能讓人吃得七葷八素的。對於一個從小在每一家腸粉店都有自製醬油，堅信沒有自家味道的腸粉店都沒有未來的廣東人來說，川菜，確實有點糙。

但是，四川人對情懷的講究，我從來沒有一絲懷疑。成都的第一頓火鍋，是在荒無人煙的郊區吃的，從城區開車上高速，翻山越嶺要好幾十分鐘，最終到了一片荷花池邊。當地的朋友見面就開始懊惱，天氣預報說好了十二點下雨，卻看不到一點雲的影子。他說他昨天特意過來踩點，看了天氣預報，算好了今天在亭子裏熱氣騰騰煮着火鍋，雨打在亭子上，淅淅瀝瀝，用雨簾遮擋陽光。還能聽見夏季落得很急促的雨打在殘荷上的聲音，四周樹影搖曳，一兩尾魚在水中游動。豈不快哉？

可是生命就是你期待長出蓮花，長出的卻是肥嫩而軟膩的蹄花。雨不下，但是空調還在，只能連鍋帶菜一起搬回室內。在我汗流浹背地和一片比臉還大的牛百葉搏鬥，被濺了一臉花椒油的時候，想起上次重慶的夥伴，興味盎然地提前好幾天在江邊的山上訂好了露天位，並在四十多攝氏度的高溫下不斷催我出門，為此差點打起來，就是為了能坐在最靠邊的位置，一邊吃火鍋，一邊看日落。而且不管第三四次給冒煙的火鍋加水的阿姨怎麼翻白眼，都堅持要等到江邊的燈亮起的一刻。身邊兩米寬的大風扇呼呼地吹，她的頭髮掠過油碟，掃過醪糟湯圓，在火鍋上方打着捲，呼在臉上，她對着夕陽，笑得有滋有味。

後來，我在船上吃了一盆驚為天人的酸菜魚。船宴不少見，尤其是對我們這些在海邊長大的人來說。深圳的海邊，一溜魚排，慢慢晃悠走上十幾分鐘都不到頭。廣州的珠江上，歌聲陣陣，一碗墨魚麵吃得人像個怪物。東江的虹鱒魚宴，魚排上養着大狼狗看家護院，但這些都比不上成都一條不知名的小河上，一條鐵皮頂的破船來得有意思。鐵皮頂不是寒寒酸酸用來遮陽的，是用來聽雨的。船頂上有一條同樣寒酸的水管，扎了幾個眼，嘩啦啦往外噴水。水落在鐵皮上，滴滴答答地響，聽着聽着暑意就消失了一半。從船裏伸出一根釣竿，一邊等魚上鈎，一邊等魚上桌。我在北方待了一年，才明白聽雨的奢侈。有一天晚上聽着衣服滴水在窗台上的聲音，迷迷糊糊以為下起了雨，爬起來看了很久，才想起來濟南的雨是很金貴的，輕易是不下的。在廣州獨居的時候，一天晚上聽着雨聲，不能入睡，直到天光亮起，六點時門外響起掃地聲。這樣能下一整夜的雨，很久沒見過了。這麼吃飯的時候喝別的沒意思，還是要喝紅星二鍋頭，能看到海市蜃樓。

在都江堰遊玩，遇到了一個「野導」。靠連人帶車拉到都江堰另一側的入口，順便講兩句想像力豐富的歷史介紹

混口飯吃，很有意思。

他說要早點回家，釀的酒要放酒麯了，他要回去盯着。每年玉米收割的季節，他們都會買上一千斤玉米去釀酒，家家如此。每家每戶的酒都有自己的味道，年份富裕就掐頭去尾，只喝中間的一段，不然就釀淡一點，酒味寡淡，將將就就也能喝一年。他還抱怨外鄉人蜂擁而至，來看他們的大水壩。之前夏天暑意最濃的時候，在上游架一張桌子，撐一把傘，半條腿泡在水裏，呼朋喚友能打一天麻將。現在遊客來了，架桌子也要收錢，麻將只能回家打了。對他們來說，悠閒的生活有致命的吸引力吧。

樂山市井氣很重，一到傍晚，滿大街的三輪，帶着郊區的收成就出現在大路上了。也不管在甚麼位置，最好是人最多的十字路口，往路邊一停，十里八鄉都能聽見的大喇叭開始嚷嚷。還有推個小車賣炒粉炒飯的，傳說中的黯然銷魂飯往往是由穿着大褲衩、趿拉着涼拖鞋、耳朵上夾根煙的油頭大爺炒出來的。要是有穿着睡衣、帶着小孫子的大媽，或者是滿臉疲憊、剛剛加完班的小情侶輕車熟路走到攤前對他像對暗號一樣說出「照舊」，那他可能真的是身懷絕技，隱藏在民間的大俠了。果然，在吃完一兩藤椒餛飩之後，大爺手下一鍋油星兒四濺，瀟灑豪放，炒一鍋灑半鍋的豇豆炒河粉讓樂山夜裏十點的小風，吹得人想邊吃邊在馬路牙子上坐着抖腿。

映秀別有一番風情，納西族的風俗和飲食特色別具一格。沒想到乾貨頗多，邊在市場上轉着，邊盤算着可以煲甚麼湯。突然看見朋友說要用松茸打成泥包餃子，感歎暴殄天物之餘，打量着路邊一綑一綑的乾蘑菇、掛在房樑上的臘魚臘肉，下定決心要成為一個能把烤鵪鶉蛋吃得和黃油煎松茸一樣香的人，那就此生無憾了。

炸南瓜花和井岡山的夜雨

在井岡山吃的第一頓飯，又野又鮮。在夜色深沉的雨中，走進一家小餐館，裏面只有老闆夫婦和他們在昏黃的燈光下寫作業的孩子。

外面霧氣沉沉，山裏的霧很濃，被月光籠罩着，簡直分不清他們臉上蒙着的是油煙還是月亮的影子。

農家做飯大刀闊斧，按照時令，有甚麼吃甚麼。

一盤還在收縮的炸南瓜花，裹着薄薄的雞蛋麵糊，帶着爆裂聲在桌上扭曲變形。果然，油炸和碳水化合物，最能讓人的精神為之一振。麵糊比別的地方厚實一些，南瓜花存在感並不強，吃起來就像炸得很香的雞蛋糊。

和濟南吃炸荷花瓣一個意思，就像炸玉簪花和玉蘭花，鵝黃裹玉煞是好看，無非圖個時令和新鮮。

還有一盤新鮮地耳，簡單和辣椒炒過，像海帶混合木耳的童年時代。還有滑溜溜、脆生生的腳板薯，一盤和熏肉同炒的醃筍。

醃筍用的是春筍，比冬筍粗糙些，更適合這樣緊實的口感。不過新鮮炒的冬筍和春筍一樣，都要有熏肉的陪伴，清炒冬筍的熏肉是這個冬天新做的，入味還不深，卻有點石成金的作用。筍本身固然鮮美，但是加了熏肉就立刻擁有了層次和變化，就像新酒兌陳酒，筍的鮮脆非要用肥多瘦少、晶瑩剔透的鹹肉相伴。

值得回憶的還有一盤醋鴨，山裏這樣的食材不少，但是以醋入鴨並不多見。山裏的動物從不圈養，腥羶味也大些。

放醋，往往不是為了酸，而是為了去腥，而且明明油脂肆意漂浮，卻吃出幾分清爽的味道。

推而廣之還有一番哲理，這就像紅燒肉放糖，不是為了甜，而是為了烘托肉香；往鍋包肉裏放醋，是為了更顯得汁濃肉嫩；往羊湯裏放胡椒粉，不是為了辛辣，而是為了提出羊湯的鮮，化解油脂的膩。一些單純的調味，其實往往志不在此，別有意味。

紅光滿面之際，盛一碗青菜泡飯，打過霜的青菜帶甜味，清甜無比。推杯換盞之間，已是深夜了，但也不管，照吃不誤。吃飯還考慮卡路里，對飯太失禮了。每個晚上都是陳曉卿所說的：「夜闌臥聽風吹雨，粥粉麵飯入夢來。」這樣才好。

吃完飯，外面的雨又細又密，遠處山脈略施彩色，意境蕭索。在這風雨如晦之際，愈是寧靜。夜裏下了雨，清晨的霧又很濃，全部凝結在了樹葉上，隨着風的方向延伸，結成了硬硬的冰糙子。

在有大雪的濟南也見不到這樣的霧凇，因為水汽不足，枝幹也是光禿禿的。多少有些單調。

下山的時候路上結了冰，霧氣未散，只能一頭扎進霧裏。兩邊的樹林都掛着白霜，山坡上的竹子都被霧凇壓倒在地上，遠山在霧中若隱若現，更遠處只有白茫茫的一片。

到了山下，霧氣散了，卻是大雨傾盆。

說到上井岡山，想到的總是紅色之旅。高中秋遊，也在這裏夜晚的篝火旁度過歡聲笑語的幾夜，回去齊刷刷交上了慷慨激昂又傷春悲秋的遊記，說些甚麼「悲涼之霧，遍被華林」。

其實敬佩之餘，悲傷倒是無從說起。偉人從這裏星火燎原，打下江山，我要敢說黯然神傷，倒還真是膨脹得不得了。就像前兩天，王虎子笑說：「看到有人說同情李白，要是我們也能拿着皇上給的金山銀山，吃喝玩樂，安身立命，最後能寫出名留千古的詩篇，再來說同情誰誰吧。」對於這種膚淺的觀點，我深表認同。從此只能克制自己的悲憫之心，免得引人發笑。

上井岡山已經很多次了，我爸每年必來，十餘年不斷，為了緬懷先烈，上北山獻個花籃，往往上午來了下午就回去。

在那裏，雨後的風、山裏的霧都很寧靜，不忍打擾而已。

我也來過多次，但都是夏天，這次趕在冰雪封山之前，算是第一次。

鐵鍋燉冬天

從深圳輾轉到哈爾濱，剛好趕上一場大雪。去年來的時候零下二三十攝氏度，卻不見一片雪花，今年在機場就看到了漫天的大雪。

粵犬吠雪，很是高興。

這次來不為探幽覽勝，兩肩擔一口，還是去吃飯吧。而且東北文化和習俗的大一統，堪稱全國之最，餐桌上當然不會乏味。我上過的餐桌燦若星河，但是東北人盤腿上炕，碼好了酒杯，還是讓我心裏一緊。

冬天的夜晚，屬於鐵鍋燉大鵝。如果沒有鐵鍋燉，東北就不再是東北。

鐵鍋燉我吃過很多次，並不需要多麼驚世駭俗的廚藝，走的就是原始、粗獷風。大多數時間，都有一群穿着大紅花夾襖的扒蒜老妹兒，用和丫蛋一樣的小甜嗓子一通老舅、舅媽地喊。

桌上擺着一個老大的保溫壺，裝着大糙子粥。大人踩箱喝啤酒，小孩人手一杯格瓦斯。跟澡盆一樣大的鐵鍋裏，咕嘟咕嘟燉着油豆角、糯玉米、土豆、排骨、大鵝、粉條，沿着鍋貼了一圈鍋出溜。單吃肉不免顯得吝嗇，還得蒸上主食，這才算是安排上了。等差不多燉好了，再往上加一個蒸屜，放上小花捲，用蒸汽蒸熟了，一桌人也用涼菜將將墊了個底，就可以揭蓋開吃了。

吃上一盤酸菜炒土豆絲，胃口就被打開了，盯着鍋蓋的眼睛就瞪直了，等待着姍姍來遲的大鵝。鍋包肉安排上，把醬汁澆在滾燙的酥肉上，用酥脆反襯綿密，用酸甜消減油膩。但是這都只是熱身而已。

東北的冬天太冷，鍋一定要夠熱。

大家眼巴巴地望着桌上兩口蓋着木鍋蓋的鐵鍋，盡力去理解大鵝和排骨焦灼的心情。土豆燉出了粉，油豆角燉散了架，玉米煮開了花，混合着大鵝那黏糊糊、油膩膩的油脂，冒着泡泡，在鍋裏閃爍，燦若星辰。那不是夜晚的死敵，那是長在肥厚皮下的冬雪。雪白的脂肪開放出雪花，我們在含苞待放之際加以採集，在嫩芽初吐之時加以收割。

吃一口肉，喝一口酒，把大棉褲一脫，春姑娘就來了。

這次的鐵鍋燉大鵝來得還更魔幻些。門口擺着兩箱凍梨、凍柿子，還有穿着羊毛夾襖的大爺兜着圈子賣冰糖葫蘆。

凍梨在冰水裏泡一會兒，芯化開了，把外面的冰殼子敲掉，從皮上撕一個小口，就能吸到酸酸甜甜的梨汁兒。用口腔的溫度喚醒果香的第二春。

本來飢餓如同懸掛在牛頓頭頂的蘋果，搖搖欲墜，一下子就跌落下來，砸中一隻滿頭大汗的肥碩大鵝。

進到裏面，更是柳綠桃紅、花團錦簇，就像大觀園的一眾姐妹跟着劉姥姥回家一樣，劉姥姥的水桶腰後跟着個叫二丫的小姑娘。

桌子變成了熱炕，上面燉菜，下面還能烤火。人圍着桌子坐了一圈，背後的木頭圍欄上綁着紅絲帶，喜慶又張揚。

不過在東北，一切休閒飲食的輪廓，都有着縱情歌舞的筋骨。在東北，卡拉永遠 OK，山不轉水轉，水不轉二人轉。每一個剛剛站在你桌邊，幫你收拾骨碟的二丫，還有畢恭畢敬、低頭哈腰一晚上的門童，換件小馬甲上台，就是爆熱又動感的現象級「當紅炸子雞」。三兩杯酒下肚，藝術細胞被喚醒，東北小曲庫開始三百六十度無死角，三維立體環繞在耳邊。

我沒想到小小的方寸之地，重工業鐵鍋燉、輕工業喊麥全都有了，真是了不起！不容易啊，真是不容易。

在煙霧繚繞的熱炕上，鍋裏蒸發的水汽帶着油香，瀰漫在這魔幻的餐桌前。桌上推杯換盞，我們是文明人，怎麼能對瓶吹呢，喝白酒也要拿着搪瓷缸子。

還好，飲食之樂，只要不過分，是唯一不會引起疲勞的快樂。

當我走在回酒店的路上，聞着衣服上久久不能散去的大鵝味，我忍不住要說：「讓我們滿懷熱情地記住這響徹東三省萬里長空的名字 —— 鐵鍋燉大 né。」

滷煮勸退

我自認為是一個對下水來者不拒的逐臭之夫，甚至還追求腸壁上的油脂。下水不管配上甚麼，總有畫龍點睛的妙用。

不管是山東九轉大腸、上海草頭圈子、成都冒節子，還是西安葫蘆頭，只要吃到肥腸綿密的油脂味，舌頭一下子就活潑高興起來。

即使在人前諱莫如深，但在無人看到的角落，我總是面帶微笑，從容咀嚼。

我看過小寬描述他吃的七里香焗飯。他用「我想我已經老了」這樣一個煽情如杜拉斯小說般的句子開頭，可惜接下來全是「鳳尾」或者「雞牡丹」的描寫。

顯然這樣的吃腸元老級人物、肥腸史上的掃地僧時常感歎「道可道，肥腸道」，如果我們要在山寨武俠江湖自立門戶，用金庸新、金庸巨、金庸原、金庸力等筆名碰瓷的話，我們的門派就叫「下水道」。

面對精緻高雅人士的嗤之以鼻，我們這群逐臭之夫揚「腸」而去，不見肥腸不回頭，不見腸肥不落淚，堅定地任膽固醇在口中放肆，大呼過癮。

不管吃與不吃，下水總在那裏，靜靜等待有緣人臨幸。但是別人往往忽略，因為知味者寡。我悄悄點上一碗下水，就像打開一本禁書，《金瓶梅》也不過如此，煙花柳巷也不及它，燈草和尚聞到也會跳牆。

不管是在福建早餐麵線糊裏加的薄片肥腸、用豬肺煲出的不輸豬腿的湯、歡喜熱鬧的芷江鴨雜粉，還是明知不好吃也偏要試試的肥腸酸菜魚，點上滿滿一桌肥腸，如一尊臥佛側躺在湯汁中，界面分明、棱角粗糙、猶如斧劈。真是「環肥燕肥，綠肥紅肥，肥了櫻桃，肥了芭蕉」。

我對下水抱着極大的期待與信任，相比濃妝豔抹的各種新派食物，它們至少不會禍害你。直到我碰到了滷煮。實話實說，我不理解北京特色風味小吃。

我在故宮外的一家小店吃了炸灌腸、爆炒腰花。灌腸其實是把澱粉灌進腸子裏，蒸熟之後用豬油炸，不過要浸透蒜汁兒才好吃。炒腰花又爽又脆，但是不騷就不是腰花了。同理還有「不騷就不是涮羊肉了」「不味兒就不是爆肚了」「不餿就不是豆汁了」。

這還不算由豬肝、大腸、澱粉吉祥三寶成就的一碗

既不炒也沒啥肝的炒肝，炸咯吱要抹上親愛的王致和臭豆腐乳，好端端的羊尾油要炒和豆汁師出同門的下腳料麻豆腐，裏面還摻着味道不明的青豆嘴兒。一盤下肚，目光呆滯。

這一圈吃下來，還怎麼跟人說話啊，嘴裏跟養了個動物園一樣。

不過我記得汪曾祺一段話：「梔子花粗粗大大，又香得撣都撣不開，於是為文雅人不取，以為品格不高。梔子花說：『去你媽的，我就是要這樣香，香得痛痛快快，你們他媽的管得着嘛！』」所以，以此時常警示自己，吃不慣就算了，我管得着嗎？

要理解別人日復一日培養出來的飲食文化，還大言不慚地宣稱自己不帶偏見，還不如去寬闊的曠野，徒手捉住一隻蒼蠅。

看來跟各位吃腸達人比起來，我還算沒入門呢。不過經不住小寬文字的蠱惑，我還是去吃了滷煮。

在簋街邊的小路上找到一家尚未淪陷、命脈尚存的滷煮火燒店，所謂正宗，現在不過是緣木求魚、刻舟求劍。只能儘量找人聲鼎沸的蒼蠅小館，進去之後苦苦尋覓一張剛剛空掉、杯盤狼藉的桌子。

北京有很多有名的老字號都從路邊攤和蒼蠅小館變成了明亮整潔的店舖，在新的街區兀自重新生根發芽。結果大多人按圖索驥的市井體驗之旅，卻付了價格不菲的餐費，吃着味道平平的食物。

那種好髒好亂好快活的江湖況味從良上岸，就像把敦煌壁畫塗得濃妝豔抹，市井的包漿不在了，大師傅還有一樣的好手藝，但是吃起來就是不對味兒。

滷煮店裏只有一個永遠記不清你點了甚麼，忙得兩腳不着地的爽朗大媽，話語間透着爽氣。上錯菜是經常的，理直氣壯也是當然的。還有一個悶頭在後廚煮滷煮火燒的大爺。等了二十幾分鐘，大媽才晃晃悠悠地端來一碗滷煮，裏面五花肉、肺頭、小腸、炸豆腐與大腸共處，燒得你儂我儂，方見英雄本色。真是一碗熱鬧。

對面的大哥風捲殘雲吃完了一份加腸加肉加辣的滷煮，還追加了一份炸灌腸，吃出一頭汗，美滋滋地嘬着北冰洋。

我面對這碗一腸歡喜一腸夢，卻百般為難，下水已經被滷得軟爛了，湯底又鹹又厚重，五花肉肥多瘦少，大腸肥厚，味道十足，小腸內壁上還能看到白花花的油脂。

一團了無生趣的下水。

小腸的爽脆、大腸的嚼勁都離家出走了，有甚麼意思，簡直殺死了食慾。滷汁豐腴，帶着濃鬱的鹹味和下水頗有個性的味道一路往喉嚨裏鑽。一口提神，兩口成仙，三口不過岡。我夢想中的下水神仙聚會出現了，結果卻是一場油膩到無從下口的噩夢，實在是慚愧，葉公好龍啊。

只有吸足了滷汁的炸豆腐兼具口感和味道，這種逍遙

於外的美味，比如蔥燒海參裏的蔥、滷蛋紅燒肉裏的滷蛋、油渣菜心裏的油渣，都是配菜，委曲求全，卻不自暴自棄。它們在小小的配角空間裏輾轉騰挪，滋味豐富又妖嬈。

吃了兩塊炸豆腐，跌跌撞撞走出去，立刻買了杯果汁，讓嘴裏奔騰的動物園收斂一點，下午還要見人呢。

我發現我習慣於把下水作為一種調味、配菜的點綴，站在角落裏唱個和聲。作為主角，把聚光燈打在頭頂上，集萬千目光於一身，反而過猶不及了。

我是一個對飲食有所偏愛的人，好端端大名鼎鼎的北京名吃不找，專自討苦吃找些沉默的餐廳和日漸淡去的下水。門釘肉餅好吃，烤鴨也好吃，涮肉更是妙不可言。我也時時謹記着梔子花的痛痛快快。

可是我依然在沒有人看見的地方深愛下水，我堅信這一點。但是，當我想起這碗滷煮，心裏總是沉甸甸的。

岳陽的城南舊事

岳陽這座城市很小很舊，我的外公外婆在此處老去。

我對這裏的了解不多，來的時間也大多消磨在家裏，很少在城市周圍漫遊。總感覺現在的城市都大同小異，沒有太多差別，連食物都沒有很多特色。只有洞庭湖南路一條街，還保留着不受干擾的原生態小社會，換個說法，就是雜亂又落魄，但往往在這樣的地方最能看到這座城市的獨特性格。

岳陽靠水吃水，在南街上有一個小碼頭。四五條破舊的漁船停在碼頭邊，一箱一箱的鮮魚從船上運下來，一百米外有一個小集市，漁民大大咧咧地把魚往地上一倒，一點都不心疼。

我去的時候是一個陰冷的雨天，濕漉漉的地上佈滿了一毛錢硬幣大小的魚鱗。二三十斤重的大頭魚並排擺在地

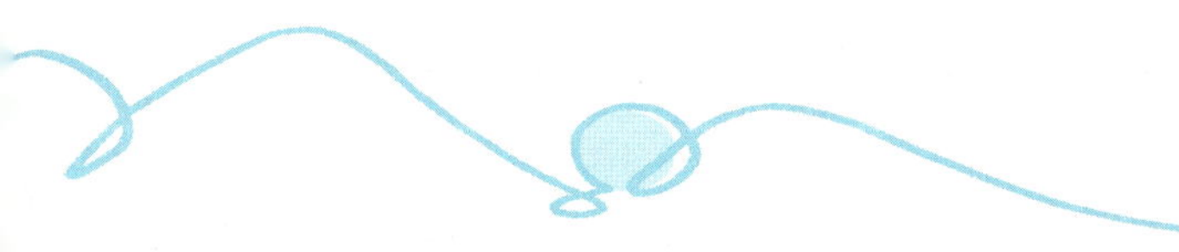

上，蔚為壯觀，剩下的都只能被稱為小魚，小山一樣堆在地上，旁邊還有成堆的蚌。

因為保存條件不好，很多魚一上岸就與世長辭了，即使是長江裏的野魚，也只要三五塊錢一斤。

除了魚，還有湖南人乃至全國人民都熱愛的小龍蝦，春天的小龍蝦還沒有長大，肉也不多，但是已經被成箱地裝起來，放上大貨車，送到全國各地。市場上還赫然賣青蛙和田螺，看來想要一飽口福的人不在少數。

賣黃鱔的攤子上，把黃鱔按大小分成了五六個等級。最特別的，是每個攤子上都有一條棕褐色的木板，斜斜地搭在魚池上，木板的上端伸出一個彎鈎，鈎子上鏽跡斑斑。只要買上幾條黃鱔，小販就利落地把黃鱔從水裏撈出來，把頭穿過鈎子，牢牢地釘在案板上。抓住垂死掙扎的黃鱔，一刀致命，讓牠對接下來的開膛破肚一無所知。木板下面堆着一攤猩紅的內臟，這是攤主生意興隆的勳章。城裏人對此大呼殘忍，這在我看來倒是很偽善的。

只是要記住牠們倘若被料理得很荒唐，那就算不上死得其所，牠們倘若不能活在食客的腸胃裏，才是真的死得毫無價值。

魚的內臟倒是不會被浪費的，魚泡和魚子是殺魚販子的勞務費，被放在一起另賺一筆。魚子剛被掏出來的時候泛着黑色，拿出來放上一會兒就變成了暗淡的棕褐色，足足有一整個手掌那麼長。

岳陽的餐館裏賣一道菜，叫魚血旺，可以想像這些魚有多巨大。

在魚市的對面有一家酒舖，我去的時候正在炒穀子，做穀酒。柴火燒熱大鍋，把稍微發酵過的穀子倒進去翻炒，穀子的香味混着酒的糟香，一陣又一陣地傳出來，炒好的穀子放到陰涼的屋子裏陰乾。我嚐了一下已經做好的穀酒，入口微甜，帶着糧食的香味，入喉時一直隱藏在後的酒精味突然開始衝鋒陷陣，不過依然是很柔順的。配上洞庭湖裏生長的藜蒿，炒一盤臘肉，春筍略微醃過，炒上鹹菜，嘈雜下酒，醃過的倩影下酒，哎呀，人生不過如此。

不過最好的下酒之物，還是一個能吃能喝、能吹能侃的人啊！

再往深處走，是一個嘈雜的漁具市場，漁網吊在門口，連店舖的門面都見不到了，裏面的機器還在不知疲倦地往外吐新織的漁網。旁邊的街上還有塑料的小船，一艘艘不知所措地堆在岸上。魚市的短暫繁華消逝得很快，這裏大部分的街區，都只有本地居民出沒，多數是老人和小孩。

再往深處走，還有一座小寺廟，叫慈寧寺。彎彎繞繞的，很不好找，不過只要找到小鳳髮廊，右轉就能聽到裏面的陣陣佛號了。

寺院很小，躲在居民區裏面，門外的石壁上刻着幾尊佛像，進門是一個供奉香火的門廳，進去爬一道木樓梯才能上到二樓正殿，正殿其實也是唯一一座殿，右手邊是做

早課晚課的地方，再往裏走是三間宿舍，看來最多有六個大師傅。我查了一下資料，看到寺院現在的佔地面積是最鼎盛時期的三千分之一。寺院雖小，誦經的陣勢卻一點也不含糊，站在寺門口垃圾站扔垃圾的大叔大媽也能跟着哼上兩句，看來平時聽得不少。

不遠處還有一座道觀，道觀的建築很特別，除了門口的一張陰陽魚，別的建築在外觀上和寺院別無二致。走到裏面，我看到正殿的圍欄上晾着一圈莧菜，看這個脫水程度，還欠點火候。汪老說，他家鄉尼姑庵的鹹菜醃得最好，每年都要送給相熟的施主，不知道這裏道觀的鹹菜醃得怎麼樣。

我們想在裏面找廁所，卻七彎八繞怎麼都找不到，只好問小道士。小道士點上一根煙，往道觀背後的田地裏一指，說：「你們往裏面走。」

別的地方大多是未成形的旅遊建設區的寫照，老區被騰空了，但是新建設的觸角還沒有伸過來，很多老屋就在風雨中這樣蕭條破落了下去。不過這樣也好，起碼沒有成為濃妝豔抹的商業街區，也還沒有巧立名目推倒重建，只是讓這塊土地上的兒童和老人自由生長。而很多建築作為回憶，也被留了下來。

糖酒副食公司的牌匾、「科學婚育」的宣傳語、寫着毛主席語錄的高牆、紅褪墨殘的舊楹聯都還在。

旁邊就是居民自己維持生活的小店，不論是支個小攤賣肉，順帶賣米粉，還是賣千奇百怪、早就脫離城市的物件，都是原封不動的老城生活。這裏人們的願望也簡單得很，就是努力過好每一個日子。

我知道這裏不是被特意開闢出的一片淨土，而是開發整治的腳步姍姍來遲，因此格外珍惜這些破敗但是純粹的印記。

在無錫吃飯

我是很羨慕無錫人的。三月有馬蘭和薺菜，四月有枇杷、櫻桃和桑葚，五月有楊梅、醉李，六月的湖鮮就好吃了，七月有隔着皮捏軟，就可以插吸管吸的水蜜桃。

八月的水蜜桃就更絕了，本地人說，最好吃的桃子，只有農家才能吃到。要到果園裏，去找果農要不要錢的「壞」桃子。

所謂「壞」桃子，就是放到有點爛的。桃子爛起來和別的不一樣，沒有爛的地方不會有爛掉的腐敗味，哪怕大部分都爛掉了，只留下一小塊好的位置，也是值得的。因為那一小塊碩果僅存的好肉，凝聚了整個桃子的鮮甜，可以用勺子舀出來。還有一種是被鳥吃過一點的。鳥比人會挑，被鳥挑中的桃子往往是整棵樹上最好吃的。被啄過的賣不出去，只能留給果農自己吃，只有專門找果農要才能吃到，是屬於本地老饕的私人珍藏。

我沒有嘗試過這種奇妙的方式，只是道聽途說而已，而且也沒聽過第二個人這麼說。不過由此也可見，無錫人對甜味的追逐可謂走火入魔。

而等到十月就能吃太湖大閘蟹了。一年四季都有時令的食物，真是太幸福了。

三四月的櫻花尤其讓人羡慕，我去的時間有些晚了，早櫻已經老了，但是晚櫻還沒有盛開。不過好在能看到一陣又一陣的櫻花雨，櫻花雨節制、簡樸、物哀、傷逝，是菊與刀靠近菊的那一面。

而且無錫人最奢侈的地方就是哪裏都有公園，犧牲了一大片昂貴的地皮，全部用來建濕地公園。

櫻花落在湖面上，鋪得滿滿的，一般湖面都變成粉色的了。花瓣太多，以致於有小朋友以為是草地，直接跑進去，摔在水裏趴了好幾秒鐘，突然才反應過來，放聲大哭。就有這麼厚。其實最舒服的是搭一個帳篷，一群朋友坐在樹下聊天、野餐。櫻花一片一片落下去，陽光一點一點漫上來。太陽強烈，水波溫柔。

本地人說，小時候在太湖邊，拿一個輪胎，裏面放一個盆子，每個小孩拖着自己的輪胎，跳到水裏摸菱角，一摸能摸出一大串，丟到盆子裏。運氣好的時候，腳底下踩到一塊扁卻光滑的「石頭」，這就是河蚌。

河蚌和金花菜是絕配，看似簡單，講究卻全在字裏行

間透露。金花菜有很特別的味道，但是不濃鬱，配上河蚌的鮮味，再配上一點點酒味，才能激發出金花菜本身的異香。河蚌腥味比較重，不是為了吃河蚌，而是要把河蚌的味道吊出來提鮮，四兩撥千斤。

湯汁清淡，鹹甜兼有，金花菜的味道竟然兼具清新和複雜，餘味悠長，是無法描述的好吃。金花菜還可以配河豚吃，我沒有吃過，我甚至連清蒸的河豚都沒有吃過，只吃過紅燒的，固然好吃，但是遮掩了河豚本身的味道，很可惜。

同樣好吃的是馬蘭頭，一般吃到的馬蘭頭是切碎和香乾涼拌的，無錫人一如既往要往裏面加糖，香歸香，但是我覺得沒有炒出來的好吃。炒出來的馬蘭竟然是不加糖的，在吃了甜到拔絲的醬排骨、冰糖甜鱔糊、甜醬油白蝦之後，終於吃到一盤只有純正鹹味的馬蘭。馬蘭不比馬蘭頭的鮮嫩，稈子和茼蒿差不多粗，但是口感硬很多，纖維粗糙些。馬蘭帶着麥香，還有草本的香氣和厚重，簡直要感動落淚。

說來慚愧，這是我第一次吃馬蘭，但是這簡直可以一躍成為我心中最好吃的青菜。不需要任何多餘的調味來喧賓奪主，只要單純地清炒，加一點點鹽、一點點蒜就足夠了，就是為了吃馬蘭本身的麥味。

可惜只在江南，又只有春天能吃到，估計要成為我心中永恆的白月光了。

還有一道白月光，是銀魚炒蛋。銀魚炒蛋的秘訣在於嫩，銀魚要嫩，雞蛋也要嫩。蛋塊大，中間還有點沒有凝固的蛋液，堪比港式茶餐廳裏的滑蛋，綿綿地包裹在剛出水的銀魚上。銀魚滑溜溜的，肉一抿就碎了，連骨頭都吃不到。

銀魚出水就死，只能吃新鮮的，和白魚是一樣的。本地人說，剛撈起來的白魚，在岸邊買四五十塊錢一斤，半死不活的二十塊錢一斤，而死了的，即使是剛死的，也只能賣十塊錢一斤了。但是進到餐館裏，就完全是另外的價錢了。

這些湖鮮，吃的就是一個新鮮，連幾十公里以外都吃不到，妄說北方。

還有銀魚薺菜湯，將薺菜切碎，略勾薄芡，味道很清淡，但是鮮味橫衝直撞，比蒓菜好吃得多。之前經常吃到的是鄱陽湖的銀魚乾，銀魚乾也是用來炒雞蛋的，小時候家裏常吃，腥味偏重，香味比較羞澀，不輕易拋頭露面，顯然沒有新鮮的好吃。

江南人才有鯽魚吃鱗、甲魚吃裙、刀魚吃鼻、魚吃肚、河豚吃白的資本，真是羨慕死了。

現在應季的還有河蝦，河蝦現在比白蝦好吃，有的已經有蝦子了，但是大部分還沒有。只是簡單過一遍水，肉又甜又軟。有的放到鹽水裏和毛豆泡在一起，有的和醋拌木耳放在一起，別有一番風味。

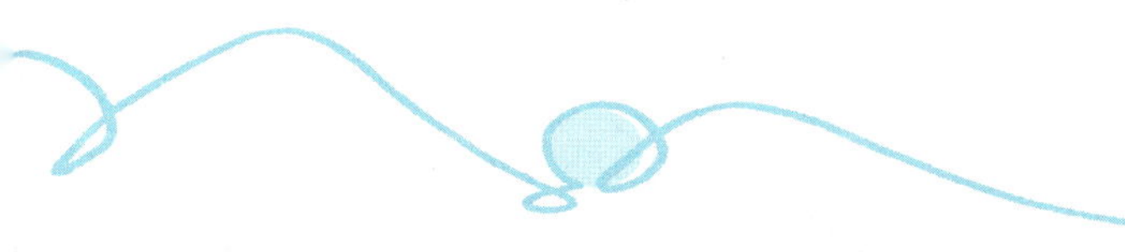

蟹黃蹄筋倒不算特別好吃，提到蹄筋，總好像有一個天山童姥要站出來，矯揉造作地撫臉，故作清純說：「蹄筋，飽含膠原蛋白，童顏永駐的加油站。」不過食物裏的膠原蛋白只與味道有關，與美容的關係差不多是坤坤和廣坤的關係。和蟹粉配在一起，口感未免有一點生拉硬拽的感覺，還不如蟹黃豆腐，簡單又和諧。

無錫的蟹黃豆腐，是真實的蟹黃、蟹粉、蟹腿、蟹膏，而不是一勺內容不明的糊糊，而且價格感人，實在很好。

無錫人上菜的順序很獨特，甜湯是倒數第二個。吃到甜湯，這頓飯就接近尾聲了，不過最後一道，竟然是青菜。甜湯一般是糖芋苗這樣的甜食，算不得一道正經菜，只能算在吃了一桌甜甜蜜蜜炒菜的空當喘息。真正作為湯呈現的，是另外的東西。

比如說醃篤鮮。

醃篤鮮早就大名遠揚了。有人說，在江南語境裏，「篤」既是「文火慢燉」的動詞，又做湯水微微沸騰之象聲。「醃篤鮮」這三個字，醃是鹹肉，篤是製法，鮮是春筍。有鹹肉和春筍微微沸騰的水汽氤氳的鏡頭感，就連那湯水輕滾的篤篤聲似乎也一下子跳了出來，瞬間音畫皆生。

我想像過很多遍醃篤鮮的樣子，結果沒想到簡單得出奇。就是鹹肉和筍。鹹肉好吃，尤其是肥肉。鹹肉不鹹，肥肉也不肥。醃製的過程中，油已經析出了，肥肉變得和膏脂一樣。大火煮製的過程，又把油脂逼到湯裏了，咬上肥肉一口，竟然可以留下兩排清晰可見的牙印。春筍被切成大塊，比冬筍粗糙些，不過和大刀闊斧的鹹肉一起，就像凌厲的郭德綱遇到了溫婉賢淑的「相聲皇后」、王老爺子的寶貝兒子于小謙。

琴瑟和鳴。

烤紅薯的至暗時刻

我們家有一口奇醜無比的鐵鍋，常年在廚房佔據一席之地。這個鐵鍋全職烤紅薯，兼職烤年粑。

我之前從未懷念過家裏那一口醜陋的鐵鍋，也從來吃不出不能得到祝福的烤紅薯和用愛烤出來的紅薯的天淵之別，但是現在我可以了。沒有甚麼訣竅，原則上，難吃的紅薯吃得多，就能看出來。難就難在，烤紅薯要爛出風格，爛出水平。

在這樣的冬日，我所在的北方，大街小巷都開始賣烤紅薯，但是規規矩矩用圓形鐵桶、用木炭烤紅薯的老大爺基本上消失不見了。

一切都在往新穎而庸俗的方向變。

現在看到的大多是一個方方正正的電烤爐，碩大的紅薯一個個被烤得汁水橫流，軟軟的，要用勺子吃。油光水滑的紅薯皮，名字叫甜膩。稀湯洸水，索然寡味，真不知道怎麼下得去嘴。這種沒有靈魂的膩是大眾敵人，要去之而後快。

遇到這種場面，就不能不懷念一鍋周正的烤紅薯了。

鐵鍋慢烤出來的紅薯滲出來的不是汁水，而是褐色的蜜汁，紅薯也是小小的，滿是纖維，在火的炙烤中收縮起來，心已經糯了，外面在糖漿的加持下又脆又香。烤紅薯從來不用看時間的，烤出香味了，人在房間裏坐不住了，紅薯自然熟了。

要是撕開發黑的外皮，裏面的黃肉被烘烤得微微凸起，甚至有點黏牙，這就是我爸最驕傲的時候了。一剎那，一抹強烈刺眼的神聖光芒籠罩在他莊重的臉龐上。凡是焦殼，我都喜歡，常常把烤焦的外層掰下來吃了，剩下的由我爸一併笑納。

城市像一個巨無霸一樣擴張，到最後我能吃到一個周正的烤紅薯，都要感動落淚。滿大街開始賣電烤紅薯的時候，我就覺得大事不好了。

我養成了一個廢物愛好，改變了騎十幾分鐘車去老師家的習慣，轉而捨近求遠，每次在老城裏彎彎繞繞，轉上一個小時。

我在尋寶路上，遇見了提着一兜子蒜和豬肉茴香包子，打了一保溫筒甜沫的大爺；還有護城河邊那個日夜不休的石磨，孜孜不倦地灌滿了無數家庭的麻醬罐子；端坐

在福利彩票站裏面嗑瓜子、嘮閒嗑的老人家；天天聚在橋下打牌喝酒的一群老大爺。

我還遇到過一位神仙一樣的大紅阿姨，她每天坐在菜市場門口評頭論足：「河北的韭菜可不好吃，以後不要買了。」「護城河西岸的那家煎餅店，是老濟南人開的。」「倪氏包子早上八點去，不用排隊。」「王媽媽炸裏脊一定要九點去等第一鍋，後面的油渾了，乾脆不要吃。」

每次路過這位神仙，我都會感覺神清氣爽。要是還從雲煙繚繞的大蒸籠裏買了一個牛肉灌湯包，這一天都會充滿勇氣。濟南的灌湯包不當點心吃，一個一個賣，比普通包子還大，一籠二三十個；元寶形，白白胖胖；餡很粗獷，韭菜、大蔥、芹菜，還有北方人安身立命的茴香，一口咬下去，汁能濺到領子上，一整天都在昭告天下：今天早上我吃了冒着白煙的韭菜包子。

我其實是想說，每週我樂此不疲地去尋寶，是一件總體上來說很快樂的事情。

但是，我也見證了隨着冬日來臨，濟南街頭烤紅薯從無到有的過程，這也是烤紅薯的尊嚴怎樣在冬日全身而退的故事。

烤紅薯先是入侵了報刊亭、小賣部，後來我上學路上的一家滷味店，也開始掛出牌子賣烤紅薯，大湊熱鬧。我看得毛骨悚然、傷心落淚。吃到這樣帶着肉味的紅薯會覺得自己不過是一個酒囊「肉」袋，一堆堆油乎乎的滷味、一地的紅薯皮、塑料勺和橫流的汁水，恰似人生的一片狼藉。

好在沒有多久之後，這家滷味店就掛出了轉讓的牌子，也不奇怪。

濟南除了修不完的路和無處不在的電瓶車，還有逐漸醜得整齊的相似招牌，最讓我難受的是青州糕點舖的角落裏掛着一個小牌子，兼賣奶茶和壽司。牛街燒烤在中午兼賣黃燜雞米飯，我從此連這家的門也不進了。這打碎了我對食物有所執念的全部想像，想着就生氣。那不是饞，只是放肆。

冬天裏沒有一個外脆內嫩的烤紅薯，是無法起床學飛翔的。生活必須還有一點無用的食物與享樂，才叫人覺得有意思。

我要搬出周作人先生說的一句話：「只怕大家太熱心於載道，無暇做這玩物喪志的勾當」，來表示對烤紅薯的想念。

愈是吃不飽的點心、不解渴的酒，才要愈用心愈好。

臭鱖魚與逐臭之夫

臭鱖魚是人間藥引，專治各種食慾不振。尤其是臭鱖魚、紅燒肉、燉豬肚上桌，三連擊來勢兇猛，之前對一桌子肉欲拒還迎、扭捏作態的都市麗人，立刻繳械投降，拌上一碗粉，從食道撫慰到心靈。

快要過年了，該貼的膘已經貼上了，在北方心心念念的吃的也差不多吃膩了，吃不動了，年也褪色了。不過好在還有一枝獨秀、獨孤求敗的「臭」宗，比如說臭鱖魚，還有藏在豬肚子裏暗無天日的獨味孤行者，讓我這樣的逐臭之夫念念不忘，因臭味相投而胃口大開。

就像面對花枝招展的北京姑娘大嚼羊尾巴油炒麻豆腐，我百思不得其解一樣，彼之砒霜，我之蜜糖。臭鱖魚是我的禁書，那裏坐落着最美的耶路撒冷、麥加和菩提迦耶，那裏是腰和腸之地。有的人掩面逃離，我大大方方獨自欣賞，翻來覆去意猶未盡。

和傳統的鹽醃臭鱖魚不同，這條鱖魚是用腐乳醃的。鱖魚懵懵懂懂地在腐乳中游弋三四天之後，發酵味和腐乳的異香深入骨髓，不過臭鱖魚並非以追求臭為己任。腥味隨着水分滲出，鮮味集中度更高，魚肉更加緊實彈韌。

就像鹽焗海鮮，之所以好吃，就是在高溫和鹽分的作用下，脫水之後的肉才緊實，鮮甜味集中在了一起。

但是醃製的時間無法標準化，要根據魚的大小、氣溫變化來決定。尤其是在深圳這樣捉摸不透的冬天，只能當作夏天來醃。這個道理並不複雜，好比你每天和我吃得同樣多，走得同樣遠，照樣長不出與我同樣多的肉，也沒有我日復一日的好胃口。

不過說實話，在掀開生魚盒子的時候，我彷彿看到一團浩然之氣破空而出，有長風萬里之勢。

好在當臭鱖魚伴着辣椒和濃油赤醬，玉體橫陳在碟子裏的時候，就能嚐到它的濃鬱風味與深不可測的鮮美，而這些都濃縮在蒜瓣般的魚肉中了。封藏發酵已久的醇香和江河裏的清新自然濃縮在一起。

很多時候，香和臭只有一線之隔。

肉質結實，筷子稍稍用力，魚肉便如蒜瓣般散開，能大塊夾起。吃到嘴裏，先是似有若無的微臭，繼而鮮、嫩，餘香滿口。沒有拖泥帶水的雜亂調味，而是抑揚頓挫的濃鬱鹹鮮，吃起來無一處多餘筆墨。

除此之外有軟糯的肥腸，腸壁內側留有晶瑩剔透的肥油；也有爽脆的豬肚，一改往日溫潤沒脾氣的平淡，口感上的差異更為豐富，脆、嫩之外，又增添了一種口感——韌；還有被豬油點睛、賦予動物香味的青菜。

當然還有「早夭」的紅燒肉，一上桌就被一搶而空，這裏的大廚做紅燒肉是一把好手。

在老家，紅燒肉是逢年過節桌上必不可少的肉菜，有傳統，無正宗，大家都覺得自己家餐桌上的那一碗最好吃，不知道撫慰了多少小城人的腸胃。

我還記得高中的江西籍年級主任說，她吃紅燒肉吃到上火，所以只能「三言兩語」地在大會上講兩句。

大廚的紅燒肉要先放醋煎，酸味中和肥膩的油脂，高溫使肉的表面變得香脆有嚼勁，同時把肉汁都鎖住，然後耐心地讓肉在鍋裏咕嘟幾個小時。畢竟，時間才是做飯最奢侈的原料。

「鐵鍋中文火煨燉的是偉大的激情。」這是大仲馬說的，真的不是我說的。

這樣一頓飯要吃得牙根發酸，喉嚨裏能摳出豬油來，才滿意而歸。

不知道從甚麼時候開始，越來越多餐廳不管吃甚麼，都要搭配彩燈和火烈鳥，很沒意思。何不專心品嚐土味十足的山川河流，變着花樣取悅自己的胃。

臭鱖魚之於逐臭之夫就是在飽暖之餘，回想起喉頭就像有饞蟲搔抓作癢，一旦得償所願，渾身通泰。所謂「四方食事，不過一碗人間煙火」。粥粉麵飯在日常生活中是再尋常不過的，但還是有食物專門滿足「如果能有這種味道就回家了」的願望。

臭鱖魚是其一，紅燒肉又是其一，與板鴨臘腸幾大巨頭在餐桌上一聚首，這就算是快過年了。

爬窗戶吃的蟹黃包

本來說到吃蟹黃包，輪不到天津發言，畢竟天津人民對煎餅果子的愛，只差抽血時抽出綠豆麵兒了。

我對蟹黃包的了解也不多，生怕唐突了死去的螃蟹。但確實惦記了很久，而且上次剛好和「一品飯搭子」小黑和「醋罈子保衛者」老趙一起來天津學習。

還有吃飯。

我們找到了一家小得不能再小的湯包店。只能從窗戶爬進去，逼仄的小房間裏挨挨擠擠坐了不到十個人。然後從老闆手裏領到「餓的號碼牌」，再從窗子爬出去，站在窗口開始漫長的等待。

廚房的排風扇正對着外面，帶着蟹香的熱風呼呼地往外吹，照亮了暗淡的胃臟，將溫熱的暖流灌入消化系統，讓時間濃稠變厚。等了快半個小時的時候，我們發現展覽和蟹黃包只能取其一——我們原本的計劃是來看展覽，作為食慾大過求知慾的優秀大學生，我對我們的選擇當然諱莫如深，閉口不談。

半個小時後，我們就昂首挺胸，驕傲地坐在小房間裏了。先吃個天荒地老，然後再說其他的。

一張白板上寫着菜單，種類極少。這個架勢就很讓人安心，啥都能做的一家店，味道能好嗎？再不濟些，看到甚麼賣得好，非要擠上前去湊熱鬧，辭典一樣厚的菜單擺在面前，不管做得好不好，你做我也做，非大家一齊做垮了才肯罷手。

選擇越少，才做得越精巧，越多幾分意思。

我們直接掃完了小半個白板，才勉強戀戀不捨地收了手。其實我對蝦餃早就蠢蠢欲動了，但是礙於小黑對我的食量一知半解，而且把做蝦餃這事兒讓給別人，廣東人還真就不放心，只好作罷。

先上了一碗紅豆酒糟丸子，聽老闆說酒糟是自己做的，還能直接買一整罐子走。可能是一個小時的等待讓我期望過高，也可能是我的舌頭習慣了熱烈的香甜，稀釋了之後的酒糟味道未免寡淡，竟然讓人有點失望。

再上了一籠鮮肉小籠包，剛剛的失落立刻煙消雲散。

小籠包沒有不加掩飾的肉香，薄麵皮裹着肉餡，胖墩墩憨態可掬，肉餡不散、成團，麵皮筋道。肥肉成粒，口感彈牙，如果肉餡全部被剁爛，吃起來就死實而乾了。小

籠包鮮美流溢的湯汁來自攪拌在肉餡裏的皮凍，講究些的皮凍要用豬背皮和筋熬成。恰到好處的搭配背後站着一個強大的品味體系。

小籠包亭亭玉立站在蒸籠裏，下面墊着油紙，要趁熱吃，不然底部很容易吸水，變得軟軟的，沒有精神。皮取代了容器，還有遺憾，和小籠的味道融為一體。

用最傳統的竹席也不太好，我至今還記得，濺了我一領子灌湯的牛肉湯包，滿滿的一包韭菜和油脂，歷久彌香，繞樑三日，但是底子凹凸不平，還帶着一股油哈喇的味兒，只看一眼就沒了興趣。

接下來的皮皮蝦小籠包和蟹粉小籠包延續了鮮肉優秀的表現，皮皮蝦清甜，蟹黃厚重。各種風味在太空中碰撞，直到生命誕生。

最後蟹黃湯包顫巍巍冒着熱氣上來了，半透明的麵皮盈盈的，兜着一包汁水，裏面裝着整個湖泊吧。

須得等上三分鐘，不然用力吸一口，能從舌尖燙到心口。找準包子皮上的最高點，比接吻還小心翼翼地抿住，咬出一個小孔。瞬間一股暖流湧了出來，蛋白質和膽固醇在這個含苞待放、吹彈得破的大禮包裏喜結良緣，翩翩落入胃中。讓人深深陷入其中，如墜雲霧，「彷彿若有光」。

老闆反覆強調，要小口小口地抿，像喝茶一樣。果然，每一口的滋味都有變化，從第一口開始，就在呼喚我回來喝第二口。

把汁水吸盡後，倒醋進去，把蟹肉混着薑絲一起吃掉。醋的香氣進入包子，十分悠揚，味道的錯綜複雜和老水手的一生相差無幾。想讓我安靜一會兒的話，就給我一個這樣把湯汁注入靈魂的包子，讓我深深陷入螃蟹快樂而短暫的一生。

千萬不能把包子劃拉開了，湯湯水水都湧出來，一碟渾湯一樣喝掉，辜負螃蟹至此，實在不必再和螃蟹見面。

秋冬之交，螃蟹實在是最美好的存在，尤其是熬禿黃油的時節。貪心地挖一勺灑在飯上，拌上醬油。有味但寡淡的醬油和無味但豐厚的油脂完美互補，聯手讓樸素的米飯超凡脫俗。勸自己今天對自己特別好，還能捂着心口寫論文。沒有禿黃油拌飯的寒夜，最難將息。

老闆也是一個很有性格的人物，他三點多開始就不情願發號了，一個勁兒地把食客往外勸，說一天就這麼幾十個湯包，今天吃不上就請明天趕早了。要是碰上帶小孩的，更是直接請出去，他說排隊的規矩不能壞，但是一排準是一個小時往上，孩子不能餓着，乾脆吃點別的，沒有非吃不可的道理。

碰上不會吃湯包的主兒，他更是比誰都着急，來來回回地叨唸：「輕輕提，慢慢移，先開窗，後喝湯。」最後還要吃出山響。

要是還不會，要用上吸管的，他準要唉聲歎氣一番，大發感歎，說這樣吃味道全無。講究極了。

焦桐曾批評梁實秋吃蟹囫圇吞棗，說嘴饞的話，隨便弄點蛋糊炒一炒或抓幾隻雞腳咬一咬足矣。而焦桐會用注射器將白葡萄酒注入螃蟹口器內，將其灌醉，然後再蒸食，連謀殺一隻蟹的手法都如此雅致。

談到吃蟹，好像總要有幾分這樣的風骨。

我們在小房間裏百無聊賴地張望的時候，小黑說：「咦，你看那張照片是不是老闆？」我抬頭看到牆上掛的照片裏，有一張是老闆倚着一輛瑪莎拉蒂，意氣風發，笑得無憂無慮。

把包子消滅得乾乾淨淨之後，小黑轉身出去，不久提了三塊紅豆餅回來。

對廣東人來說，小吃存在的意義是用來消遣，而非果腹。尤其是在將飽之際，一人吃上一塊外皮酥脆、豆沙清香的紅豆餅，恰好在香脆和柔軟的平衡點上，像在吃一朵很厚的雲。

豆沙軟爛不難，香甜也不難，難就難在軟糯的柔軟沙質，入口即化，伴隨着豆子顆粒般的豐富口感。而且僅有的就是紅豆本身的香氣，而不是用強勢的甜味喧賓奪主，被蓬鬆的酥皮裹着，舌尖和上膛一頂，滿口的酥香就爆了出來。

下了的士之後，我們像瘋狗一樣跑進了博物館，趕上了已經站在展覽入口的大部隊，抹着嘴，真誠而又羞愧地道歉。整個下午，我一邊看展，一邊聞到沾在手上的湯汁久久不散的味道，以致於現在我提起龐貝文明，都能聞到縈繞着的蟹香。

晚些還吃到了故宮的黃酒奶酪雪糕，和老趙一起走在天津的夜裏，撿拾快樂。我不會說海河的夜景是我見過最好看的東西，因為我身邊還有老趙。老趙是一尊多麼美好的醋罈子啊！

蘿蔔失格

過年的時節就是胡吃海塞、吹大牛、喝大酒的時候。但是我發現，我已經過了上桌能吃到雞腿的年紀了。

或者說，我已經過了上桌還眼巴巴望着桌上的雞腿的年紀了，已經不記得當我飢腸轆轆撲向餐桌時，臉上呈現着怎樣的光芒。梁實秋寫過北平年景：「吃是過年的主要節目。年菜是標準化了的，家家一律。人口旺的人家要進全豬，連下水帶豬頭，分別處理。一鍋純肉，加上蘑菇是一碗，加上粉絲又是一碗，加上山藥又是一碗，大盆的芥末墩兒，魚凍兒，肉皮辣醬，成缸的大醃白菜，芥菜疙瘩——管夠。初一不動刀，初五以前不開市，年菜非囤積不可，結果是年菜等於剩菜，吃倒了胃口而後已。」

缺乏和不滿足都可以成為快樂產生的源泉，當所有口腹之慾長期得到滿足之後，年味也離家出走了。

反而是大個兒白蘿蔔拯救了我的胃，這大概便是成年人所謂的口味。

回家第一天，我媽當寶貝一樣從冰箱裏掏出兩個櫻桃蘿蔔，和羊肉一起不由分說燉上幾個小時。除了生薑、大蒜、蔥和我媽視之如命的辣椒，別的一律不准放。

最後肥肉燉得快化了，肥嘟嘟的皮和羊肉屍首分離，蘿蔔也燉得軟爛了，連一點筋骨都沒有。

吃一口羊肉，再吃一口蘿蔔，就像吃一隻被裹在被子裏的豬，但是被子變成了一朵雲。

我媽得意揚揚地說：「這叫『有味使之出，無味使之入』。」蘿蔔的清甜平衡了羊肉的厚重，羊肉的油脂補充了蘿蔔的寡淡，在時間的熬煮下，最終在砂鍋裏達到了無上的和諧。

這一下就打開了蘿蔔之門，終於改變了長期以來我心中的蘿蔔失格。

我以前總看我爸吃火鍋時一定要涮一盤蘿蔔，在我悶頭吃肉的時候，他慢條斯理挑煮得軟爛的蘿蔔下手，完全不顧自己下的肉已被「毀屍滅跡」。

所以我最愛和我爸一起吃火鍋。

後來才發現，吃潮汕火鍋的時候，必點的配菜是蘿蔔和玉米，不為別的，就為它們本身的清甜，才能點撥一鍋肉湯的混沌。

小劉媽媽給了我她家地裏的兩根蘿蔔，我視若至寶，

拿回家燉了羊肉，清湯寡水地端出來，還世界一碗清湯。自己種的蘿蔔長不大，沒有農藥化肥，歪歪扭扭，有點寒酸。

但是蘿蔔在地裏不疾不徐地生長，想長多久就長多久，味道濃鬱，口感緊緻。甚麼半飽奧義通通拋到腦後。

羊肉燉到骨髓和骨頭都分開了，筷子一夾就碎裂成紋理分明的肉絲，往冒着熱氣的大白米飯上澆一勺湯汁，熱氣氤氳起來，一低頭吃飯，眼鏡片兒上就蒙上了白霧，世界一片混沌。羊的一身肥膘有了，蘿蔔筋骨猶存，靈魂也有了。嘴裏達到了微妙複雜的味覺和觸覺的全面平衡。

而在濟南唯一的印象是蘿蔔丸子，不過蘿蔔丸子裏的蘿蔔和老老實實的笨蘿蔔簡直有雲泥之別。

蘿蔔就是一個沒脾氣的老好人，從不喧賓奪主。燉咖喱牛腩是咖喱牛腩味，燉臘骨頭是鹹骨頭味。蘿蔔只是一個微不足道的配角，如果缺了卻總好像少了甚麼，非蘿蔔不能取代。蘿蔔的清甜就是濃墨重彩一鍋肉裏的留白，一個喘息的機會。

我有一次在廣州很貪心地點了一碗純牛雜。我想，蘿蔔就是放在牛肉裏面撐場面充數的，固然便宜，但是省錢事小，因為被蘿蔔塞滿了胃而吃不下好東西，那多可惜呀。

剛開始吃的時候，大嚼肉山是一件很痛快的事，可我沒想到，那就是終點。這碗濃油赤醬的牛雜到最後膩得不行，反而因為沒有了蘿蔔的陪襯而大失水準。

後來我在香港吃了一碗清湯蘿蔔牛四寶，從此之後再吃蘿蔔牛雜，真有除卻巫山不是雲的意味。我至今也沒有明白，為甚麼蘿蔔的清香都被燉到湯裏了。如此濃鬱，以至於湯裏除了濃鬱的牛肉味，有一點點下水不足與外人道的香味，嚥下去之後，還有一股蘿蔔的清甜留在舌根上，久久徘徊不去。

大塊的蘿蔔墊在湯底，蘿蔔按理說應該是切小塊，但是我覺得滾刀切出來，一大塊一大塊這麼啃才過癮。蘿蔔的味道已經被燉出來了，吃進嘴裏淡出個鳥來，但這才是清湯蘿蔔嘛，這就是講究一個去辣化的過程。

祖祖輩輩刀耕火種的人，應季吃有蘿蔔味的蘿蔔，吃有肉味的肉，別無所求了嘛。

尤其是牛舌，舌尖上的舌尖，真好！你可以感受到，這頭牛生前一定是一頭嗓音洪亮、吃得很多的牛大爺，青草的汁液滋潤了牠靈活的舌頭，牛舌又彈又軟，把牠快樂的一生都凝聚在這舌尖上了。

而且牛腩的醇厚滋味不是徑自生長出來的，而是有蘿蔔的清香作為潤色，湯汁在火紅的肌肉間穿梭游動，才帶出了肉味。在蘿蔔牛雜帝國的版圖上，蘿蔔只佔據靜默的一角，但這是多麼美好的一角啊！

魯迅曾在信裏寫道：「海嬰這傢伙非常調皮……他去年還問：『爸爸可以吃麼？』我的答覆是：『吃也可以吃，不過還是不吃罷。』今年就不再問，大約決定不吃了。」

沒頭沒腦在這裏引一句話，一定是過年肉吃多了，被肉塞住了腦袋，所以今年不吃爸爸，也不胡吃海塞。

大魚大肉固然好吃，不過還是不吃吧，能吃兩口清湯蘿蔔就很開心了。

醃菜

經過縮水的東西，都有特別的味道，非經過一段時間不能理解。

就像臘肉，以煙為原料，經過烈火和濃煙的洗禮，塑造出新鮮食材難以比擬的醇厚滋味，做菜時不是主料，但是沒有臘肉提鮮卻不能成全一鍋熱鬧。

還有永新醬蘿蔔，其貌不揚，黑乎乎的一坨。用來煲排骨，燉出一鍋賣相難以言喻的湯水，但味道是極其醇香的，蘿蔔的味道本來就是清甜甘香的，在長時間的凝聚之後，鹹味深入骨髓，帶着一點中藥味，補充豬肉本身的寡淡。

除此之外，臘骨頭也有異曲同工之妙。臘骨頭是臘肉的附屬品，比起臘肉不加修飾的鹹味，臘骨頭既不過於鹹，又有煙熏的複雜滋味，厚重中又多了一層鋒利。

比較特別的是湖南的酢辣椒，把玉米麵和剁椒醃在一起，一個月之後打開罈子就能聞到發酵之後的味道。我避之不及，但喜歡的人視若至寶。加上水，攪開，放在鍋裏燒熟，撒上一把蔥花，平實又帶着點活潑的酸味，簡直就是湖南人的珍珠翡翠白玉湯，單單就着這一碗糊糊，就能哐哐吃下一大碗白米飯。

我怎麼知道的？這要問我媽。

我看到有人這樣比喻：「食物跟人一樣，失去了青春之後才明白，本來就不需要世界那麼隆重的對待。它們正青春的時候，跟我們的青春一樣，張揚着一種無聊的淺薄。但這樣懶懶地曬過之後，居然就變成了另外一種東西。」很妙。

我爸媽是忠實的鹹菜擁護者，我現在還記得小時候家裏有一個大大的簸箕，是用來曬蘿蔔乾的。天氣好的時候就搬到樓頂上，天氣不好就放在陽台上。蘿蔔縮水之後有一股無法形容的味道，口感跟顏色一樣古典，我很不喜歡。最後自家做出來的醃蘿蔔我也是不吃的，又鹹又辣，沒甚麼吃頭，不如外邊做的又酸又脆的好吃。而且只要冰箱放上了醃蘿蔔，吃蛋糕也是蘿蔔味，喝酸奶也是蘿蔔味，這味道簡直無孔不入。

寒假我一回家，就在冰箱裏看見一整個隔層都是醃辣椒、豆腐乳和醃蘿蔔，我立刻對我爸的廚藝水平有了一個大概的了解。之前我總覺得他們對鹹菜的執着，更多是緣於情感因素和熟悉的味道，而不是嚮往。不管怎麼說，鹹菜多方便啊，甚麼主食都能搭配。

辣椒是永恆不變的幕後真英雄，在配菜面前戰無不勝。衝在前面的辣味與墊在後面的酸甜味相輔相成，單純的辣和鹹不是目的，中正平和滋味並重，單一的超強刺激，不能成為主流。

來了岳陽之後，我學會欣賞鹹菜了。岳陽這座小城市有很深厚的陳舊感，連食物也帶上了這樣的印記。每個菜市場裏一定有一個專門的攤位，是留給鹹菜的，而且裏面頗多味道很有個性的醃菜。還有老太太會坐在路邊賣醃過的雪裏蕻、蘿蔔片和臘鴨。連花生和豆腐乾都要滷過才吃。人家門口都放着一排大簸箕，晾曬蘿蔔片，很有排場。剛剛擺出來的蘿蔔還有新鮮的白色，逐漸變黃，逐漸發棕。變成黑色的，不用問，一定是老人做的。

下重辣，下重鹽，下飯。

從上海回來之後，我又十分榮幸地得到老夏指點，一起薅羊毛。老夏問我吃過食堂的一元菜嗎，我說沒有。老夏一臉神秘地說：「你要去試試，足夠鹹，目的就是要下飯。」難道北方不太吃鹹菜？不然還要一元菜幹甚麼，鹹菜為的不就是這個嗎？

不過現在也和原來有所不同了，大部分人吃鹹菜，是因為南方不同於北方，只能靠醃製的手段保留稍縱即逝的滋味。

尤其是春天，很多野菜都冒出了頭，走在江堤上，隨手就能拔到藜蒿，路邊就長着三月三煮雞蛋的地菜花。但是當地人還是固執地要把春天的味道醃起來留住。椿菜、薺菜統統要曬乾，用鹽醃上，好留起來做成小菜，或者煮湯吃。一鍋烏青的顏色，看起來是亂燉，其實亂中有序。就如同回鍋肉，一定要搭配上青蒜，而醃鹹菜要燉豆腐吃。

這個季節，用野菜燉河蚌再好不過。春天洞庭湖的河蚌不是冥頑不靈的橡皮筋，肉鬆軟肥厚了，不過其實也不是為了吃蚌肉，而是用蚌肉提鮮，提出野菜的味道。

藕尖則是配泡椒做涼菜最好吃，就是吃短暫醃製後脫水的脆和清甜的集中，一口風流。

北方冬天寒冷，食物能保持新鮮，所以無須靠醃製來維持，做得多的也不是醃菜，而是醬菜。

之前看王安憶的《喜宴》，孫俠子進城發現別人竟然每頓都炒菜，簡直不可思議。而在自己家裏，每頓飯就是用鹹菜下飯，因此對城市生活既恐懼又羨慕。她雖然走不遠，卻從鹹菜裏初步了解了世界的大和茫然。

在岳陽這座小城裏，老一輩人吃鹹菜和臘過的食物，也幾乎是一種習慣性的動作。而且在所有麵館裏都有兩個大缸子，專門放醃菜。只要點上一碗七塊錢能數出十幾粒牛肉的麵，就可以和一缸子晶瑩剔透的醃蘿蔔、泡菜共處半個小時。路邊攤的醃菜每一家各有不同的好吃，攤主把所有的精力集中在一到兩樣食物上，有大把工夫鉚着勁把小菜做好。

不過湖南女老闆的脾氣是眾所周知的不好，她從二十五歲開始就進入了更年期，一直維持歇斯底里的狀態，好像每天都被人踩到尾巴，也好像她有尾巴可被踩一樣。小攤的裝潢，要是有裝潢的話，也是俗不可耐的。不過想吃一碗好米粉，在踏進小攤的第一時間，就不能在乎這些，就時刻要有放下尊嚴的準備。常德米粉的臊子太小氣，芷江鴨粉的臊子又喧賓奪主，從辣椒裏面找鴨塊成為一種樂趣，將一碗拌粉端上滿是油漬的餐桌，夾上兩筷子醃蘿蔔，又酸又辣又脆。

彷彿五年級的你手裏攥着兩塊錢，戰戰兢兢在小巷子裏穿梭，路兩邊麻辣燙、炸串、炒麵的香味向你招手，而你卻目不斜視地向前走，就是為了吃到巷子盡頭小舖子的米粉，那裏又髒又亂，但是你相信那兒的米粉永遠不差這口氣，而且你還要害羞卻堅定地走上櫃台加小菜。這不是單純的小菜，這個行為本身是多麼成熟，多麼勇敢啊，你是經過多長時間的心理鬥爭才途經千軍萬馬，鎮定地擠上前去，為自己贏得額外的一小碗小菜。

在你的想像裏，你在風雪中的風陵渡口，一家茅草小店，一邊把麵吃出山響，一邊等着雪停，於陰陽明滅之交割、立街燈明滅之道口，筷子就是握在手中的火把，麵碗見底，又要踏上新的征程。

要是有哪個小孩子大方，請客喝玻璃瓶裝的芬達，能帶來整整二十分鐘快樂，還有一個上廁所都不能分開的好姐妹，甜過初戀。喝完之後記得把瓶子還回去，還能要回五毛錢。

反正醃蘿蔔和泡菜都是不要錢的，罈子裏碧綠青黃，碗裏環肥燕瘦，口中嚼出宮商角徵羽。有一家的蘿蔔條特別好吃，沒有完全曬乾，泛着辣椒油的紅光，飽滿圓潤，炒製的時候還加了一點點糖，清甜之餘又增甘香。牛肉麵的湯底湯肥、味厚，吃一大口麵，正好要配上一塊蘿蔔條解膩。從那以後我才相信，那新鮮的一切都是種子，只有經過辣椒的埋葬，才有生機。

最後花費五分鐘在猩紅雜亂的辣椒小丘上尋找漏網之魚。滿頭大汗享用完畢，你和麵才相互得以成全，從食道撫慰到心靈。

韭菜火燒

山東人管圓形的韭菜盒子叫火燒。前段時間去我叔叔家吃飯，吃到了山東姥姥做的火燒。

姥姥的火燒要從和麵做起，麵皮發酵之後被擀成一張薄薄的大餅。在餅上倒上小山一樣的韭菜，輕攏慢捻抹復挑，攤平後再打着圈倒上雞蛋液。韭菜一定要夠嫩，老的口感粗糙，而且也不出汁水，只有恰到好處的妙齡韭菜才能造就韭菜火燒外脆裏嫩的微妙口感。而且雞蛋液也要慢慢倒，從內到外倒得均勻，讓雞蛋和韭菜都變得舒展柔和。

然後蓋上一層餅皮，外圍壓嚴實，在兩片竹板上來回拍打出紋理，就可以在鍋裏倒上薄薄一層油，開始小火烙餅了。小火是為了把雞蛋和韭菜的汁水都鎖在裏面，慢慢把整個餅均勻地烘烤熟了，而大火是急不來的。

要是一開始的餅皮做得毫無破綻的話，最後能看到上邊的一層餅皮慢慢鼓起來，不過餅皮和人一樣都是有破綻的，大部分時間鼓不起來，等到餅皮浮現焦黃的金色，兩面煎脆就好了。烙熟之後，切成小塊，傳出陣陣的香，能絆人一個跟斗。那是從紛繁複雜的新潮菜品的半空中被拉回地面，腳踏實地的感覺。豬肉大蔥餡的也挺好吃的，不過這是我少數堅持認為吃素的韭菜餡更好的時候，腹中菜園不便豬來踏破。

你知道這很好吃，但不只是味道讓你如此印象深刻，而是這種好吃，讓你將之與某個記憶關聯起來。火燒是很有集體感的食物，幾個人圍坐在一起，從廚房忙到桌邊。從和麵、擀皮到烙餅，伴着樓下廣場舞的滄海橫流，弓着汗津津的後背，大家不修邊幅地揮舞起手裏的火燒，吃得汗出如漿。

一定要趁熱立刻吃，外面的火燒皮是脆的，帶着麥香味，香脆撲鼻。韭菜是嫩的，水靈靈的，加上雞蛋在其中鎖住了汁水。而且雞蛋是好蛋，小小的一顆，蛋黃是橙黃色的，沒有過熟的僵硬，也沒有沙質的阻礙，一口下去好像能咬出汁來。兩樣混合在一起，外脆內嫩，吃到停不下嘴。放了一會兒之後，皮就不脆了，沒有剛出鍋的好吃，不過火燒皮熱時脆、冷時韌，也還不錯。

每次吃火燒，姥姥總會多烙幾張餅，留下來做捲餅。捲餅常見，鹹雞蛋不常見。

鹹雞蛋沒有鹹鴨蛋鹹，自家做的口味輕點，空口吃也是可以的。雞蛋不如鴨蛋、鵝蛋有味道，本味內斂，油脂也少，被醃過之後味道凝聚，蛋黃沙質細膩，尤其香。作為調味在烘托菜的清香上不如鴨蛋，但是在平淡的捲餅裏是點睛之筆。

把雞蛋放在餅皮上搓碎了，作為調味的基調，再往裏面放甚麼，豐儉由人，反正一張大餅可以捲一切。一般放上清炒的土豆絲，土豆絲要細，要乾，最好炒得焦一點，嚼起來嘎吱作響。捲餅說不上多麼驚豔，只是搓碎了的鹹雞蛋看着新奇。

這種捲餅最好的地方就在於方便，只要手上有一張餅，就能捲一切。捲餅可以承載無限可能，甚麼都可以捲。捲甚麼都沒有人能跳出來說：「你這不正宗，放生菜簡直就是歪門邪道！」這才是大餅最棒的地方。不管是冷是熱，是葷是素，哪怕是吃剩的菜，往裏面捲就是了。當然最好有鹹雞蛋作為點睛之筆，如若沒有也無妨。

其實捲餅和春餅、絲娃娃差不多，只是粗糙一點。姥姥晚上多做了一張餅，第二天家裏的小孩就能晚一點起床，邊啃大餅，邊等公交上學了。

還有羊肉包子，包子皮薄，羊肉在裏面被塞得滿滿當當，流出的油把包子皮都浸黃了。包子皮就像羊肉的小鬍子，吸收了所有的味道，一口下去各種味道漸次入口。羊肉裏面拌了胡蘿蔔，取清甜味，解膩；還拌了大蔥，是為了去羶，提香。一眼看過去，橙色的蘿蔔、淺綠的大蔥、

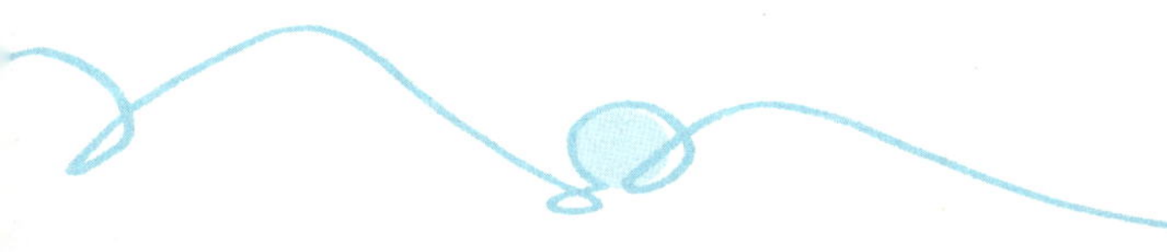

吱吱冒出的黃色羊油，就像打翻了的調色盤一樣活潑好看。先把汁水吸出來，才能下口，肉香撲鼻。羊肉迎着太陽生長，羊肉葉子掉落在羊肉草坪上，你看見那些羊肉樹了嗎？

更山東一點的吃法，是把泡臘八蒜的醋汁用小勺子舀出來，倒在包子裏吃。醋汁既帶着蒜香，又能解羊肉的油膩，一下子讓人胃口大開，把包子吃得乾乾淨淨，不給他人留下一粒糧食。之前我不懂山東麵食的妙處，還說了不少壞話，常常腹誹山東人吃飯就是大餅捲饅頭就米飯吃。

吃了平常人家自己做的麵食之後，我才發現山東麵食不是不好吃，而是在外面吃飯時別人做得總不用心。麵食要做好了，工序複雜還賣不貴，乾脆湊合着做了。可是吃頓好的，誰還吃麵食呢？飛禽走獸作為大菜硬菜輪番登場，杯盤狼藉，盤子一個疊着一個，骨碟換了三四輪才算是吃好了。講究造型多過食物本身，努力顯出比自己本來面目更好的樣子。可是這種場面上，吃飯就跟結婚一樣，明明是最主要的東西，往往退居二線，沒有人真的在乎吃了甚麼。因此我留下了山東麵食不好吃，也不講究的印象。

在吃到姥姥做的麵食之後我才突然發現，原來山東麵食是很好吃的。

姥姥做得多好說來也未必，要說特別厲害也談不上，用相聲界的話說，「得虧同行襯托」。姥姥做麵食幾十年，隨便做了都毫無懸念的好吃。也沒有高超的招式，只能聽見鈍響，此時無招勝有招。姥姥做飯，在溫和裏帶着一種倔強，我問姥姥麵食怎麼搭配，姥姥看了我一眼說：「你配乾的配稀的，不噎着怎麼搭都行。不能用正不正宗來給食物貼好吃不好吃的標籤。」

姥姥做螃蟹也一樣簡單，清蒸，蘸着薑末配醋吃。蟹肉，鮮甜軟嫩，醋，綿甜酸香，勝卻人間無數。其實不配醋更好吃，免得奪了本味，主要是螃蟹新鮮。北戴河的螃蟹沒到季節，沒黃沒膏，肉也不夠多，還有着淺灘的土腥味，那是渤海特有的質樸。但是在這個季節還能入口有甜味，那是非常幸福的螃蟹了。

南方麵食和北方麵食完全不同，《隨園食單》中袁枚把麵條歸於點心之中，只是壓壓饞念，是點到為止的，麵條不作為主食出現。點心點心，只是作為點綴，跟一口一杯的茶、一嗑就是一下午的瓜子是一個意思，嗑與不飽都是途經，消磨時間才是終點。

李漁在《閒情偶寄》裏寫道：「凡治他具，皆可人任其勞，我享其逸，獨蟹與瓜子、菱角三種，必須自任其勞。旋剝旋食則有味，人剝而我食之，不特味同嚼蠟，且似不成其為蟹與瓜子、菱角，而別是一物者。」

果腹是一回事，兩兩結合碰撞出的食慾是另一回事，對吧？

在南方，叉燒包、奶黃包也要有着像白雲般鬆鬆軟軟的皮才好，之前我總覺得北方喜歡一團了無生趣的麵，放

點鹽，加熱一下，這對南方人而言有甚麼意思？簡直殺死了食慾。

在很多地方吃飯還是要上館子，家裏比不上大師傅的經驗豐富，也做不出複雜又精細的步驟。但是最普通的麵食，這種憨厚的北方食物，還是要在家裏才最好吃，只要略加講究，肯下功夫，肯用材料，沒有不好吃的道理。

在油麻地晃蕩

我和成哥站在馬會獎券公司一群叔叔大爺中間，鄭重其事寫下了一串數字。這些數字不是暗藏深意的幸運數字，就是日期和時間的奇妙組合。在下注的那一秒鐘，我真誠地相信我要低頭認命成為億萬富翁了。從馬會春風得意地出門的路上，我和成哥已經計劃好了，把錢上交買兩棟獨棟之後，剩下的都拿去支持實體經濟的發展，讓那些燈紅酒綠之地走向我們，也算是無私地為社會經濟發展盡了一份綿薄之力。既然手裏握着四個億的獎券，我們就決定率先支持清湯牛腩產業的實體經濟發展。

九記總店排不到，就去油麻地的分店。大師傅瀟灑得像音樂節上的搖滾明星，燉牛腩大鍋的蒸氣讓他們敞開襟懷，埋頭在一片雲山霧罩之中，大汗淋漓地使出渾身解數，捧出一份份鍋氣之作。

我點了一碗牛腩撈麵，配一碗清湯、一杯凍奶茶、一碟炸雲吞，成哥將將吃一碗番茄牛腩。很簡單的一餐。這種食物雖然不會讓你太開心，無論如何不會讓你不開心，很單純很舒服的一頓飯。

撈麵是竹升麵，細細的，很彈牙，精髓在於麵條剛剛斷生，還有一點硬，裹上鹹甜的醬汁作為新裝，很好吃。軟嫩的牛腩中間有一小層筋脈和肥肉，提供韌勁和油香，打斷瘦肉略顯枯燥的獨唱。我一直覺得瘦肉中的肥肉才是神來之筆，肥肉獨當一面顯得肥膩，但是在瘦肉的單調中出現一下子就變成了無盡藏，軟糯膩口，一下子就在口中蒸騰出溫飽之上的幸福感。

但是最好吃的，其實是最不顯山不露水的蘿蔔。撈麵略乾，蘿蔔一筷子下去就有一包汁水湧上來，又浸染了牛腩的味道，而且燉煮的清湯裏還有乾貝提供鮮味，一塊入魂。兼具清爽和細膩，像一個素顏美女，像胡蘭成唸唸不能忘的小周，走得並不遠，但包容了複雜與繁華。

吃一口麵，吃一口牛腩，喝一口湯，胃口實在是不足以承受我大大的夢想。

炸雲吞妙在不是單純的脆，而是皮酥肉嫩。酥是一種很微妙的口感，有一種美人「薄命」的感覺，輕薄酥脆，彷彿隨時要紛飛四散。我現在都還記得，很早以前我媽打麻將的朋友家旁邊有賣金黃酥脆的炸雲吞，是那種大大咧咧、不修邊幅的街邊小吃，只有作為封口費時，我媽才會讓我吃。

香港的炸雲吞講究得多，料也是扎實的大蝦仁，蘸上酸甜口的輕薄調味汁，抵消了炸物的油膩。美中不足的是只有五個，可是我們有兩個人，「二桃殺三士」說的就是這種劍拔弩張的局面。

吃完抹抹嘴，滿足地走出來，我跟成哥說這樣吃飯才舒服嘛，沒有壓力。

我們第一次在香港見面吃日料放題。和牛配昆布清湯，燙一片吃一片，一點醬汁都不蘸，慢慢吃牛的本味。甜蝦、牡丹蝦、北極蝦輪番上陣，還有薄如蟬翼的和牛刺身、肥厚的鵝肝刺身，吃完還要發表感言。最後抱着三個大大的蛋糕盒踏上回家的高鐵，那種甜甜的蛋糕帶着蠻不講理的甜膩。

好吃是真的，但不是昏昏欲睡的課堂上，突然從你腦子裏咆哮着蹦出來的渴望。壽司其實不就是一碟很小很小的碟頭飯嗎？Lady M就是蛋餅加奶油複製粘貼嘛，哪有那麼多不得了的講究。

如今金錢豹倒閉了，三千蕭條了，王品也今非昔比了，讓人唏噓不已。還是隨意的小吃好，哪裏都有。這裏沒有了，大不了換一家；這家不好吃，也不過是微不足道的一點損失。我問在香港讀書的朋友一般去哪裏吃，她說：「哪家便宜吃哪家啊！都是差不多的東西，便宜就賣得快，賣得快就新鮮啊！」說得好有道理。那些在飢寒交迫之際想吃的東西往往是最平凡的，畢竟這世上沒有包治百病的鵝肝和 Lady M。

街上下着小雨，我們漫無目的地在街上遊蕩，反正不緊不慢才是遊蕩的意義所在，甚麼時候摩天輪會提速呢？

看到遊戲廳，進去轉一圈，我發現香港的遊戲廳還有20世紀八九十年代的老舊味道，靠着牆壁放了一圈遊戲機，最裏面的一面牆是一塊大屏幕，屏幕前放了一排凳子，大家像小學生一樣端坐着，盯着屏幕賽馬。

走出來，我看到路上有一個小到不能再小的攤子，坐着一個戴着放大鏡眼鏡的老伯伯，專門修古董鐘錶，上面鄭重其事寫着「精工修理世界古今各種鐘錶」。最有意思的是還貼了一張小小的打印紙，上面賦詩一首，稱讚修錶師傅的手藝一流，署名「百萬富翁作者」。

在香港街頭總能看到很多工作的老人，他們不相信氣勢磅礴的話，也不是任何東西的虔誠信徒，他們只是很認真、很執着地生活着。哀怨苦樂從生活裏來，這樣人生才有分量。

我又晃蕩到油麻地的果欄，這裏早上六點之前批發水果，六點之後零售。

之前我看過各種昂貴又精緻的水果，比如說月見柚被形容為有內酯豆腐般的溫柔口感，可是柚子為甚麼要吃起來像豆腐？那像是對我這盆奇形怪狀的老盆景下了一場雨。

這邊的水果市場賣各種進口水果，主要追求高質量，也不是靠一味的甜麻痹你的舌頭，奇異的創新也不是主流。

周正碩大的草莓、團頭團腦的杧果、滿面紅光的櫻桃、表面油潤的山梨串提、飽滿圓潤的韓國梨，如果不看價格的話，一切都是恰到好處的完美。除了比較少見的麒麟果、釋迦果、火參果之外，大多是常見的水果，不過在質量上已經做到極致了。這樣質量的水果，回去買只會更貴，還未必新鮮，各取所需而已。

說是市場，其實只有兩條垂直的小巷子，畢竟寸土寸金的地方，只能靠每個商戶絞盡腦汁、三維立體地擴大自己的店舖了。向深處、高處、遠處擴張，水果箱排列組合堆疊在一起，比華容道還精妙。飽滿鮮豔的顏色簇擁在眼前，實在是賞心悅目。隔着雨看街道，隨便逛逛就到下午了。一天好短。

對了，關於那張彩票，開獎之後好多天我們才想起來這茬。驚喜地發現我們完美避開了每一個中獎數字，這也是一種了不起的能力，很不容易。

潮汕雜鹹

潮汕白粥帶着濃稠的米漿，米粒在將開花又未開花之際徘徊，既不會糜爛，也不會生硬，飽滿又黏稠。成哥跟我說，白粥的精華在於米湯，米的餘香全在湯裏。不過喝潮汕的白粥，小菜是一定要拿最佳配角獎的。

小菜被稱為雜鹹，是用來配粥的，都偏鹹，空口吃下去雖然不至於鹹到質壁分離，但是味道相當的霸道，配粥一流。雜鹹小小的一碟，不佔肚子，你方唱罷我登場，匯聚了山河湖海的味道，水深浪闊，二三十碟擺滿桌子不太困難。

普寧豆腐外面酥脆，裏面綿密嫩滑，本身是沒有調味的，要配韭菜鹽水吃。韭菜鹽水能一下子激發出豆腐本身的豆味，而且伴隨着油炸外皮的焦香。最妙的在於外皮酥脆，被炸出了很多孔洞，鹽水鑽了進去，緊緊包裹着豆腐細嫩的身體。豆腐一般是三角形，而不是規整的正方形。奇形怪狀的外表被鹽水包裹，兩個分開時都平淡無奇，入口不僅不驚豔，甚至沒有任何有吸引力的東西，組合在一起卻一下子落地生根，竄出一片森林來。鹽水和炸豆腐的絕美反應烘托了濃鬱的豆味，猝不及防往嘴裏打了一拳。如果稍微放一點辣椒在蘸水裏，辣椒讓豆腐的層次又複雜了一點，先是放了一把大火，燒完後是慈眉善目的溫柔。

薄殼米炒金不換是潮汕特有的小菜。薄殼像很小的蜆，一口下去沒多少肉。我看有人寫過：「我成了一個乏味的中年男人，有次酒後去吃夜宵，看到店家有海瓜子，就叫了一盤，吃着吃着我突然明白了，這種東西吃再多也不佔肚子，但嘴上手上一直在忙，就像我們無望的人生，總要做點甚麼，假裝有意義。」

薄殼米是剝出來的薄殼，也許有人會覺得這像嗑好的瓜子一樣失去了樂趣，但是吃起來爽快很多。薄殼就像一個小香油瓶子，金不換也叫羅勒，帶着異香，和薄殼一起鮮上加鮮，讓味蕾打了個哆嗦，沒有一大口白粥根本降不住。

還有幾道微甜的雜鹹，與江浙地區的甜不同，潮汕菜的甜一般不是依靠砂糖來調味，砂糖雖甜，但甜味單一，草本的甜度雖不及糖，但擁有植物的香氣和厚重。比如說燉鵪鶉蛋彷彿有豬腳薑裏燉蛋的複雜味道，說不出來加了甚麼，只是能感覺到下足了功夫。

燉苦瓜是一道很講究潮汕哲學的菜，堅持大巧不工的基本烹飪原則，在砂鍋裹燉一小塊五花肉，讓苦瓜的單薄餘味帶上快樂的油香。胡蘭成說：「西洋沒有以苦為味的，惟中國人苦是五味之一，最苦黃連，黃連清心火，苦瓜好吃，亦是取它這點苦味的清正。」

東方飲食文化背後的深厚文化底色在苦瓜身上體現得淋漓盡致，但凡吃東西都要在吃之外尋找寄託，就像蘇軾在《老饕賦》中記錄：蜂蜜煎熬的櫻桃、澆上杏酪的蒸嫩羊、酒漬半熟的生蛤蜊、糟入味的鮮螃蟹，這是文人大夫的菜餚。

苦瓜的苦是一種形而上的飲食哲學，也符合廣東人一年四季不停歇的清熱解毒需求。很有意思的一點，潮汕菜很少做純素的，素菜裏面一定不會缺少油香，炒菜心要放油渣，上湯青菜裏也要放上幾片偏肥的豬肉提香。

還有一鍋清淡的白果燉百合，白果微苦，百合微甜，只加淡淡的鹹味，讓它們融合在一起。沒有一個橫衝直撞的味道，每一種味道彼此襯托，恰好陪襯着食物的本味，方才造就出「若即又若離」的效果。

就像林和靖一樣略顯矯揉造作的雅士，連吃飯都要講究格調的高低，他記錄過一碗泉石羹，用在溪澗撿到的有苔蘚的白色小石子，取一瓢泉水煮羹，煮出來的羹有泉石韻味。講究的就是這樣以餘味定輸贏。

周作人在《南北的點心》裏說，麵條只是零嘴。在廣東吃飯也常有這樣的感覺，一份炒粉、一份菜飯、一份粥，好像一頓飯才將將吃飽，不論是麵還是飯，都是吃個意思而已，不是當主食吃的。

還有比較特別的有涼拌麻葉，麻葉與蒜末和普寧豆醬同炒。麻葉有一點淡淡的苦味，先焯一遍鹽水再炒，脫水了之後風味凝聚，吃起來很清爽。普寧豆醬是潮汕飲食中讓人難以捨棄的調味品，既承擔了鹽提供鹹味的重擔，還有旁逸斜出的獨特風味，我要多見些才能講得明白。

不管吃了多少讓人眼花繚亂的雜鹹和燉菜，最終還是要回歸到一碗素淨的白粥。就好像成哥跟我說，不管到外面吃多驚為天人的東西，回去之後一碗白粥落肚，才突然感覺，真的回家了。

夜糜我很少吃，我適合陪伴滷鳳爪、炸豆腐這樣鬧騰的配角。白粥於我就像一盆幽蘭，不能多曬太陽，只能偶爾搬出來曬一曬。相對於別的菜餚，白粥更加收斂，收斂到幾乎只是關於火候的精細。

偶爾浮光掠影地探味，只能說出看得見、嚐得着的東西，儘量用文字延長口中的餘香。

一家早餐店

對我而言，再好的早餐店都是繡着花邊的抹布，不為別的，只是因為在我雜亂無章的時間裏並不存在早上。沒有事情的早晨，我一定在睡夢中度過。

但是早餐店恰恰是最能表現城市性格的所在，即使正餐特色在全國逐漸統一的當下，早餐還能夠突破重圍，滿足眾多「地頭舌」，是多麼不容易的事啊！於是掙扎着早起，去了一家很有意思的早餐店。

在沙井的一條亂糟糟的窄街上，唯獨有一家店熱鬧非凡，哪怕是一牆之隔的隔壁都食客寥寥。店外支着一個藍色的大棚，幾個手腳麻利的大叔大媽各司其職，忙得連抬頭的工夫都沒有。

燙河粉的大媽頭也不抬，從白花花的河粉山上抓一把河粉，熟練地讓河粉劃過一道弧線，重重地砸在沸騰的鍋裏。水花四濺之際，她已經回身盛好了一碗早早燉好的湯底，再一次回身就用漏勺把懶洋洋泡澡的河粉一網打盡，順便從鍋裏舀上幾片代表均衡健康的青菜。用力上下甩手臂，起伏程度要比你那峰迴路轉的人生還要跌宕。緊接着河粉被扣到大碗裏，早就摩拳擦掌的另一個大媽緊握接力棒，麻利地澆上調味汁和肉碼。最妙的是一勺浸在油裏的炸蒜蓉，對咀嚼粉裏金黃焦脆炸蒜蓉的渴望，就是弗氏所說的口慾在人心底的無限期潛伏吧。

一位年紀略大的奶奶捧着這碗火炬，在食客目光的洗禮下，穿過重重人海，將這碗飄着熱氣的河粉捧上等待已久的餐桌。那氤氳的熱氣，在那一刻被稱為「日照香爐生紫煙」也不為過。

還有做腸粉的大叔，每次在米漿上啪地甩上一勺肉末，米漿四濺，在鐵桌上留下一幅幅寫意畫。

跟鐵血柔情的大叔平分天下的是做蒸雲吞的大媽，蒸雲吞講究現包現蒸。

一盆肉末足夠阿姨忙活一早上，換言之，勺子蜻蜓點水在盆子裏掃過，再在雲吞皮上風輕雲淡地掃過，留下一點讓人意猶未盡的肉末，對於一個小巧的雲吞來說，這就足夠了。包好的雲吞像一條條排列整齊的小金魚，蒸好之後從籠屜的蒸汽裏游了出來。大媽用兩片鏟子鏟起來放到盤子裏，青菜像水草，它們在醬油的海洋裏遨游。

負責點菜的大媽比被踩到尾巴的貓還暴躁，人稍微一遲疑，就要接受她的白眼問候。不過不能怪大媽暴躁，看看人滿為患的店舖，就知道她煩躁的源頭和底氣了。

早餐店裏忙碌的人們年紀都不輕了，年紀最大的奶奶都七十多了，還在顫顫巍巍地擦桌子、端碗，所以讓人怎麼都急不起來，而且這裏哪有人一大早就焦頭爛額，像百米衝刺一樣吃早餐的。

四處支棱起來的摺疊桌椅叫人縮成一根麵條才能勉強走動，被你撞到的本地人趿拉着拖鞋，從薄薄大褲衩裏伸出兩條懶洋洋交叉着的腿，還要朝你嘟囔兩句顯然來者不善的話。但是你就是要坐下來，像包法利夫人一樣在各個碟碗之間流連忘返。

第一碗讓你歡呼雀躍的米粉很快就被下一碗河粉取代了，然後你又發現下一碗上桌的腸粉更勝一籌，當你發現在濃妝豔抹的群芳當中還是細膩的米粉最耐吃，早就被人橫刀奪愛了。最後只剩下笨拙的腸粉，而你像羅多爾夫一樣喋喋不休。

大部分早餐店都默默無聞地隱藏在城市的一角，從來沒有被熱捧過，也很少有人千里迢迢慕名而來；也沒有多麼讓人眼花繚亂的食材和技術，不過是用普通的食物，以靜水流深的力量日復一日地撫慰每一個早起奔波的街坊。換言之，一個有人聲鼎沸的早餐店的地方也是幸福的。

我在廣州實習的時候，最快樂的事情就是能早一點起來，慢吞吞坐在樓下的早餐店裏用筷子撕扯腸粉，慢吞吞把冰涼的綠豆湯喝到見底，心滿意足地開始這一天。要是起晚了，就只能匆匆擠上公交車，在車站急匆匆買上一個從清早就呆立在那裏的豆沙包，另一隻手護着甜膩膩的豆漿，一邊在車上搖晃，一邊品嘗生活的苦澀。這樣的甜膩很苦，可是再苦也沒有裝着一肚子沒有溫暖的食物熬一個上午苦。

尤其是在車站一邊等車，一邊剝雞蛋殼的時候，感覺自己和手上蒼白的雞蛋別無二致，寡淡、無味，還被剝奪了原本的生命力。

在粵東吃早餐

如果說深圳、廣州的清晨姓腸名粉的話，潮汕、客家的早晨名字就數不盡了。

一直困擾我的地方在於，在梅州有很多以「粄」為名的食物，比如說捆粄、鼠尾粄、菜粄。後來發現，所謂粄的意思就是一切米漿製品，前面那個詞可能是做法，可能是材料，也可能是形狀。

萬變不離其宗。

豐順的早餐店很簡單，店員就是一對夫妻，加上幫手的小兒子。店裏只有三種菜，捆粄、腸粉和蒸餃，簡單得不得了。捆粄的麵皮和腸粉是一樣的，只是稍微厚一點。

老闆娘負責製作，把米漿在籠屜上攤勻，蒸熟之後倒在蒙了紗布的桌上，用一塊塑料片切成兩半，舀上提前炒好的餡。餡有很多種，最有當地特色的是筍。筍一定要新鮮，稍微泡過一會兒鹽水發酵之後，被切成碎粒，伴着肉末和酸菜一起成為吸引人一直吃下去的深井。粄皮左右兩摺，上下兩摺，像冬天的你把自己緊緊裹在被子裏一樣，再用保鮮膜裹一圈。這就做成了。

這是說不上特別好吃的食物，樸素得像這間早餐店裏忙碌的一家人。

小店的蒸餃和腸粉裏大有名堂，和廣府吃法並不相同。客家人很喜歡用蔥油和蒜油，炸過的蔥段和蒜末是每一口的小高潮。溫柔包裹着腸粉和蒸餃的油格外香，跟單純的醬油一比立見高下。緩緩咀嚼，米香混着油香，香氣層次慢慢被解鎖，哪裏還管一大早吃這麼油膩的東西健不健康。

只有這樣濃鬱的味道才能喚醒依舊昏昏沉沉的靈魂啊！

一邊挑挑揀揀選蔥段最多的那塊腸粉，一邊看到隔壁的燒臘舖子開始斬件了。年紀不大的姑娘手法熟練，寥寥幾刀剁碎燒鴨，將其堆在打着紅光的玻璃櫃裏，充滿香氣的一天就這樣開始了。

到了潮州，又不一樣了。

潮州的早餐店更有刀光劍影的意味在，灶台的火焰噴得老高，用了不知道多少年的老鍋上全是大火燒灼的痕跡。依舊是大媽掌勺，大叔只有澆調料，打打下手的份兒。大媽右手邊有一口永遠翻滾的鍋，裏面一團團翻滾着

的麵，有鼠尾粄，也有我的醃麵，我很疑惑它們在風起雲湧的鍋裏怎麼不會變得不分彼此。大媽面前的小鍋煮着豬肝、粉腸、肉丸和珍珠菜。容不得我想通，大媽手一抬就把大鍋裏的老鼠粄甩到小鍋裏，在小鍋裏伴着豬骨湯翻滾片刻就出鍋了。

要是有人點雲吞的話，大媽就在煮麵的同時回身一個一個包雲吞，就像有三頭六臂一樣，一刻也不耽誤。

最後大叔很大方地舀上一勺炸蒜，敞亮。

很特別的是珍珠菜，大概只有在潮汕地區才能吃到了。潮汕有很多獨特的野菜，比如下在牛肉火鍋裏的鼠耳草，雖然很苦，但比不上麻葉。還有作為涼菜的龍鬚菜，簡直讓人懷疑走進了一片無人問津的原始森林。

珍珠菜略酸，纖維很粗，有野菜特有的野香。與豬紅、粉腸、瘦肉相配，吃前要撒一層白胡椒麵。最畫龍點睛的是湯裏面加了細細的芹菜末，芹菜的運用在潮汕菜裏簡直出神入化了，時不時就作為調味品出現。芹菜突出的味道因為細碎而沒有被強調，但是脆脆的口感掩蓋不住鋒芒畢露的味道。就像在昏昏欲睡的下午，數學老師站在講台上開始講導數第二問的第三種解法的時候，你焦躁不安的雙手摸到抽屜裏被遺忘的小餅乾的竊喜。

吃醃麵的時候，一定要洋洋灑灑加沙茶醬，灑上幾滴醋，用筷子尖挑一小撮當地的辣椒，大方地舀炸蒜，舀到老闆要搶你的勺子。伴着豆芽和芹菜末，一口咬下去，鮮味一下子頂到腦門上，有點上頭。在既有鹹香和油香，又有沙茶醬的鮮甜，再有絲絲回味的香辣面前，曾讓我魂牽夢縈的腸粉黯然失色，嫩滑、內斂的豬肝相形見絀，一切花裏胡哨的食物都是鋪墊，只有這碗醃麵是人間短暫卻又真實的快樂。

如果說這碗光靠調味濃妝豔抹、賣相平淡無奇的醃麵略顯俗氣的話，那我就是俗人中最俗的那一個。

寫在二十歲的開頭

十二月中旬，宿舍年方一歲的晾衣架壽終正寢了。在它掉下來的那個晚上，我在關燈之後坐在桌前打字，一扭頭看到了月亮，這才想起來，很久沒有看過這麼圓的月亮了。在這個滿天繁星的冥冥之夜裏，我終於重新擁抱溫柔的月亮。

突然之間一種情緒湧了上來，這種情緒像黃昏的霧，起初毫無察覺，卻逐漸變得越來越濃，籠罩滲透生活的時時刻刻，埋下的草蛇灰線，讓平素緊密的嚴絲合縫都鬆動了。

這根不超過二十塊錢的晾衣架是我們宿舍入學的時候集資買的，它在濟南的時間和我在濟南的時間幾乎一樣長。沒有想到我來北方這麼久了，久到很多我不習慣的事情都變得習以為常了，而曾令我感到厭倦的家鄉變成了掛在嘴邊的懷念。

之前深圳二三月的回南天總讓我不勝其擾，感覺被子裏充滿了水分，但用最大的力氣都擰不出來任何東西，明明被水包圍卻無可奈何，讓我快要做出失足掉進冰河裏的夢來。而且這個我身處的貧雪城市，玻璃上都貼着仿製的雪花，卻只是求而不得的自我安慰。

我想無論如何都要離開南方，最起碼要去一個沒有蟑螂的地方，一個有雪的地方，一個四季分明的地方，一個遠離過去一切的地方。而在濟南，我毫無準備，一頭栽進一個深淵。

當一場熾熱的夢煙消雲散之後，我度過了平淡無味的秋天和冬天，抵達之後的深刻失落顯得格外真實。那個時候，好像總是等待一場雨，和一個回家的藉口。

我常常坐在一桌層層疊疊的硬菜前面，「粥！」腦縫中蹦出個石猴，翻騰起來，翻來覆去意猶未盡。味覺總是說真話的，對待無謂的細枝末節態度很嚴肅，就像重慶姑娘啃完一本五百頁的專業著作，總要到天橋下吃四十根串兒、兩碗腦花，那顆湧動着詩意的心才得以安放。

南方人在北方卻頗有獨味孤行者的寂寥，陳導兒說：「在廣州為吃甚麼煩，就像一個光着身子、蕩着胸的少婦，對着六櫃子衣服跺腳說：『哎呀，沒衣服穿啦！』真是一種不要臉的優越感。」在北方的確是貧瘠又乏味，這種不適讓我出發時那種山河不再、負隅頑抗的壯烈突然都煙消雲散了，但是不管吃甚麼，吃完之後抹抹嘴，我還是要背上書包，去學校，做祖國的花朵。

我吃着只能聊以慰藉胃腸的牛肉火鍋，喝着欺騙味蕾的糖水。在臨近放假的時候，我推掉了所有的旅行邀約，突然好像明白了春節包含了無數的節日意義，但這全都指向了同一個終點——回家。在異鄉有不少朋友，卻仍然逃不開不期而至的無處遁形的感覺，回家就是一煲砂鍋粥安穩妥帖倒進肚子裏的感覺。木心曾說：「沒有比粥更溫柔的了。」

這一年書讀得少了，動筆也少了，也許是懶了。硬要狡辯一下，只能說我覺得無論是寫書還是讀書，要對得起死去的森林。

我總送別人的一句話：「凡是過去，皆為序曲。」說實話，說的時候連我自己都不敢信，畢竟我把日子過得這麼荒腔走板，序曲倒總歸是序曲，是甚麼序曲就真不好說了。其實我怕的不是辛苦，是荒廢，在自由表達的邊界，我能徘徊多久呢？但是在我有限而狹窄的想像力邊框之內，我也不知道怎樣才算是不荒廢。

讀書很少，還特愛思考，人就容易彆扭。我彆扭了很久，直到我聽到了振聾發聵的一句話：「人，認認真真搞砸一件事，就很不容易了。」

所言不假，彆扭也不會讓我變得更好一點，論文不會自己寫自己，法語不會自己學自己，我總算決定不彆扭了，還是用歡聲笑語嘲笑時光比較好。

我經常在宿舍泡上一杯綠茶，看看書，寫寫東西，閱萬卷書冒充行萬里路。

看了多少無所謂，寫得好不好也無所謂，四平八穩，老母雞孵蛋似的。反正就像一個人吃火鍋一樣，你丟進鍋裏的每一塊肉，最終一定都會到你的油碟裏來。每片葉子都會飄落地面，總要相信巨人會死於堂吉訶德腳下，西西弗斯的巨石終將立於山巔。

用幾年的時間能從《麥田裏的守望者》看不出髒字，明白難過的時候不要看卡佛也算是很大的成就了。泡麵要等五分鐘，煮蛋要等八分鐘，總是要等的，我等待的不只是一本書、一句話，還有北方一點一點化開的春天。

在這條讓我餓着肚子、扭了腳還丟了手機的路上，伴我行走的是很多值得一起經歷千山萬水的朋友。

最想說的還是感謝。

在被我稱為異鄉的北方，竟然有了拯救我於孤單時光的朋友，在南方更有年復一年的牽絆，我離開之後才開始頻頻反顧，才發現那些被弄得湯水淋漓的日子裏，原來有這麼多人不曾離去。

還有大手一揮帶我爭名奪利的雲哥，跟他在一起，我就把正襟危坐、端莊大方都拋到九霄雲外。美比好看好，但好，比美更好。像在北方的三伏天裏望啊望啊，等一朵雲等了很久，有人突然扯來一片雲，還倒下一場傾盆大雨，

你心滿意足終於避開了熾熱的夏天，他還給你一片避雨的屋檐。

最終，我們彼此映照，因為世界上有相似的靈魂而得到慰藉。

二十歲最開心的事就是，該在身邊的人都還在，我珍惜的人一個都沒有丟掉。過往的時間裏，有好多東西都損壞了，好多東西都丟失了，日子過得荒唐又豐富。但是即使給我一個美麗新世界，我也不會走錯這一回。

遲到的春天引發的一切

這是我在北方度過的第一個春天。在南方的時候，並不以為四季如春有多麼了不起。但是在濟南才明白，冬天可以這樣曲折緊張，直到讓春天胎死腹中。寒冬與熾夏之間生長出一片荒漠，寂靜無聲。我從未想到一個春天也可以在路上電瓶車揚起的塵埃間，灰色的天空下度過得如此寂靜蕭索，我情願重複過三個寒冷的二月，也不願讓狂風如此捲走本應屬於春季的三月、四月。

一天晚上，我在夜裏醒來的時候聽到了雨水打在窗戶上的聲音，久違的熟悉感猝不及防湧上心頭，曾經包裹着我的潮濕又開始流動。只與感官有關的記憶恍然間復蘇，掛在心頭，搖搖欲墜。然而起身看雨時只看見了睡前洗的衣服，一滴一滴，向窗台上滴水。窗台上被浸濕的牆皮捲曲了，露出了下面的混沌的水泥和白漿，製造出一片狼藉。

就在那一刻，這個冬天變得不可忍受了起來。

睡不着的時候，就瞪着上鋪木板床底部的木刺，等着睡意降臨，這樣過了很多天之後我才明白，也許我等的不只是夜晚，還有春天。或者說，一個吹着海風，在很南很南的南方，叫深圳的地方，那裏的春天。

這麼說其實頗為可笑，深圳大概從來與鄉愁無關。我也曾是個異鄉人。但在那個太過輕易告別的故鄉，有一部分的我，被留在了那裏。那若有若無的牽絆，讓我的遠行變得越來越舉步維艱。

遠離了深圳的異鄉人，終於把這裏稱為故鄉。

這個季節，油菜花都開了吧。天氣再暖和一點，就能看零星的鳳凰花了。也不知道爬山路上掉在地上的笨重木棉花是幾月開的。櫻花雨也該下了吧。如果桃花還沒有凋謝的話，不知道還有沒有機會看粉色花瓣鋪在路上的樣子。該離開的候鳥，也都離開了吧，也不知道牠們是否習慣北方春季的荒漠。

我的記憶還很清晰，我希望心裏的春季和身外的春季一樣完美，可是春季不在此鄉。

我望着春季走過，自己卻留在冬季。

在這座老城裏，一切都被時間熬煮透了，冥頑不化，連安家落戶的冬天也放棄了離開的念頭，直到姍姍來遲的夏天宣告它的壽終正寢。在這裏我抄抄畫畫，在教室裏翻看着歷史書，隨手一畫，翻越過無數人用一生走過的距離。

當四季輪轉的次序變得不可捉摸的時候，生活彷彿完完全全脫離了控制。當我在前幾天去北京的火車上看到堆積的白雪，在濟南的街頭被風吹得睜不開眼睛的時候，我覺得一直以來包裹着我的厚重感流失了，污水般的暮色肆意橫流。「那種流遍我們全身的，陰鬱、無聲和隱約的驚愕」宛若無法避免的偶然沖刷着我。蟄伏的不安橫衝直撞，渴望撞上些甚麼，哪怕頭破血流。但在北方的廣闊平原，叫喊的時候，是沒有回音的。

喜愛漫長而凜冽的冬季的人，一定非常堅毅吧。我開始羨慕刺猬和蝸牛，可以理直氣壯地別過身去，生來就可以退縮，實在太幸運了。村上春樹的《尋羊冒險記》裏鼠拒絕了成為一個偉大的人的誘惑，說：「我喜歡我的懦弱，痛苦和難堪也喜歡。喜歡夏天的光照、風的氣息、蟬的鳴叫，喜歡這些，喜歡得不得了。還有和你喝的啤酒……」鼠說如果接受羊的利誘，「我會成為一個與我不相稱的堂堂正正的男子漢」。這一句「我喜歡我的懦弱」不知勝過多少想成為偉大的人的男子漢。或許我可以克服人類難以抑制的企圖馴服時間的慾望，理直氣壯地面對自己的懦弱。但是，在沒有春天的時候，這一切都變得分外困難了。

窗外滿樹的花在深深歎了口氣後坍塌下去，凋零了。這可是四月。這裏的冬天太被縱容了，簡直蠻不講理。

北京一環的「人間樂園」

在九月的開頭，我和一列滿載着德州扒雞和周村燒餅的火車一起行色匆匆到達北京。對於一個在村裏讀書的孩子來說，北京就是彼得·潘的永無鄉，是馮唐的十八歲，是王朔的大院兒，是馬未都的明朝冬夏清朝秋。

燈紅酒綠的商業街，頗有拒人於千里之外的意味，帶着對市井氣的一點點渴望，我總想偷窺別人的生活。可這次離開北京最中心的「人間樂園」時，我卻一身輕鬆。

我不敢說些甚麼，猝不及防成為風雨兼程的人，看過許多參差多態的風景，我卻只能陷入失語。我行色匆匆，行囊空空，告別故鄉，有無數情緒堵在胸口，總是聚少離多。越來越清楚地知道，書讀得好，能成為有趣但無用的人；書讀得不好，會成為無趣且無用的人。

四合院我住過不止一次，但是和土著聊天的願望卻從來沒有實現過，因為我的房東們不是在奈良自己家的院子裏餵小鹿，就是在澳大利亞的初夏潛水。這一次索性住在離故宮十分鐘路程的四合院裏，終於能聽着鳴蟲的叫聲，敞開院門，讓北京一環的晚風和夕陽進來。但是我想講的不是這個。

我走進院子的時候正值晚飯時間，院子裏除了雜亂擺放的燕京啤酒的空瓶，還有東倒西歪的醬色泡菜罈子、兩個冒着煙的廚房和兩個滿頭大汗的大媽。

作為一個資深民宿愛好者，我早已習以為常了，畢竟我知道，在我的小院子裏有含苞待放的七里香和一簇簇的花花草草，房間裏有投影儀，運氣好的話還有烘乾機。一般來說，我習慣於躲在自己小小的天地裏，泡茶，聊天，再不濟就讀書。

我很久不讀魯迅了，但是他說的一句話我一直沒有忘記：「樓下一個男人病得要死，那間壁的一家唱着留聲機；對面是弄孩子。樓上有兩人狂笑；還有打牌聲。河中的船上有女人哭着她死去的母親。人類的悲歡並不相通，我只覺得他們吵鬧。」

他是一個敢於說真話的人。

但是在四合院裏的時候，能輕易打開話匣子。我想像過很多次，住在北京一環的都是些甚麼人呢？離故宮、國博這麼近，他們的生活一定充滿煙霞。他們每天下午都蹺着二郎腿，衣襟上掛着知了聲，望着陽光消失在紅牆上，用京片子嘮嗑吧？但是大媽親切的東北口音打破了我的想像，而且當我鑽到她小小的廚房裏的時候，突然意識到我之前可能錯得有些離譜。

案板上擺着一堆魚頭，卻不見魚身的蹤影。大媽把手上的刀放在油膩的桌子上，在一條勉強能被稱為抹布的亂麻上擦了擦手，向我解釋，她在一家餐廳做保潔，這是餐廳剩下的。但是她一再強調，這都是很好的海魚，炸過之後和豬皮一起紅燒，特別好吃。窗口掛着的幾瓣蒜，在風裏歪歪扭扭打着轉。整個廚房只要站兩個人，就讓人轉不過身了。一口電磁鍋、一個發黃的電飯煲、一個塑料米桶，僅此而已。

我倚着門，望着她把魚頭一塊一塊放到油裏，油星四濺。忍不住問她是怎麼住在這裏的。她說六年前和老頭子一起來到北京，開始做保潔，後來兒子女兒也帶着孩子來了，一家八個人擠在兩個十幾平方米的房間裏。我這才意識到，一直在門口穿着橙色衣服拾掇啤酒瓶的人，可能就是她口中的老頭子。她說老家掙不到錢了，但是等孫輩到了上小學的年紀，她還是要帶上孫輩回老家讀書。

一邊說，她一邊用鍋鏟把粘在鍋底的魚頭翻來翻去，新翻上來的魚有點面目全非，這恐怕不是一種體面的葬禮。她捋了捋斑白的短髮說，她的女兒也是保潔，女婿是外賣小哥，兩個人都很晚才能下班，所以她急着做好飯給他們送過去。說着她又把窗戶推開了一點，冷風一下子灌了進來。她看了我一眼，解釋說現在天氣涼了，不開排風扇也不用擔心油煙味。

嗯，我有種被察覺的俗不可耐的煩惱。

突然跑來了一個穿着粉色衣服的小姑娘，三四歲的樣子，一進來就抱住了我的大腿，咯咯地笑。這是大媽在上幼兒園的孫女。她的衣服掛在肩膀上，頭上紮了兩個鬆鬆垮垮的小辮子，一隻小涼鞋會發光，另一隻卻已經暗淡了。大媽嘴上叫小姑娘別冒冒失失的，臉上卻喜笑顏開，一邊從身後掏出一海碗洗好的葡萄遞給小姑娘，一邊不無驕傲地跟我說，她等着下午去水果店裏專挑掉下來的，便宜，兩塊錢一斤，叫我學着點。我頻頻點頭稱是。

小姑娘搬了個凳子，把一大盆葡萄晾在上面，先給我抓了兩把，甜甜地說：「阿姨，你吃。」我溫柔地順順她的小辮子問道：「你叫誰吃？」她笑着跑開了，大叫着讓我找她。我一邊吃着葡萄，一邊繞過地上的紙箱和麻袋，四處轉着，竟然在院子的各個角落裏找到了一串絲瓜、一簇朝天椒，還有一樹石榴。看來千百年來根深蒂固的農業習慣，讓他們無法離開土地。

她見我久久找不到她，咯咯笑着自己跑出來，抱住我說：「我來找你了。」像極了我小時候捉迷藏，以為自己藏得很好，得意揚揚地出來，卻發現大家早就四散去玩了，只能對他們說：「我找到你們了，你們太菜了。」

她又拉着我去看她家裏的娃娃。從一排水管下走過，

跨過一條下水溝，我站在了她家門口。房子一眼就可以望到頭，裏面的一張大炕佔了大半個房間，牆上貼着花花綠綠大字的牆紙，本來就很狹窄的房間裏拉着塑料繩，掛着衣服。房間另一端有一張小書桌，昏暗的燈光下放着拼多多同款小電腦，播着《熊出沒》。我站在紗門外，拿着她遞給我的布娃娃，執意不進去。

後來她偷偷把我拉到一邊，叫我把卡在水管上的貼紙拿下來。我求助般看向大媽。大媽搖搖頭，取了下來，看着小姑娘歡天喜地撕下來，貼在臉上。大媽手忙不迭地攪着玉米糌子，對我說，這裏就要被徵收了，而且孫女在北京讀不了書，她也捨不得留孫女一個人在老家，可能他們就要結束六年的北京生活了。

小姑娘聽不明白，額頭上貼着貼紙，朝着我笑得很燦爛。她挑了一個愛心形的，叫我也貼在臉上。我蹲下來，接過貼紙。她開心地跳起來，笑得咯咯的，抱住我。我拍着她窄窄的背，對她說：「好了，我回房間了，你快去吃晚飯吧。」她不鬆手，突然說：「你不要動，好不好？」我愣了一下，她又說：「你不要走，好不好？」我甚麼也說不出來。

第二天早上，我聽到有人在院子門口叫阿姨，我在床上翻了個身，又睡了過去。等我迎着陽光，打着哈欠，從房間裏走出來的時候，大媽說孩子已經去上幼兒園了，早上眼巴巴朝着我的院子望了很久。她那個樣子就像一顆被投擲在沙漠中央的石子。

昨天晚上我本來坐在院子裏看書，但是長安街和王府井的燈光徹夜不息，這裏沒有真正的黑夜，更沒有月明星稀。燈光沉寂不下去，天空只是深藍。振臂高呼的不是蛐蛐和知了，取而代之的是嗡嗡作響的蚊子。隔壁家傳來兩個小男孩的爭吵聲，還有哭泣聲。

我只能藏回我的小世界裏，把電影放得很大聲，看着照亮整面牆的屏幕，煮了一碗火雞拉麵，吃得涕泗橫流，在這個小世界能種出爆米花，也沒有悄然而至的秋涼。

記錄下這些東西，已是我筆力的邊緣了。這些蒼白的文字，就像用手指甲在磚牆上留下一行行印記，好像很淡，但實際上真的很用力。

他們在北京的一環，這裏是我心中的人間樂園，卻是他們的苟且現實。他們貧窮而安詳，身處北京的中心，但是又離北京好遠好遠。他們身在異鄉，但是又能每天有親人陪伴身旁。他們不知道未來走向何方，讀了這麼多書，我也不知道。

我在故鄉時，卻面對着朋友散落天涯的寂靜；在北方陌生的小城，身邊卻圍繞着熟悉的朋友。不斷渴望追逐繁華熱鬧，往往也面對着抵達後的深切失落。

上午我花了五個小時，趕去京郊的美術館看了一場非常前衛的美術展。換言之，我對這個享譽全球的藝術家想表達甚麼一無所知，但大家依然蜂擁而至。就如之前的很多次一樣，為了一場話劇，或者是一場展覽，跨越城市，來到北京，卻讓我對癡迷的所謂藝術，越來越心存懷疑。在這裏也看到，生活和肉身同樣沉重，這座城市讓人感到前所未有的渺小。

我從美術館帶回了一張明信片，畫裏各路牛鬼蛇神，光怪陸離。但是耶羅尼米斯將它命名為《人間樂園》。

海島獼猴和開海的尾巴

抓住開海的小尾巴，我終於回到海邊。趁着五一剛剛開始休漁，市場上還剩新鮮的海貨，到島上好好彌補一下我在北方渴望海鮮的胃口。課本不能讓我記住海禁的時刻表，食物可以。

島上是一個自然保護區，海上的小世界比外面的世界慢多了，天朗氣清。只有兩個碼頭，一個軍用，一個民用。碼頭上有幾條若無其事的野狗，晃晃悠悠曬着太陽。島主說這個島雖是一個動物保護區，對動物來說又是險象環生的。

島上除了村民帶上來的野狗、幾百隻野獼猴、兩條一百斤上下的蟒、幾隻豹貓、一頭野牛，還有數不清的蛇。

島上有自己種的菜，養的雞和鵝，還有一口大水井。菜園有一個大棚，主要是為了防猴子偷菜。今年的野生

水果是小年，獼猴的食物完全供不應求，所以只要發現吃的，一定會一搶而空，還有幾個猴群四處晃蕩，等着偶爾補給的玉米粒吃。去年的光景就好多了，颱風不大，雨水豐沛，滿山的果子，只要稍微壞一點，就被猴群丟在地上，碰也不碰。今年的猴子就要搜腸刮肚地找吃的了。

大棚裏種了紫貝菜、白絲瓜，甚至還有兩排玉米，挨挨擠擠，熱鬧一片，這裏永不結束的夏天才可以孕育出品種如此繁多的菜餚。

白天在島上隨時都能看到成群的獼猴，在樹林裏上躥下跳。

島上的村民遇到過很大的蟒蛇，幸好身上有刀才得以逃脫。還有另一條不遑多讓的大蛇，因為偷吃了兩頭小羊羔，被附近的村民抓住，送到了島上。蟒蛇在這樣的保護區裏完全沒有天敵，從此過上了無憂無慮的生活。過了驚蟄之後，晚上就不能出門了，最多在有燈光的地方活動，房子周圍還要撒上雄黃，防止各種毒蟲、毒蛇入侵。之前條件不好，有老人睡在矮矮的床鋪上，被子裏藏了蛇也不知道，有的時候過完一個冬天，撩開墊子才看到墊子下面滿是蛇蛻，不知道與蛇共處了多久。

晚餐吃得簡約卻不簡單，因為剛剛休漁，還有很多新鮮的海貨，每一口都帶着海風吹拂過後的鹹香，粗糲而真實。島上只有一個做了二十多年飯的四川廚師，做起飯來大刀闊斧。廣東人堅持認為，如果你一定要吃海鮮的話，請清蒸，或者用其他的一千種方式。反正新鮮的海貨怎麼做都是好吃的。

我們要的是蒸馬頭魚和白灼大蝦、蒜蓉蒸帶子、爆炒章魚，還有一份香菇蒸雞。

雞是島上歷經磨難的雞，身手敏捷，步伐矯健。躲過了猴子，躲過了蟒蛇，卻最終沒有躲過自己的命運，牠活得有多認真，我們吃得就有多認真。雞的味道提供底色，香菇的陪襯使寡淡的雞味變得煙雲晦明，如同雨後在海邊漫步時聞到的空氣一樣複雜。

還有一道豆腐魚湯，下了重重的胡椒粉，豆腐細嫩，魚肉順滑，湯汁濃厚，直接溫暖了島上寒冷的夜。

島主很驕傲地說，米是超市最普通的米，兩塊五一斤，能做成這樣很不容易，完全是靠手藝成就了顆粒分明的米粒，上面千岩萬壑，裹着一層油脂的袍子，這就是夜晚發胖的罪魁禍首。

不過最讓人舒服的還是一碟番薯葉，油潤又清甜，吃完滿桌的魚、肉，回歸樸素的青菜才是最讓人滿足的。

吃完飯之後，大家走到露台上，喝茶，吃水果。我終於吃到惦記了很久的山竹，十分快樂。山竹已經有一點過季了，顯然沒有清明的好吃，有的還沒斷生，連核都是脆的，有一點點澀，嚼起來咔吱咔吱的，別有一番風味。

我從小就喜歡吃山竹，不過小時候山竹很貴，我爸媽自己是捨不得吃的，只能買些回來，用牙籤挑着給我吃。

現在再也沒有原來那麼珍惜了，直接把山竹剝出來，放在小碗裏，吃起來豪氣干雲。只是好像也沒有那麼深刻的好吃了。

那些被小時候的我裝在玻璃瓶裏的蝴蝶都死了，那些我想要捕捉的東西也不復存在了。我向來是個喜歡小橋流水的人。名山大川的巍峨，我很難欣賞，這麼偉大壯闊的場景，還是要給志存高遠的人來讚美。我格格不入，對於高山，只好仰止。

那天晚上吹着海風，島主還說了好多我沒聽過的故事，比如說原來在老家是沒有人吃螃蟹的，發大水沖上來的螃蟹被剁碎了餵豬，賣魚的時候遇上客人講價，就搭上一兩隻甲魚，反正甲魚也是沒人吃的，順手撈上來的而已。

這邊的瀨尿蝦也是不吃的，和紅薯葉一起剁碎餵豬。現在想想，豬真的好幸福。

黑暗的地方百鬼夜行，晚上不是散養的雞被猴子抓走了，就是狗被蟒蛇捲走了。

島主說，有一次他開着吉普車，看到了一條蛇，蛇見到他不僅不躲，反而直起身子對着他吐信子。他說只有眼鏡王蛇才能直立起這麼高，等他把車開過去，卻發現蛇早已蹤跡全無了。還有民警晚上巡山的時候被眼鏡王蛇追了一路，一溜煙衝到山下來才躲開了，從此晚上再也沒有人敢出門了。到了冬天，蛇冬眠的時候就一條一條盤起來，因為島很小，位置不夠，有的直接躺在路上，只能把牠們一盤一盤搬開，才能繼續通車。

島上還有手臂長的蜈蚣、手掌大的飛蛾，還有很多聽到會兩眼放光的動物。幸好這裏是自然保護區，還有民警駐守，這裏的動物才能過上無憂無慮的生活。

我從小就喜歡聽這樣的故事，不過小時候爸爸和姑姑講的江西農村的故事總帶一絲想像力豐富的神秘色彩。

隔了十幾年我爸又撿起了當年哄我睡覺用的奇異故事：上學路上在田裏遇到一條大蟒蛇，站起來和他比誰更高，傳說蛇發現牠比獵物高就會把獵物吃掉，比獵物矮就會跑掉；有小孩在家裏睡覺，結果蛇從上面垂下來，彎彎繞繞爬到小搖籃裏，但是家蛇是不會傷人的，也是不能打的，最多趕出去；還有老家有個人去開了蛇餐廳，結果吃完飯之後收拾廚房，不小心碰到了吃飯之前殺的蛇頭，被蛇頭咬了一口就去世了。如果有假，那也都是我爸親口說的。

坐在露台上看着海上好大的月色，浪花濺濕了沙灘上靜靜的月光，這樣寧靜的月光下卻有無數晝伏夜出的動物在狂歡。

我們聊完天沿着路燈小心翼翼地走回房間裏，好像剛才說的妖魔鬼怪都在黑暗中靜靜地看着我們。我們只能躡足潛蹤，走的還是來時的那條路。

異域與大學

我站在都江堰的大壩上，眯着眼睛，手搭涼棚，望着波濤滾滾的岷江。風吹在臉上，我感受着四川襲人的熱浪，也享受着大一暑假最後的一點閒暇。這時手機卻響了，屏幕上赫然顯示着學姐的短信：「瀟含，來了一個法國交換生，你快回來接待一下。」

伴隨着這條短信，我的假期提前結束了。

不同於高中，大學裏你有更多機會接觸更廣闊的世界。對於交換生，我高中的回憶就是：全年級唯一的德國交換生，在連續吃了五包辣條之後，就連夜被送進了醫院，從此，只要面對辣條，他就面露醬色。但是即使在三線城市的大學，你也能看到上百個膚色各異的留學生，他們左手拿着煎餅捲大蔥，右手拿着冰鎮的珍珠奶茶，穿梭在校園的各個角落。我學的第二外語是法語，一直苦於沒有語伴，而之前的法國朋友中文說得太好，因此我很擔心自己的法語會有一股章丘大蔥味。這次竟然在暑期末接到一個法國姐姐，我感覺自己離香榭麗舍大道、凡爾賽宮又近了一步。

大學是一個很神奇的地方，遙遠的遠方可以變得很近很近。劍橋大學有砸過牛頓腦袋的蘋果樹、拜倫游過泳的池塘、圖靈走過的石板路。而對於像我一樣平凡的人來說，大學也成為一個提升自我的好地方。在這裏，每個人可以自由追逐所愛，大步邁向地平線。因此，即使我本該做一個埋頭於故紙堆的研讀歷史的人，我也有幸能夠自由探索自己喜歡的文化和語言，更重要的是還遇上了各種各樣的人。在我所學的不怎麼受人待見的世界史專業，不過十二個人的班上，我的學伴既有蘇里南的「熱帶風雨」，也有肯尼亞的「自然野性」，還有俄羅斯的「冰天雪地」。而來自法國的小白，也給我的大學生活增添了一抹不同的色彩。

作為熱情好客的東道主，我義不容辭地帶着小白去了令濟南人民驕傲的大明湖。和四川的秋老虎相比，濟南的秋天分外怡人。樹蔭重重，夕陽西下，湖面波光粼粼，微風吹得遊人醉，一派祥和之氣。唯一的聲響來自超然樓下，廣場上大媽們正扭着秧歌，熱情似火，爭奇鬥豔，聲浪一陣高過一陣。來自法國北方小鎮的姑娘小白，哪裏見過這樣的陣勢，以為遇到了遊行示威，囁嚅了一會兒，便扭扭捏捏地對我說，此地不宜久留，不如早早離去。等她明白這是中國的民間舞蹈，也是中老年人飯後健胃消食的活動之後，她滿臉興奮，硬是加入了聲勢浩大的扭秧歌的隊伍。二十分鐘之後，她氣喘吁吁地對我說，她一定要讓她外婆知道，原來老人家不用每天孤孤單單地坐在家裏，可以成群結隊在廣場上堅守自己的愛好，甚至向他們看不上的流行文化宣戰。反正不管流行文化在網上怎樣紅火，還沒有哪一群年輕人能夠佔領城市夜晚的大街小巷。看着她大驚小怪的樣子，我突然想到，我有多久沒有好好看過這座城市了？這座小城每晚都沉浸在怎樣的氛圍中呢？

後來，在她有點誇張的讚歎聲中，我們遇到了在竹林裏吊嗓子的大爺、跳交誼舞的大媽，還有唱情歌的老嬉皮。七點鐘的時候，大明湖畔的彩燈瞬間全部亮起，照亮了這座生機勃勃的城市。伴隨着小白的尖叫聲和相機的快門聲，其實我有點驕傲，我從來沒有想過，這座早被我看作沉悶、保守的城市，原來竟有這麼多有趣的角落。她對我說：「你知道嗎？其實我很羨慕這些人，他們只做自己喜歡的事，並不在意別人的眼光，他們真的很酷！」其實，在濟南的這一年，我只知道大學裏教學樓到宿舍的距離，也未曾想過貼地飛行的生活是這樣的。說來慚愧，要不是小白用異域的眼光看到這些美好的東西，我可能會對其一直視而不見。

在回去的公交車上，我在手機上挑選好看的照片，準備發個朋友圈證明夜晚的大明湖是多麼有趣，順便感慨一下我是如此熱愛生活。小白突然對我說：「你有沒發現，即便是情侶出來玩耍，大家都在各自玩手機。」我愣了一下，她接着說：「在法國，我們和朋友出來玩，要麼看風景，要麼聊天，玩手機的話，為甚麼不在家裏自己玩？而且我們也不用手機做這麼多事，要是手機丟了怎麼辦？」我試圖向她解釋，用手機看地圖很方便，手機支付便捷，讓人省心，但是她又說：「出來玩又不是趕路，迷路了就當看風景唄，或者跟當地人聊聊天，多悠閒啊！出來玩不就是享受在一起的時間嗎？一起消磨時間不就是目的嗎？」說到這裏，我突然想起了六年前我十天八國的歐洲旅行，突然有點不好意思提起雖然我到過法國，但是說起法國的時候，自己只知道巴黎。我很想辯解手機讓我們生活得毫不費力，但是又突然想起上一次，隻身一人在北京丟了手機之後，擔心微信裏的錢被人洗劫一空的恐懼，又想起了同學聚會的時候，大家低頭不語玩手機的尷尬。這讓我的「我們都習慣這樣的生活了，真的很方便」的理念未免變得有些無力。

氣氛一時有點尷尬，我挑起話頭：「法國人超級浪漫，這是真的嗎？」這是拋出話題時我慣用的法寶，因為在大多數情況下，法國人總會把腦袋搖得跟撥浪鼓似的，並認真嚴肅地說道：「不不不，這都是假的，我們不懂浪漫。」但是小白給了我一個很具體的回答：「我們的浪漫和你們的浪漫不一樣，我覺得，疲憊了一天，回到家裏看到一桌可口的飯菜，這很浪漫。我在異國他鄉，午飯後的小憩時間，接到一通遠方朋友的電話，這也很浪漫。」我脫口而出：「浪漫不是閃現在埃菲爾鐵塔下，夕陽西下時手裏捧着一束鮮花的情侶身上嗎？」小白撲哧一笑：「哈哈哈，埃菲爾鐵塔下的一束鮮花可以抵得上一頓大餐了，法國人才不會買呢。」隨即她正色道，「你們總是喜歡說中國人不夠浪漫，其實我覺得你們在生活中比我們浪漫，只是你們習以為常了。」我想了很久，我心中的浪漫，是周杰倫歌裏香街的一片落葉，而不是高中時我爸每天早上給我放在床頭的一杯溫水，不是大學舍友幫我打的午飯，更不是我離家千里的時候，一通同在異鄉的朋友的長途電話。

我總是覺得自己的生活離浪漫和美好很遠很遠，甚至在考上大學之後仍有一種深深的失落感。讀大學之前，我生活的重心只有一個，那就是考上大學。但是考上之後呢？手足無措過後，如何面對分崩離析的憧憬？在很長時間裏，我都無法給自己一個滿意的回答。但是借着小白的異域目光，一切又變得不同尋常起來，身邊有這麼多被人羨慕的東西，而我卻一直渾然不覺，想想也是挺可惜的。

後來，我和小白一起吃了很多頓飯，也看了很多風景，除了煎餅捲大蔥和把子肉，對校園周圍的小館子又有了很多新的理解，看了那麼多遍夕陽，卻怎麼也看不厭教學樓窗口的那一抹餘暉。除法語指數級進步和手把手教會小白用微信支付之外，最讓我快樂的是，我發現我每天的生活原來這麼閃閃發光。其實不管是異域還是大學，帶給我的無非是看見平凡生活本身的美好，並竭盡全力喜歡上這一切。

時瀟含：古典與現代相融的溫婉女生

她3歲開始聽評書，單田方、田連元等評書大家們的作品可娓娓道來；她曾在一個暑假的時間裏讀完49本書，雖然一目十行卻能抓住文章精髓，寫出來的感悟頗為深刻；她在各項文學賽事中屢屢獲獎，2015年第七屆「魯迅青少年文學獎」現場作文比賽（決賽）中，她一舉拿下高中組特等獎。她，就是深圳市紅嶺中學高二（12）班17歲文學達人時瀟含同學，現為學校鵬翎文學院院長。聽完她的介紹，有沒有被她的經歷所折服？若想一探究竟的話，就跟着我的筆觸一起去探尋這個女孩的成長歷程吧。

閱讀：為成長插上想像的翅膀

對時瀟含來說，閱讀習慣的形成，應追溯到小學時代。那時，受中文系畢業的父親的影響，很小的時候，她便喜歡上了讀書，常常手不釋卷、廢寢忘食。《百年孤獨》《紅與黑》《罪與罰》《古文觀止》……儘管讀起來還似懂非懂，但她還是很享受一會兒鑽進孔尚任的《桃花扇》，一會兒又埋頭於高爾基的《童年》之中。朦朦朧朧中的她能感覺到，打開書，就打開了不同的人生。

就是從那時起，時瀟含對閱讀的興趣和對文字的好奇，慢慢奠定。她也從泛讀逐漸轉向有選擇的閱讀，從張愛玲、曹文軒、馮驥才，再從他們的書中循到魯迅、老舍、豐子愷，再從他們那兒循到法布爾、勃朗特、帕特森……每一次閱讀，就如抵達一個彼岸，與作家們進行一次面對面的交流。就這樣，閱讀讓她感到親近，給了她無限的遐思和冥想。她的閱讀興趣越來越濃，而且永遠不用在讀這個作者還是那個作者間遭遇「選擇困難症」。

閱讀是一場只有起點沒有終點的漫漫旅行，而時瀟含，一直都在路上。

寫作：為未來鋪就堅實的道路

因了這些書籍的陪伴，她絢爛的少年時代氤氳着濃濃的書香味。別人頭疼的造句子、寫作文，於她而言卻是樂趣之所在。《紅塵如泥》《出發》《雲在青天水在瓶》《以一種深久的不安》《門》《論歸隱之於中國文人》……從小學到現在，數十篇文體各異的作品相繼在《文學校園》《東方少年》《初中生之友》《高中生之友》《紅樹林》《金色少年》等多家刊物上發表。從第五屆國際（深圳）童話節優秀獎到深圳市中小學生「作文英雄」百強，再到第七屆「魯迅青少年文學獎」作文大賽高中組特等獎，面對取得的纍纍碩果，時瀟含表現出的卻是不同尋常的淡定和從容。

「人就像一個湖泊，有河水流入也會有湖水流出，這是天經地義，順其自然的事情。閱讀積累到一定程度，定然需要一個出口。」而時瀟含的出口就是用細膩的文字表達出來，生活的每一朵浪花，心靈的每一次躍動，都通過她的筆尖流瀉而出。文字讓她在精神上很富足，每一天都過得很充實。她不期待能寫出多好的作品，只是用手，用心寫出自己想寫的東西。「不求盡如人意，但求我心寧靜。」

回憶起「魯迅青少年文學獎」賽事的征程，時瀟含表示賽前的她並沒有做太多的準備，甚至在決賽的前一天，她還在逛上海博物館、城隍廟，晚上漫步在上海外灘，品味不一樣的流光溢彩。她崇尚文字的隨意表達，而非刻意為之，免得受了束縛。她喜歡在走近一座新城市的同時，用心去感受它的獨特魅力。眼清了，心靜了，內心便淡然豐盈了，寫字自然是水到渠成、得心應手。

時瀟含在文章《請為先生點一盞燈》中寫道：「不要忘卻，當我們於生活愈行愈快時，於自己、於本真卻是愈行愈遠了。試問，無源之水，如何流淌？無根之木，如何生長？無本之人，如何遠行？」細細品味這些文字，我彷彿看到這些靈動的文字雀躍着、歡呼着，從時瀟含的心靈飛出，在她的筆尖傾瀉，傾情暢訴着他們對人生，對世界最初的感悟。

愛好：為人生增添多姿的色彩

她喜愛傳統古老的文化，漳州的土樓、清代的木雕、古老的製茶技藝都讓她如癡如醉。她曾就一扇普通的晚清木門，停留駐足兩小時來觀察；也曾在避雨之時，躲入山中製茶的老作坊，面對古老而又神奇的製茶技藝，讚歎之餘更多的是浮想聯翩。清香的茶葉讓她流連忘返，待到如夢初醒之時已是傍晚時分。

置於她床頭的常有《六祖壇經》《老殘遊記》《儒林外史》《心經》之類的古籍，這無疑是怪異的組合，一邊是封建束縛中的反抗精神，另一邊卻是傳統思想根深蒂固的宗教哲學。而她卻不覺得有甚麼不妥的。她喜愛傳統文化，卻又不迷信儒道之學；她着迷於佛教，但僅樂於知了經文，絲毫沒有皈依之念；她崇尚道家的縱情放任，卻又苦於自己的頑冥不化。都是大包大攬地找來、讀完、棄去，不再掛心。

而今，她對瓷器和明式傢具又着魔般地癡迷。王世襄的《明式傢具研究》《明式傢具珍賞》等書目自然必不可少，馬未都先生對藏品別有風味的文化解讀也盡數落入她的囊中。

「人吧，最好不要給自己下甚麼定義，免得受了束縛。若是有一天能讓心安定下來，那是好的，或是繼續漂泊，也就隨之去吧。」談起未來的道路，她也有些迷茫，不知自己將會在文學這條崎嶇、人滿為患的小路上彳亍、徘徊多久，但她將且歌且行，哪怕寒霜滿地，也要歌盡桃花。

這就是時瀟含，一個博覽群書、文如春華、愛好廣泛，集古典和現代於一身的溫婉女生。

汪開泉

（原載於《高中生之友》2016年第9期）

附二

順其自然　心自湛然

記得從小學到大學階段，我常常找來讀的書，有先秦的古典文學作品，像諸子百家、歷史傳記；有西方大師級作家的作品，像莎士比亞、歌德、福克納；也讀一些中國近現代作家的作品，像莫言、蘇童。現在，我時常寫一些序言或評論，對象也多是一些經典作品。所以，當初拿到這本書稿，看到書名「雲在青天水在瓶」時，我就有了一種耳目一新的感覺，在得知作者時瀟含還是一名高中生後，我更對這本作品產生了強烈的好奇心，遂找了個專門的時間，靜下心來，仔細地讀了一讀。

讀罷全書，我首先驚歎於小瀟含的閱讀範圍之廣：從倉央嘉措到扎西拉姆·多多，從魯迅到三毛，從佛教經典《六祖壇經》到孔尚任的《桃花扇》，從余華的《活着》到幾米《布瓜的世界》，從「斜陽正在，煙柳斷腸處」到「千里孤墳，無處話淒涼」，從「林花謝了春紅，太匆匆」到「夢裏不知身是客，一晌貪歡」……驚歎之餘，我又為小作者的心思之細密、觀察之入微、筆觸之細膩而感動，在如今課業繁重的升學壓力之下，小瀟含還能謹守本心，堅持閱讀和寫作，實屬不易。

誠如「雲在青天，水在瓶」，雲本應遨遊於青天之中，水在瓶中也自有它的狀態。自然萬物是如此，人，亦如此。《禮記·大學篇》裏說：「知止而後有定；定而後能靜；靜而後能安；安而後能慮；慮而後能得。物有本末，事有終始，知所先後，則近道矣。」我們只有知道了自己的追求，才能堅定志向，堅定了志向才能鎮靜自若，鎮靜自若才能心安理得，心安理得才能思慮周詳，思慮周詳才能有所收穫。可知，萬事萬物的發生和發展都有其緣由，正所謂「其來有自」，凡事應進退有度，不可強求。

順其自然，心自湛然。這正是小瀟含想通過本書表達的思想，正如她在接受採訪時說，關於寫作，所謂技巧和手法這些東西並不重要，如果沒有思想，再華麗的語言也是白費。文章的立意最重要，寫文章要忠實地面對自己的情緒。她亦是如此做的。我很欣賞小瀟含的文字，她的文字中蘊含着生命的體驗、悲憫的情懷、經典的氣質、陽光的表達，使我有了一種遇到「少年知音」的感覺。

這個秉承「我在故我思」的高中女孩時瀟含，站在青春的起跑線上，從生命個體出發去觸碰世界。於她眼中，一景、一物、一事都飽含着自然的律動，不論是敘述、行走的親力親為，抑或是讀書、敘述的穿梭感悟，始終閃現着真、善、美的人性底色。這樣自在清明的文字，這樣獨特的生命體驗，無不提醒着我們 —— 生命，應活出本心。小瀟含給我們大家做了一個很好的示範，她開了一個好頭，也終將不會停下她努力求索的腳步。

「當我睜着眼時，我看見了一個世界；當我閉上眼時，我看見了自己。而我所找尋的，正是自己。」

路雖漫漫，終點的風景，卻甚可期待。

邱華棟
中國作家協會副主席

附三

泥酒只依然

編輯告訴我，這是一位21歲的小姑娘，請我一定讀下她的文章。翻閱了她的書稿，一股有滋有味的生活氣息撲面而來。這是一本記錄生活悲喜劇的「美食記」，在尋覓、製作、享用、回味美食的過程中，體味五味雜陳的心緒、確立直面人生的態度。

文壇一直有通過美食寄寓情感的傳統。「隨園先生」袁枚著有《隨園食單》，論詩、論味，賦予了食物哲學美學的高度。《隨園食單》不止成為「饕客」們奉為至寶的經典，也彰顯了一代文人的處世立場，影響綿延至今。兼有作家、美食家之名的汪曾祺先生，也把美食作為生活最重要的事，不少朋友在回憶起汪老時，都寫到了他對於食物之敏感，對於「吃」這件事情純粹且不容隨意的態度。正如他所寫的「人生忽如寄，莫辜負茶、湯、好天氣」。而他的作品中，更隨處可見關於美食的筆墨，可見《人間草木》《旅食小品》等。日本一代文豪谷崎潤一郎，被人稱為「食魔」，無論《細雪》《春琴抄》《刺青》等作品，均可散見這位對「吃」已經執着到極點的人，不遺餘力描述美食的段落。而更極致的是，這位「食魔」，最後也是在八十歲生日派對上大快朵頤之後，突然去世的。更不必提歷代文學大家們，均在作品中對「吃」情有獨鍾，無論中華，無論海外，數不勝數。

時瀟含顯然讀懂了前輩們的懷思，那些沉澱在食物中的曾經的味道，都蘊含了不忍遺落的回憶。所以，人們會故地重遊，會重溫熟悉的味道，會千方百計找來食譜，做一道有着哪裏的味道的菜餚。時瀟含的這本書，是一個年輕姑娘，關於家鄉美食及旅行四方所享美食的真實記錄。對於年輕人來說，旅行早已是大眾化的時尚，在旅行中形成感悟，也不再新鮮。但時瀟含卻用自己獨特的視角，表達了一種灑脫又認真、隨緣又入世的人生態度。她去了江西、山東、湖南、四川、重慶、香港等地，描述了四方食事，有家鄉的各種小吃，如定山蒸米粑、定山豆粑、醃紅薯粉、吉安婆子炒粉、廈坪早酒、糍粑；也有家鄉之外的各種味道，如海南的清補涼、成都的甜水麵、香港的魚丸、俄羅斯的烤魚、美國的炸雞披薩。讀下來，你會發現作者很少寫那些富麗堂皇的大酒店的吃食，反而一頭鑽進街頭巷尾，尋找地攤上的人間煙火氣。

當下快餐文化盛行，微博、微信，甚至抖音，隨時隨處為年輕人提供了表達自己的平台和土壤。但是快節奏的表達方式，又成為人們深度思考與持續思考的阻礙。作為一個一直在堅持寫作的年輕人，時瀟含沒有屈服於快餐文化，她不止用相機記錄，用片段的文字記錄，同時形成了自己的文字風格，有着這個年齡特有的輕靈俏皮。例如她描寫初到重慶，朋友們為她所做的攻略：「1. 山坡上吃火鍋；2. 荷花池邊吃火鍋；3. 防空洞裏吃火鍋；4. 長江邊吃火鍋；5. 船上吃火鍋；6. 離住的地方近的店裏吃火鍋。」活脫脫寫出了火鍋早已是重慶人骨子裏的食物，重點在於「一口南方的山清水秀」，吃的是風景、心情，有趣的文字躍然紙上，有趣的靈魂也互相碰撞。

「我有所念食，隔在遠遠鄉」，一個「念」字，寫出了對於「遠」方的情與思，也有作者對於「吃」文化的執念。我們也期待，作者能在此風格的基礎上，走得更遠。

周明
中國散文學會會長，原中國現代文學館館長

責任編輯	陳　菲
書籍設計	師　嵐
插圖繪製	汪海霞
排　　版	高向明
印　　務	馮政光

書　　名	春風渡少年
作　　者	時瀟含
出　　版	山頂文化 Hong Kong Open Page Publishing Co., Ltd. 香港北角英皇道 499 號北角工業大廈 18 樓 http://www.hkopenpage.com http://www.facebook.com/hkopenpage http://weibo.com/hkopenpage Email: info@hkopenpage.com
香港發行	香港聯合書刊物流有限公司 香港新界荃灣德士古道 220-248 號荃灣工業中心 16 樓
印　　刷	深圳市德信美印刷有限公司 深圳市龍崗區南灣街道聯創科技園二期 20 棟 1 樓 2 號門
版　　次	2024 年 12 月香港第 1 版第 1 次印刷
規　　格	32 開（136mm×206mm）344 面
國際書號	ISBN 978-988-70420-1-3